U0907540

国宴——1949

姜铁军 著

CNS 湖南文艺出版社

目录 Contents

1

第一章

前门大街形成于明朝永乐年间。明成祖朱棣下令把都城从南京迁到北京，对北京城进行大规模扩建拓展。将北京城南垣拓展至崇文门、正阳门、宣武门一带重建。又从南方迁富户和能工巧匠入京，修建廊房让他们居住、经商。北京前门地区的廊房头条、廊房二条、廊房三条及廊房四条都是为安置这些人建设的。到明朝中期，前门外商贾云集、店铺鳞次栉比，成为北京最繁华的商业聚集地。清乾隆年间，为防盗贼，在街道两端入口处安置铁制栅栏。廊房四条的栅栏最高、最坚固，被民间称为“大栅栏”，“大栅栏”的称谓一直延续，成为街名。

清朝中期，前门大街两侧形成了专门的街市，如珠宝市、粮食市、水果市、牛羊肉市等，许多老字号在这里诞生。老北京形容人有钱、活得讲究有个民谣，“头戴马聚源，脚踩内联升，身穿瑞蚨祥，腰缠四大恒”，这些老字号都起源于前门地区。人多事多，环境复杂，前门一带也是最容易出问题的地方。这里出个屁大的事，很快全京城都会知道。所以，历朝历代统治者，对前门一带的治安都不敢掉以轻心。

平日里，路公剑到前门这里都是因为工作，巡逻巡查，防止出现治安恶性事件，更要小心防备特务破坏。廊房头条、廊房二条、廊房三条、大栅栏都是做生意的宝地，寸土寸金。每条街道从东到西二里多地，云集了几百家店铺。有名的老字号瑞蚨祥布庄、张一元茶庄、同仁堂药铺、内联升鞋店、王麻子剪刀……都集中在这里，说是中国商业的百态图一点都不夸张。自己任职的北平市公安局内二分局管辖的区域包括前门一带，对这里的情况，路公剑很熟悉。

廊房二条做餐饮生意的扎堆，很多外地人到北平来都要到这里尝尝北平的老味道。北平许多有名的酒楼、餐馆、饭庄，不是老店在这里，就是在这里开分店，不然好像自己的名气不行似的。因为有仿膳楼、鸿宾楼、天兴居、全聚德等老字号的分店在这里，又有天津狗不理、上海豫园庄、南京永和园、开封灌汤包等外地知名饭店入驻，引来许多外地人到这里品尝自己老家的地方风味。到了晚上，街道上操着南腔北调的人们熙熙攘攘，非常热闹。

路公剑跟随中国人民解放军军管会进城，分配到北平市公安局内二分局任副局长。他所管辖的区域不是很大，但是最重要。天安门广场、前门大街、王府井、宣武门、牛街、琉璃厂、东交民巷、西交民巷……这些地方在北平不但地理位置重要，影响也大。这些地方出点事，很快就会传遍全城，外国新闻机构也会马上进行报道。有实事求是的，有添油加醋的，也有唯恐天下不乱的。在内二分局工作，工作担子重，压力也大。

路公剑很早就想到廊房二条的米家老店吃牛肉粉，一直没找到合适的时间。今天他带领侦查科的侦查员破获一处国民党保密局北平站的秘密电台，心里非常高兴，决定犒劳一下自己，于是到米家老店吃牛肉粉。

这家老店的主人是一个姓米的回族人。他家米粉用绿豆和糯米作原料，米粉筋道，有嚼劲，特别好吃。米粉里加的牛肉很有讲究：将牛肉洗净切成大块入锅煮至半熟捞起，用净锅加水、糖、香料烧开锅，放入一半牛肉煮至熟透，捞出来切成薄片；另一半牛肉切成小丁用小火炖，酸莲白切成长块，香菜切成短节待用。米粉放入开水锅中烫透，捞入碗内，再将牛肉片和炖熟的牛肉丁、酸莲白、香菜放在米粉上。舀入原汤，混合花椒粉、胡椒，做成色、香、味俱全的牛肉粉，想想就叫人流口水。

街道两边的店铺门前，多数站着一个伙计，扯开嗓子招徕客人。喊声此起彼伏，一板一眼拿腔作调，怪好听的。路公剑从店铺门前经过，伙计冲他喊：“先生请留步，进店请用餐。甜的如蜜，咸的适中，不软不硬好适口，东西南北都说好。不信您来尝一尝……”路公剑没理睬，他目标明确，直奔米家老店，甩开大步往前走，忽然看到一个熟悉的背影走在前面。

“徐志扬！”路公剑叫了一声。

听到背后有人叫自己，徐志扬停步转身，看到路公剑在自己的背后。他有点没想到，伸手拍了路公剑一下：“你怎么在这里啊？”“想去吃老米牛肉粉，你没事的话一起去吧！”路公剑热情邀请徐志扬，“有些日子没见你了，怪想的。”路公剑和徐志扬交情很深，两个人热络地往米家老店走去。

到了米家老店，两人上二楼找到一个靠窗户的位置坐下。店伙计走来，习惯性地拿下搭在肩膀上的毛巾，把桌子擦了擦：“二位吃点什么？”路公剑说：“两碗牛肉米粉，一斤二锅头，一个熘羊血白菜，一个炒羊杂。”“吃牛肉粉就成，”徐志扬插嘴，“别喝酒了。”“那不成，今晚一定要喝一杯！”路公剑叫店伙计去准备。

店伙计走了，路公剑拿起茶壶给徐志扬面前的茶碗里倒茶水，一边“嘿嘿”笑：“没想到在这里碰上你，多巧啊！”

徐志扬今年三十六岁，是个老革命了。他十五岁时就长到了一米八的个头，国字脸，两道浓眉，眼睛小却很精神。和远房三叔参加了八路军，先跟着三叔在炊事班做饭。因为读过几年书，被安排到部队短训班学习后勤管理，结业后先在师部后勤部门工作，再到纵队司令部，即后来的军部，一直没离开后勤。干一行爱一行，他好动脑，注重调查研究，每到一处都把后勤工作管理得井井有条。后勤有什么事情，首长都说“去找徐志扬问问”，到了他这里很少有解决不了的难题。

很快，伙计就端来一壶酒，还有两盘菜，两个人边吃边喝边聊，很是兴奋，不由得说起在一起培训的事……

1949年1月16日，国民党华北“剿匪”总司令部副总司令邓宝珊代表总司令傅作义与中国人民解放军代表林彪、罗荣桓、聂荣臻会面，商谈和平解放北平事宜。双方于1月21日达成《关于和平解决北平问题的协议》。

第二天，傅作义指挥的北平25万守军按协议陆续撤出北平市区，准备接受解放军改编。1月31日，中国人民解放军实现对北平的和平解放。

在此之前，为顺利接管北平，实现平稳过渡，中共中央从部队抽调两千多人到河北良乡参加有关城市管理的培训。徐志扬作为后勤管理干部参加培训学习，和路公剑在一个班。两个人说话投缘，成了好朋友。

培训班开班第一堂课，请来讲课的是中共中央社会部副部长谭政文。他开门见山地说：“我们这么多年流血牺牲，终于要收获胜利果实了。你们作为我党自己培训的专门人才，在北平解放后一定要发挥好自己的作用。国民党说我们是‘土包子’‘泥腿子’，我们一定要叫他们好好看看，我们这些‘土包子’‘泥腿子’是怎么管好大城市的！”

这番话叫培训班的每个学员都激动不已。打仗流血这么多年，就是为了新中国成立啊！自己就要成为新中国成立的亲历者、建设者，还有什么比这更激动人心的呢？每个学员都铆足劲，恨不得多生出一双耳朵，把老师讲的每句话都深深地刻在脑子里；恨不得多生出一双手，把老师的讲课内容全都记在本子上。学员们上课认真听讲，下课热烈讨论。人人激动不已。就要进入北平接管这座千年古城了，许多学员还没进过这北平城呢，感觉是那么新鲜，又那么陌生。

老北京人习惯叫它皇城根，能在这里居住是件荣耀的事。这可是京城啊。被国民党诬称为“泥腿子”的中国共产党人，被国民党蔑视为“土包子”的解放军官兵要接收北平，让这座古老的城市由此展现它不曾有的新面貌，人民要开始不曾有的新生活，这是多么令人激动的事情啊！

路公剑的老乡吕泽海和徐志扬在一个宿舍里，三个人经常在一起交流学习体会，气味相投，谈得来。他们都是党员，入党时间差不多，有共同语言。他们对未来充满憧憬，三人互相鼓励，进北平后，一定要做出点成绩，报答组织的培养。

培训班原来计划学习培训一个月，不想计划没有变化快，国民党军队撤出北平的时间提前了，一切要按新计划执行。解放军大部队原定1949年1月31日进北平，因为正值春节，中共中央决定推迟两天，不打扰老百姓。接管人员和解放军部队同时入城，进城后以军管会的名义马上到达指定地点开展接管工作。

为了做好接管工作，培训班要求学员认真学习中国人民解放军平津前线司令部发布的“约法八章”，这是城市接管政策，接管人员要模范遵守、认真执行。培训班特邀叶剑英、彭真等领导给全体学员做报告，讲解接管政策。叶剑英做报告时说：大家是代表党和人民去接收北平、管理北平，不仅要懂得党的方针政策，更要不折不扣执行。要自觉接受人民群众监督，让全国人民和全世界人民看到，我们中国共产党人的接管与抗战胜利后国民党进北平的“劫收”是完全不同性质，我们是有能力有办法接管好北平的。我们是全心全意为北平老百姓服务的，我们有铁的纪律作约束，不允许接收人员为所欲为！你们要时刻想到，你们代表的是我们党，是人民军队。叶剑英的讲话被热烈的掌声打断了好几次，提升了学员们的信心，也大大鼓舞了斗志。

培训班还组织学员学习新华通讯社社论《将革命进行到底》和《毛主席关于时局的声明》，要求学员一定要充分理解精神实质，共产党和平解放北平是一个崭新的开端，一定要满怀革命热情去完成任务。培训班对进城后的纪律教育也特别重视，组织学员重新学习三大纪律八项注意，学习军管会制订的《入城守则》。要求学员做到"一切缴获要归公"，不拿群众一针一线，模范遵守纪律。

学员中有一些农村来的干部和战士，对大城市的生活方式还不了解。培训班利用小班形式，请来有城市生活经验的同志介绍城市生活常识，介绍电灯、电话、电车常识，怎么乘坐电梯，怎么用抽水马桶，怎么遵守交通规则……这些生活琐事看上去不大，搞不好会闹笑话、出洋相，损害接管人员的形象。这些都要进行培训，让学员尽快适应城市生活方式和节奏。

进入北平的接管人员冒着很大的风险，他们是国民党潜伏特务的暗杀目标，不仅接管工作任务繁重，生命也受到严重威胁。中共中央任命叶剑英为北平市市长、军管会主任。叶剑英第一次召集接管干部开会时强调：接管的同志最重要的是保证自己的安全，保持高度警惕预防敌特袭击。在保证安全的基础上做好接管工作，任何时候人都是最宝贵的。回去后一定要向同志们交代好，做好预防。

参加会议的同志隐隐感到，进入北平接管的日子很快要到来了。

下午，忽然开来十几辆卡车，从车上下来的是清一色的年轻人，还带着学生气，都背着冲锋枪。"他们是干什么的啊？"徐志扬悄悄问身边的班长，觉得这些人挺神秘的。班长说："他们是由华北军政大学步兵学校改编而成的北平卫戍区纠察总队，之前没有在良乡培训，是临时改编的，和我们一起进城负责维护社会治安。"徐志扬感受到了一种临战气氛，进北平不亚于一场战斗，情况复杂，不但要做好思想准备，也要做好战斗准备。

傍晚，几十辆卡车开到培训班驻地操场上。学员们集合完毕，排成整齐的队列等待出发命令。站在队列前的值班队长高喊：“立正！”“嘭”，整齐的脚后跟碰到一起的声音，学员们立正站好，目光不由得转到迎面走来的培训长身上。

“请稍息！”培训长举起手里的名单，“改变进城秩序，按照接管组织形式进城。谁分配在哪个小组，进城后就接管哪部分的政府职能，希望大家尽快适应自己的职务，做好接管工作。下面我按照接管小组成员名单点名，点到名字的同志重新站队上车。”培训长开始按照名单点名，“第一组是公安组，点到名的同志到西边站队。彭晓勇、彭新民、曾成亮、程显谟、葛孝美、蒋德明、路公剑、谢啸冰、韩乐群……”点到名字的学员迅速离开原来的队列，到西边重新站队。路公剑、徐志扬和吕泽海本来站在一起，听到点到自己名字，路公剑赶紧喊“到”，回头跟徐志扬和吕泽海握一下手：“北平见！”“北平见！”徐志扬和吕泽海几乎同时说。路公剑背着简单行李走向新队列。徐志扬忽然有些不舍，到北平之后肯定不会像现在这样朝夕相处了，真希望还能在一起工作啊！

接着点名商务组的学员，徐志扬估摸应该会有自己。培训长快速念着学员名字：“刘仰向、李彻东、肖秀鸾、刘智祥、麻福林、曲德一、牛毅麟、刘龙才、孙建朝、安斯寿……”点名要结束了，还没听到自己的名字，徐志扬有点失望。“徐志扬！”培训长点到最后一个名字，吕泽海捅了他一下，徐志扬赶紧喊“到”，看了看吕泽海，走出队列。

操场上的队列重新排列，他们进入北平后马上要到政府的各个部门开始接管，行使新的政府职能，这是一场更严峻的考验。

第一辆卡车开过来，刚刚停稳，值班队长大喊：“公安组，上车！”

学员们迅速开始上车。先上车的学员伸手拉住车下的学员帮他们上车。值班队长看到车上站满了，挥手叫司机开车。第二辆卡车开过来。公安组的队列显然比其他组的队列人多，看得出这个部门的重要性。

一小时后，培训班的操场已是空空荡荡，没有了往日匆匆忙忙的身影，没有了笑声和歌声，学员们要在另外一个不见硝烟的战场大显身手……

卡车队朝北平开去，路况不好，坑坑洼洼，车身不停地摇晃。车厢里都是年轻人，没人坐下。有的说，一直想看看天安门是什么样，这回终于可以实现梦想了。有的说，最想看故宫里的金銮殿，咱也上龙椅上坐坐，体验下当皇帝是什么滋味。说话的人马上受到大家批评，什么思想啊，共产党是为人民服务的，当皇帝不是骑在人民头上作威作福吗？使不得！想要坐龙椅的学员赶紧道歉，是一时胡说八道，别当真。

年轻人耐不住寂寞，有人让徐志扬起头唱歌。培训班搞文艺活动都是他牵头组织，徐志扬双手打拍子起头："向前，向前，向前！唱——"双手落下时，嘹亮的歌声响起：

向前向前向前！
我们的队伍向太阳，
脚踏着祖国的大地，
背负着民族的希望，
我们是一支不可战胜的力量。
我们是工农的子弟，
我们是人民的武装，
从无畏惧，
绝不屈服，
英勇战斗，
直到把反动派消灭干净，
毛泽东的旗帜高高飘扬。
听！
风在呼啸军号响，
听！

革命歌声多嘹亮！
同志们整齐步伐奔向解放的战场，
同志们整齐步伐奔赴祖国的边疆，
向前向前！
我们的队伍向太阳，
向最后的胜利，
向全国的解放！

这辆卡车上的歌声唱起来，前后卡车上的年轻人跟着唱，像传递接力棒一样。夜空里，嘹亮的歌声回荡，令人心潮澎湃……

2

第二章

半夜，载着军管会商业接管组的卡车在前河沿街的一幢三层楼门前停下。楼门口站着五六个人，他们中间有的是打前站的同志，有的是分配到商业委员会工作的北平地下党的同志，他们接到通知，在等军管会商业接管组的同志到来。看到卡车停下，几个人上前帮着从车上往下拿东西，一边嘱咐下车的同志“小心点”。负责安排住宿的同志抱歉地说：“来得太晚了，不好安排到别的地方住宿，今晚得在办公室将就一下了。”接管小组组长笑了：“没问题，大家都带着行李，住在外面也扛得过去。”几个接待同志招呼接管组的学员走进楼门。

“吱呀”，徐志扬推开办公室的门，另外两个学员跟在他身后走进去。办公室面积挺大，放着六张办公桌，还有一张旧沙发。徐志扬拍拍旧沙发，回头招呼：“老林，你年纪大，睡沙发。”老林“扑哧”笑了，所谓的年纪大，不过比徐志扬大三岁，徐志扬明显是照顾自己，于是连说“谢谢”。

地中央有炉子，已经熄火了，屋子里有点冷。徐志扬和另一个学员打开行李铺好，睡在办公桌上。被子很薄，躺在上面能感到身下硬邦邦的有点硌得慌。徐志扬翻来覆去睡不着觉，想到和路公剑、吕泽海分手的情景，禁不住想，一定要实践自己在培训时许下的诺言，为建设新中国贡献自己的力量！

第二天上午，市商业委员会在二楼会议室召开全体会议。参加会议的有三部分人：解放军军管会接管组成员、原北平地下党人员、旧政府留用人员。三部分人员从穿着上有明显区别，军管会接管组成员穿军装，戴军帽，坐在前几排。开会前，商务会的王副主任先给军管会接管组的同志发了两个布制章——印着“中国人民解放军北平军管会”的臂章和印着“北平军管会商委会”的胸章，要求散会后把胸章和臂章分别缝好。王副主任说：“以后大家的身份转变了，不再是部队的战士了，但还要像战士一样不怕牺牲勇往直前！”他看看坐在前排的同志，又嘱咐了几句：“大家要特别注意自身安全，北平有不少潜伏的国民党特务暗中搞破坏，扰乱社会秩序，一定要提高警惕！”

参加会议的人知道，北平虽然和平解放，治安形势依然严峻，国民党潜伏特务活动猖獗，国民党军队流散的下级军官、士兵也是一大隐患。稳定社会环境成为最大的考验。

接着，王副主任请商委会主任讲话，宣布各处负责人名单和主要工作事项。徐志扬负责餐饮科工作，当前主要工作是要摸清北平餐饮界基本情况，了解业主状况，帮助解决问题……

会议结束后，根据分工，徐志扬召集餐饮科同志开会，研究部署下一步工作。旧政府留用人员老孙拿来三个档案袋放到办公桌上，拍了拍："徐科长，你要的资料都在这里。"看到只有三个档案袋，徐志扬有点意外："这么大个北平城，餐馆酒楼大大小小也得上千家，就这么点资料？"老孙一笑："北平餐馆饭店是不少，可也没怎么管理啊，要说管理那就是收税，不管大小，不管死活，税钱是一分都不能少。这方面的资料税务局比咱们全，咱们很多时候就是走过场而已。"徐志扬从档案袋里抽出餐饮从业者登记表看起来……

为尽快熟悉分管业务，徐志扬首先和城内各个区的商委会军管会接管小组负责人联系，制订联络表，方便做好工作。徐志扬在基层摸爬滚打多年，知道要掌握情况必须亲自到酒店、饭庄、茶楼了解实际情况。只有深入实际调查了解，才知道存在什么问题，怎么帮助解决困难。

这天上午，徐志扬和军管小组成员老林一同出门。老林到通县调查了解粮食运输情况。徐志扬嘱咐老林通县不大太平，多加小心。老林拍拍腰间的手枪，说防备着呢。两人走出商委会，徐志扬骑自行车，老林坐吉普车去通县。

北平商委会有两部吉普车，除非有要紧公务或者出远门，大家一般不用吉普车。能骑自行车去的地方，都骑自行车。

中共中央没有进北平前在香山办公。从香山进北平的唯一交通工具是汽车。因条件限制通信不便，虽然组建了香山电话局，打不通电话的情况还是时常出现，平时联络还得依靠汽车。中共中央主要领导人用车都紧张，其他用车可想而知。军管会的同志进入刚解放的北平，交通状况没得到多少改善，能分配到一辆自行车就感到很满足了。

北平的马路多数是土路，晴天尘土飞扬，雨天一地泥泞。主要马路的路面还好一些，偏僻一点的马路坑坑洼洼，骑自行车走在上面蹦蹦跳跳，技术不好很容易摔倒。徐志扬不敢大意，使劲握住自行车的车把，不时按下车铃提醒行人注意。

他要去的柳泉居，是北京著名“八大居”之一。柳泉居始建于明代隆庆年间，有四百多年的历史，是有名的黄酒馆。老北京的黄酒馆分绍兴黄酒、北京黄酒、山东黄酒、山西黄酒四种，柳泉居卖北京黄酒，还酿制一种“木瓜北京黄”药酒，对风寒腰腿疼有一定疗效，很受市民欢迎。

最早的柳泉居是由山东人开办的，当年柳泉居院内有一棵大柳树，树下有口泉眼井，井水清冽甘甜。店主用这口井的泉水酿制的黄酒，味道醇厚，食客称为“玉泉佳酿”。柳泉居做的菜肴色美味醇，糟鱼、醉蟹等大受赞赏。柳泉居早年无店名，据说“柳泉居”三个字是明朝奸相严嵩的落魄之作。明嘉靖年间，世宗皇帝宠信奸臣严嵩，还下旨说“世上没有杀严嵩的刀”。明穆宗继位后，决心除掉这个奸臣。但因先皇有言在先，无法取其性命，只好罢免严嵩的官职，抄没他的家产，只给严嵩留下一只银碗，让他以乞讨为生。一天，饥渴交加的严嵩来到一家酒馆门前，饿得走不动了，央求店掌柜给点饭吃。酒馆掌柜听说严嵩写得一手好字，便取来笔墨纸砚：“给你饭吃，你得写几个字。”严嵩稍加思索，拿笔写“柳泉居”三个字。不久，严嵩饿死街头，“柳泉居”成了绝笔，这家酒馆也因此声名远播。

柳泉居厨师鲁菜做得好，特别是一些孔府菜更是“独门绝技”，吸引了很多食客慕名而来。曾经有人作诗：“京城柳泉黄，黄酒醉人香；香惹八仙醉，醉倒神四双。”意思是八仙到此都醉卧酒楼，可见名气之大。柳泉居的老板姓童，是山东济南人。

鉴于柳泉居在京城的地位和影响，徐志扬想通过调查，了解一下北平城餐饮界的状况，看看有什么困难和问题亟待解决。

东源大街十字路口东面，离路口差不多有一里地就是柳泉居。饭店、酒楼、茶馆等餐饮场所选址非常重要，一样的规模，经营特色也差不多，因为地址不同，经营效益相差很多。做餐饮重要的条件有三个：营业地址、厨师技艺、菜品特色。三者都具备的饭店酒楼，经营不会有大问题。有人把做餐饮看得很简单，不就是做饭做菜嘛，是对这行不了解的缘故。

把自行车推到柳泉居门旁，锁上车锁，拔下钥匙，徐志扬往柳泉居走去。门口站着一个眉清目秀的小伙计，看到徐志扬便打招呼："大爷里面请——"他把尾音拉得老长，叫里面的伙计听见，做好接待客人的准备。北平的饭店酒楼都有这样的规矩，迎接客人必须要高声打招呼，显示诚意。如果是几个饭店酒楼挨着，和客人打招呼的吆喝声此起彼伏，难分高低。打招呼的伙计必须年轻、秀气，对女客有吸引力，能多招徕生意。

走进柳泉居的大堂，徐志扬看到里面稀稀落落坐着不到十个客人，桌上放一两样小菜，多数人就着小菜慢悠悠地喝酒。一个伙计走过来："大爷，您是吃饭啊还是单喝酒？"徐志扬摆摆手："我和童老板约好的。""啊，您是徐同志吧？"看看徐志扬的胸章，伙计扬右手往楼上指，"您上楼，右拐一直走到头，我们老板在客厅等您了！""谢谢！"徐志扬答应着，往楼上走去。

徐志扬走进客厅，柳泉居童老板忙起身迎接："有失远迎，请多包涵！""不要客气，不要客气！"徐志扬忙说。童老板请他坐下，把沏好的花茶倒进茶杯，拿起来递给徐志扬："张一元的茉莉花茶，很好喝的！"徐志扬端起茶杯，掀开茶杯盖，一股茉莉花茶的淡淡香味扑来，不用品就知道是好茶。

张一元茉莉花茶是京城老字号了。安徽歙县人张文卿年轻时来北京谋生，在荣泰茶庄当学徒，后来自己摆茶叶摊卖茶叶。积攒点本钱后，他在大栅栏开办了张一元茶庄。为了保证茶叶质量，他亲自到福建开办茶场，销售自家茶场种植的茶叶。可因为没什么特色，生意一直不温不火。张文卿冥思苦想，也没有想出什么好办法。

一天，有位朋友请他去一家茶庄喝茶，茶庄伙计把橘皮丝放到茶水里，虽然茶水没有多好喝，却给了张文卿很大启发：能不能在茶叶里加别的，让茶水好喝又别有风味呢？

喝完茶从茶庄里出来，遇到一个卖花姑娘，手里拿着茉莉花招呼："请买束茉莉花吧，祝您走运发大财！"张文卿本来不想买，卖花姑娘把茉莉花凑到他跟前，闻到了浓郁的花香，他伸手从口袋里摸出铜钱买了一束茉莉花。

回到家里，张文卿叫用人找来一只瓷瓶把茉莉花插到里面。闻着花香，张文卿心旷神怡。他冷不丁想，把茉莉花加到茶叶里，会是什么味道呢？急忙招呼用人烧水沏茶，在沏茶的时候，放了茉莉花进去。没想到，茉莉花沏茶竟然有种特别的香气，不仅是茶香，更有茉莉花独特的花香，这种茶香和花香混合的茶水风味独特……

张文卿购买新鲜茉莉花配自家种的新茶，依京城及北方人口味进行窨制、拼配，形成具有特色的小叶花茶。茉莉花茶以汤清、味浓、入口芳香、回味无穷得到认可，很快在京城流传开来。

柳泉居饭店招待就餐饮酒的客人都是用茉莉花茶，虽然多了一笔支出，但也招来不少喜欢茉莉花茶的客人。常年用茉莉花茶招待客人，张一元茶庄卖给柳泉居的茉莉花茶比别人便宜一成。两家互惠互利，照顾彼此的生意。

柳泉居是北京八大居之一，八大居是京城在清代颇为有名的八家风味餐馆：福兴居、万兴居、同兴居、东兴居(这四家也称为"四大兴")，柳泉居、广和居、同和居、砂锅居。

与八大居对应的是北京十大堂。指的是惠丰堂、聚贤堂、福寿堂（金鱼胡同、前门外打磨厂各一家）、隆丰堂、聚寿堂、燕寿堂、庆和堂、会贤堂和天福堂。这些大饭庄都有两三进的四合院，几十间房屋。房间陈设雅致，餐具考究。此外还设有戏台，客人可以一边就餐一边看戏。这些"堂"字号的大饭庄多分布在府邸、大宅门聚集区。像隆丰堂专门做王公府第的餐饮生意，各府阿哥以至管事的官员小聚玩乐多在隆丰堂饭庄；庆和堂专做内务府官员的餐饮生意，内务府里管事的官员下值（不在紫禁城里出勤）以后，大都到庆和堂聚会聚餐，在这里商量公私事项。饭庄会准备单独雅间，提供方便。

居与堂最大的区别是只办宴席，不办堂会（不请戏班唱戏）。相对规模小一些，是一般官员聚会聚餐之地，各自经营有特色的名吃。像福兴居的鸡丝面就颇为有名。光绪皇帝每次逛八大胡同，必去福兴居吃鸡丝面。砂锅居专用通县张家湾小猪做出白肉六十多个品种。因营业面积小，来吃饭的客人多，只卖半天就打烊，以至京城有句歇后语：“砂锅居的幌子——过午不候。”广和居是道光年间专为南方人开设的南味馆，以南方风味为主，南炒腰花、清蒸潘鱼、清蒸干贝、太极芋泥都很有名。这样的“老字号”不仅存于餐饮界，其他行业也有，是一种历史传统文化现象。

客厅里弥漫着淡淡的茶香，徐志扬边喝茶边问：“童老板，柳泉居一年赢利不少吧？”“这些年不挣钱啊！”童老板又是摇头又是叹气。徐志扬有些不解：“怎么可能呢？”童老板扳着手指头述说：头几年日本人占领北平，刀尖上过日子喂饱肚子就不错了，谁还有钱下馆子吃喝。好不容易盼到抗战胜利，把日本人赶跑了，迎来民国政府。以为有指望了，结果是换汤不换药，和日本人统治相比没什么两样，还是民不聊生。还打内战，老百姓橡子面窝头都吃不上。通货膨胀东西一时一个价，金圆券满天飞像废纸。靠美国人救济，还不够贪官们贪的。再后来，共产党来了……

说到这里，童老板端起茶杯喝茶，发出“咕噜噜”的响声。“共产党来了，您看怎么样呢？”徐志扬感觉童老板把话停住一定别有意思，张口问。童老板把茶杯放下，说：“共产党是不错，对待老百姓和气，军队还有三大纪律八项注意，确实挺好……”“有没有不好的地方？”徐志扬问。童老板抬起头：“徐同志想听真话吗？”徐志扬说：“我来就是想听真话，假的不是糊弄自己吗？”“您刚才来，看到大堂里的情景了吧？”童老板直言不讳。徐志扬毫不避讳：“客人很少啊！”童老板叹气：“为什么没人啊，我是巧妇难为无米之炊啊！现在米面不但贵，还买不到！还有，北平老百姓冬天取暖靠烧炉子，得用煤吧。国民党不管老百姓死活，共产党来了，还是没有煤啊！我现在全靠到城外买柴火维持，这不是办法啊！原来是你们围城，东西进不来，现在你们坐天下了，还是老样子啊！时间长了，会不会像李自成啊？我说话难听，别往心里去啊！”这些话确实难听，可都是大实话。共产党坐江山了，不能帮老百姓解决民生问题，想叫老百姓支持，难啊！这些情况必须反映给上级，不能拖延。

缺粮、缺煤、缺生活物资，这些问题是和平解放北平后迫在眉睫的事，解决不了很难安定民心。基层的困难通过不同渠道迅速反映到北平市政府和军管会，叶剑英写成专门报告向中共中央报告。在中央协调安排下，从河北、山东、江苏迅速调集粮食、煤炭驰援北平。很快，生活物资供应得到改善，原来市民家里不太冒烟的烟囱又开始冒烟了。

在基层做工作的徐志扬感触最深。不少对共产党有误解的餐饮业主，转变了对共产党的看法。他们通过徐志扬的宣传，了解新形势、新政策，大部分人愿意跟着共产党，为建设一个新北平贡献力量。也有少数餐饮业主半信半疑，个别人怀着敌视态度，幻想着国民党回来。对这些人，徐志扬不急不躁。伴随新中国成立的脚步越来越近，事实会教育这些人，让他们看看共产党是怎么领导人民改天换地的。

3

第三章

路公剑对餐饮界的事情不了解，听徐志扬说起来，觉得很有意思。他拿起酒壶给酒杯倒满酒，递给徐志扬："餐饮上的事我不懂，我的职责是管好社会治安。为我们还好好活着，喝一个！"这是一句实话，徐志扬举起酒杯和路公剑碰杯，不由得想起在从通县回来的路上被特务伏击不幸牺牲的老林，想起来心里就难过。看徐志扬情绪不太好，路公剑说："我们活着就得好好工作，多给党和人民做贡献！""是啊，"徐志扬抬起头，"别看敌人嚣张，他们是兔子尾巴长不了。"路公剑非常赞成："他们是秋后蚂蚱——蹦跶不了几天了。说点高兴的事，前天我在《北平早报》看到消息，说你们要成立北平餐饮联合会，怎么样了？"路公剑说着，夹起碗里的牛肉粉。

说到餐饮联合会这件事，徐志扬有些兴奋："这些天一直忙活着呢。"路公剑把牛肉粉放到嘴里，说："我不懂餐饮，觉得有这么个组织挺好的。把北平餐饮界团结起来，跟着党建设新中国，是个很带劲儿的事。你牵头做这项工作很光荣啊！"徐志扬禁不住笑起来："我刚才就是去仿膳楼找他们首席大厨姚琪山，咨询有关餐饮联合会的事，碰巧遇到你了。""我这会儿找你是不是影响你工作啊？"路公剑问。徐志扬晃头："没有，咨询早一会儿晚一会儿没关系。前门一带的饭店、茶楼晚上打烊都很晚，不耽误事。""那就好，"路公剑嘱咐，"晚上出来要提高警惕，特务经常打黑枪制造恐怖气氛。""我很小心的。"徐志扬让路公剑放心，两个人端起酒杯喝酒。

"成立餐饮联合会为什么找姚琪山，他有什么特别吗？"路公剑问。徐志扬吃了一口牛肉粉，咽下去才说："这人原来在御膳房当庖长，厨艺好，对北平餐饮界也熟悉，我有些事要请他帮助，出点主意。他简直是中国餐饮活字典，关于餐饮的事知道得太多了。有机会你去仿膳楼尝尝他做的仿御膳就知道了，不服气不行！""快吃吧，别耽误你去找姚琪山。"路公剑催促。两个人加快速度吃牛肉粉，发出"呼噜呼噜"的响声。

吃完牛肉粉，两人从米家老店出来。徐志扬和路公剑分手时说："有时间把吕泽海约出来，咱们三个从到北平还没在一起坐坐呢。"路公剑说："现在太忙了，找时间咱聚聚，还请你们吃牛肉粉。"

晚上八九点钟，是酒楼、饭庄、茶楼生意最好的时候。仿膳楼是一座三层楼，在一楼门口上方挂一块鎏金匾，"仿膳楼"三个字是吴佩孚写的。当初仿膳楼开张，邀请社会名流捧场。吴佩孚没时间，派了一个副官来。这个副官在仿膳楼吃了姚琪山做的炒年糕，没想到年糕这么普通的食品竟做得如此好吃，可见姚琪山厨艺了得。副官回去后，添油加醋地把姚琪山做的炒年糕夸赞了一番，说得吴佩孚也流口水了。

过了两天，吴佩孚抽时间到仿膳楼，让姚琪山做炒年糕。很快，一盘炒年糕端上桌，还有四个宫廷名菜：芫爆仔鸽、八宝野鸭、佛手金卷和炒墨鱼丝。吴佩孚大快朵颐，吃得满头大汗，夸奖姚琪山厨艺不一般。仿膳楼老板脑瓜灵光，请吴佩孚留下墨宝以示纪念。吃完饭，吴佩孚挥笔写下"仿膳楼"，正好《京城早报》记者在现场，将此事添油加醋地写成了报道发表，仿膳楼名声大噪，奠定了在北平餐饮界的地位。

对北平餐饮界的情况，徐志扬做过细致调查。柳泉居和一些知名饭店、酒楼的老板、掌柜建议成立北平餐饮联合会，团结餐饮界各方人士。过去餐饮界一盘散沙没人管，他们希望在共产党领导下结束这种状况。

北平市商委会经过几次研究，采纳了这个建议，决定成立北平市餐饮联合会。得知这个消息，几位餐饮界知名人士都想当餐饮联合会会长，商委会一时不好确定人选。徐志扬约姚琪山，就是征求一下他的意见。

晚上十点多钟，在仿膳楼吃饭的客人陆续离开。一个伙计站在门前一边给客人行礼一边说："感谢您光临，请走好！"徐志扬走到门前，伙计拦住："先生，对不起，我们打烊了，请明天再来！""我不是来吃饭的，我和姚大厨约好了……"没等徐志扬说完，伙计赶紧说："您请里面稍坐。""我不进去了，在这等他一会儿。"这时候，最后几位客人离开仿膳楼，姚琪山跟在后面走出来。

看到徐志扬，姚琪山急忙打招呼："徐同志，您来了！""您好，姚大厨！"徐志扬赶紧回话。姚琪山埋怨门口的伙计："怎么不请徐同志进来坐啊，多失礼啊！"没等伙计说话，徐志扬忙解释："我刚来，不怪他的，招呼我进去坐了，我没进去。”“好好，我们去茶馆坐坐吧！”姚琪山招呼徐志扬去茶馆，两个人边说边离开仿膳楼。

他们去的这家茶馆不大，屋子里摆放了九张茶桌。这个时候来喝茶的人少，只有三张茶桌前有客人，零星坐着几位茶客喝茶。

茶客分好几等，有头有脸讲排场的不会在这种小茶馆喝茶，都是到大茶楼、大茶馆喝茶，喝茶的时候还要摆谱，叫人看出他有钱：不光喝茶，一定要几种点心摆在茶桌上；一张茶桌一个人占着，不去包间，非在人多热闹的大堂里喝茶好显摆自己。

还有的茶客有点钱，喝茶时会找几个朋友一起到茶馆，围着茶桌要一壶好茶，一边喝一边东拉西扯，显摆自己不光有钱，还有人缘。找来喝茶的朋友深谙其中门道，不时夸上几句，恭维今天的茶好，肯定不便宜。这会让请喝茶的人感到有面子，不然人家凭什么找你白喝茶啊！

穷喝茶的去不起大茶馆，只能上小茶馆。要壶茶水，一喝小半天。茶叶花钱，水不花钱。喝完一壶，让茶馆伙计把水续上，接着喝。喝到最后，多次冲泡的茶水都没了颜色。他还会说，今天这茶真不错。这样的茶客最叫茶馆伙计挠头，不能撵他走，还得不断给他的茶壶续水，白侍候不赚钱。

除此之外，有专门品茶的茶客，是真正的行家。这种茶客一般也没多少钱，但会喝茶，行话说叫品茗。一把茶叶放到茶壶里沏，倒出茶水，他品一口就知道是什么茶，是新茶还是陈茶。有的茶客功夫到家，冲泡茶水是第几遍都能品出来，让人拍案叫绝，被称为“大师茶客”。有时候，他往茶桌前一坐，会围上人来看他喝茶，听他讲如何品茶。有人像听评书一样上瘾，没听够，自己花钱请他喝茶。这种茶客对喝茶的茶具很挑剔，有时嫌弃茶馆的茶具不好，自己带紫砂壶来茶馆。紫砂壶往茶桌上一放，就会吸引不少人的目光。紫砂壶有大有小，小的常年在手里把玩，像玩古董似的产生包浆，紫砂壶表面有深紫的幽光。常年用来喝茶的紫砂壶，茶味沉淀在茶壶气孔里，不用茶叶，倒上热水，竟然也能喝出茶味来……

在御膳房当过御厨的人，虽然不是顶级的茶客，对茶叶的分辨还是强过一般茶客。“御厨”也是他们头上的光环，能给皇帝做膳食，不是一般厨师做得到的。只要姚琪山到这家小茶馆喝茶，掌柜都会亲自过来招呼。

小茶馆掌柜倒水有功夫，一把大茶壶里面盛十多斤开水，一只手很轻松地拎起来，另外一只手托着茶碗，距离大茶壶有一米多远。大茶壶稍稍一倾斜，从壶嘴里喷射出来的开水准确无误地射进茶碗里。这也是一门手艺，不练习三年五年，功夫到不了家。小茶馆掌柜热情招呼姚琪山和徐志扬，把他们让到一张茶桌，问喝什么茶。姚琪山说：“新进什么茶，我们就喝什么好了。”“有张一元茉莉花茶，您二位尝尝。”掌柜一边说一边喊伙计把茉莉花茶沏上。

茶碗里冒出热气，掺杂着淡淡的茉莉花香。徐志扬和姚琪山一边喝一边聊起北平餐饮联合会筹备工作的事。徐志扬请姚琪山推荐合适的会长人选，这个人选对北平餐饮联合会将来的工作很重要。

“我还真考虑会长人选这个事了。”姚琪山放下手里的茶碗，“餐饮联合会的会长不光要有能力，还要人品好，能服众才行。”“对对对，”徐志扬表示赞成，“您看谁合适呢？”姚琪山喝口茶，想了想：“这个人一定要从有影响的大酒楼、饭店遴选才行。”“你们仿膳楼怎么样？”徐志扬问。姚琪山摸了摸下巴说：“仿膳楼的名气、规模、地位都够格。我了解刘老板这个人，心胸小了点。为了争当会长，他还私下活动，拉人头，我觉得这就不好了。”“您觉得玉华台怎么样？”徐志扬又问。姚琪山显得很谨慎：“玉华台在北平名气不小，规模也够大。玉华台只做淮扬菜，朱殿荣、包春阳、孙宝强这几个淮扬菜厨师名气不小，但是在北平不是主流，代表面小了一些，喜欢淮扬菜的人毕竟少一些……”姚琪山委婉地表达自己的观点。

伙计拎着大水壶走过来，打开茶壶盖，给茶壶续水。徐志扬说了声“谢谢”，看着姚琪山直截了当地问：“姚师傅，您的目标人选是谁呢？”姚琪山从茶碗里倒点茶水在桌面上：“这样好不好，我们俩一起蘸水把自己想的人选写出来，看看是不是想到一起了。”“好好，”徐志扬挽了挽袖子，伸出右手食指蘸了一点茶水，“开始！”

两个人同时在桌上写字，是一个“全”字，不约而同抬头：“全聚德。”他们想到一起去了。

北宋时都城不是北京，在河南的汴梁，就是后来的开封。汴梁经济繁荣，饮食业非常发达，全国各个菜系在汴梁都可以找到，生意十分火爆，据说宋神宗当皇帝时出现烤鸭，叫“汴京烤鸭”。

杭州人丘敬学家境贫寒，念过几年私塾，本想要考取功名走仕途，无奈家里太穷实在读不起书，只好辍学到一家酒馆学做厨子。离酒馆不远的地方是一个鸭场，鸭场王老汉领着儿子王立养鸭子。王老汉和王立都喜欢喝酒，没钱就拎着鸭子到酒馆找丘敬学，用鸭子换酒。

一天傍晚，王立拎只鸭子来找丘敬学想换酒，赶上酒馆掌柜心情不好，听到王立拿鸭子换酒，挥手往外撵：“拿鸭子换酒，以后没这好事了！有钱就来喝酒，没钱少来！”丘敬学心想：别惹他了，赶紧给王立使个眼色。王立很不痛快，拎着鸭子走了。丘敬学觉得不好意思，这点小事都帮不了，以后还怎么上人家那里买鸭子啊？趁着酒馆掌柜出去的工夫，丘敬学从酒坛子里打出一壶酒，跑到鸭场把酒壶交给王立，嘱咐不要和别人说，自己匆匆忙忙回到酒馆。

爷俩心里都挺憋气，觉得酒馆掌柜不仗义，也没弄什么菜，就着一盘花生米喝这壶酒。爷俩心情不好，一壶酒喝完，人也醉了。王老汉不小心把油灯碰倒，鸭棚起火了。爷俩慌慌张张跑出来，鸭棚起火没救下来，里面的鸭子全烧死了。

等到丘敬学赶来的时候，只见塌架的鸭棚里冒着青烟，王老汉拍着大腿哭天抢地。忽然，丘敬学闻到一股煳鸭子味儿，他把塌架的鸭棚扒开，看到烧得焦煳的鸭子，扒出一只把外面烧煳的一层去掉，撕下一块鸭子肉放到嘴里，觉得挺好吃的。丘敬学冷不丁冒出个念头：酒馆专门烧鸭子说不定也不错呢。他把自己的想法和王立说了，王立很高兴：“我家养鸭子，你负责做！”

丘敬学辞了工，自己开了家小酒馆，专门做烤鸭生意。杭州没人做烤鸭，他一炮打响，生意越来越好。丘敬学想把烤鸭生意做得更大，想去汴梁发展。王老汉故土难离，王立孝敬老人不能和丘敬学一起去，丘敬学与爷俩只好分道扬镳。

没想到的是，到了汴梁事与愿违，当地人不认丘敬学的烤鸭，当地人更喜欢吃烧鸡。冥思苦想，丘敬学想了一个推广办法：先做烧鸡卖，凡是买烧鸡的赠送一份烤鸭。买烧鸡的人吃了赠送的烤鸭，感觉比烧鸡好吃，回头不买烧鸡了反倒买烤鸭。慢慢地，丘敬学的烤鸭在汴梁出了名，被称为“汴梁烤鸭”。

南宋末年，元军一举攻占汴梁。元军大将伯颜吃了汴梁烤鸭，赞不绝口，强迫丘敬学和几个做烤鸭的厨子随他去北京（当时称“大都”），专门给皇亲国戚做烤鸭。丘敬学和几个做烤鸭的厨子把烤鸭技术带到北京，“汴梁烤鸭”改称“北京烤鸭”。因为味道独特备受青睐，烤鸭风靡一时。后来，烤鸭技艺从宫廷传到民间，成为京城首屈一指的名吃。

全聚德一直经营北京烤鸭，童叟无欺、货真价实，信誉非常好。老板杨顺德不但在饮食行业口碑好，在社会各界也广受赞誉。抗战和解放战争期间，他暗中援助北京西山游击队，在游击队最困难的时候，冒险给西山游击队送钱送物资，游击队重伤员在他的帮助下秘密潜回北平养伤，杨顺德成为游击队和地下党的亲密挚友。无论从哪个方面说，杨顺德出任北平餐饮联合会会长都合适。姚琪山告诉徐志扬，这不仅是自己的想法，北平一些名厨也倾向杨顺德，他的人品和能力受到一致肯定。

选举杨顺德为北平餐饮联合会会长成为餐饮界多数人的共识，有了领头雁，剩余的事情就好办了许多。当然还要征求杨顺德自己的意见，徐志扬希望他不辜负大家的期望担起这副担子。

4

第四章

晚上是全聚德烤鸭店最热闹的时候，两层楼全是吃饭的客人，饭店伙计不停地在餐桌间穿梭，嘴里还招呼着：“您慢用，谢谢光临！”客人一边吃一边夸赞全聚德的烤鸭好吃，餐厅里弥漫着一股烤鸭的香气。

烤鸭技艺从宫廷传到民间后，烤鸭店生意很火爆，风靡一时后风头渐渐平息。有两个原因：一是北京历来是名吃荟萃之地，全国八大菜系叫得响的名吃在北京都有名厨能做出来。北京又不断有新名吃出现，盖过之前名吃的风头。比如“佛跳墙”“狮子头”“糖醋鲤鱼”等名吃相继传到北京，也很受欢迎。二是北京烤鸭用焖炉烤制，焖烤鸭子前，先将秫秸等燃料放进炉内点燃，炉膛升高到预定温度将火灭掉，然后把腌制好的鸭子放在炉中铁箅上，凭炉内炭火和烧热的炉壁焖烤而成。中间不能开炉门，也不能移动鸭子，一次放入，一次取出。经验不足的厨子很难掌握火候，有时会把鸭子烤焦，影响烤鸭颜色和品质，口味不佳。时间长了，北京烤鸭不像开始那么受欢迎。

全聚德声名鹊起在清朝同治年间。河北人杨全仁因生活所迫到北京寻活路，在前门外的肉市街做鸡鸭小买卖。他深谙“薄利多销”的生意经，生意越做越火。一天经过一间“德聚全”干果铺，铺子生意不好，掌柜不得已把铺子出售，杨全仁当即买下。之后他请来一位风水先生给铺子起名，风水先生捋着胡子说：“将‘德聚全’倒过来就可冲其霉运。”杨全仁请一位书法家写下“全聚德”三个大字制成匾额，选吉日开张。

新铺子开张，主要做烤鸭。杨全仁打听到从御膳房退休的孙御厨烤鸭技术高超，多次邀请孙大厨来全聚德当大厨。孙大厨来到了全聚德做焖炉烤鸭，杨全仁经常跟他探讨烤鸭技艺，两个人想出一个主意：炉子改成敞口，在炉子外面能看到炉子里的鸭子。炭火在炉子里不灭火，厨子可掌握炉子里的火候。孙大厨决定用新挂炉试一试，看看效果如何。

挂炉做烤鸭，从外面能看见鸭子的烧烤情况。燃料和以前也不同了，用枣木、梨木等果木为燃料。果木燃烧时无烟、底火旺，燃烧时间长。鸭子入炉后，有规律地调换鸭子的位置，使其受热均匀。挂炉烧烤火力猛，鸭子皮下脂肪化得快，烤成的鸭子外形美观、皮脆肉嫩、鲜美酥香、肥而不腻，全聚德烤鸭赢得“京师美馔，莫妙于鸭”的美誉。北京烤鸭以独特风味风靡大江南北，牢牢占据中国名吃老大的地位，不但受国人欢迎，外国人提起中国美食，第一个想到的就是北京烤鸭。

为遴选北平餐饮联合会会长，徐志扬约谈多位北平餐饮界知名人士征求意见，汇总后向商委会领导汇报。经慎重研究，商委会同意全聚德老板杨顺德为会长候选人。

和杨顺德约好时间，徐志扬傍晚的时候到全聚德饭庄找他。

他们在办公室谈了两个多钟头，杨顺德提出了许多有益的意见和建议。杨顺德说，北平作为有六七百年京城历史的大都市，最发达的是手工业和餐饮业。餐饮店面虽然大部分规模不大，但吸引就业人口多，影响大，对老百姓生活影响也大。做好餐饮业，就业的人多，对稳定民心很重要。“民以食为天”，不管哪朝哪代，都要先顾人的嘴巴，做好餐饮这块的工作是抓到点子上了。

看着简朴的办公室，徐志扬问：“杨老板，您的办公室怎么不设在全聚德饭店前面的营业楼里啊？”杨顺德笑着说：“办公室放在营业楼里要占一个房间，我不占用的话，就可以多出一个包间，一天能多赚不少钱，一个月呢，一年呢……”徐志扬佩服杨顺德的精明，难怪全聚德的生意这么好。

说起京城餐饮，杨顺德眉飞色舞：“京城餐饮带‘八’的说法不少，你知道八大居吧？”“知道，前些天我去过柳泉居，长了不少知识。”徐志扬笑着说。杨顺德又问：“北京八大碗知道吧？”徐志扬有点不好意思：“我只是听说过，具体的还真不知道，请教了。”“就是老北京人办红白喜事‘流水席’中的八个主菜。”杨顺德扳着手指头数起来，“大碗三黄鸡、大碗黄鱼、大碗肘子、大碗丸子、大碗米粉肉、大碗扣肉、大碗松肉、大碗排骨。”看似平常的餐饮里很有学问，涉及地方民俗。

“北京人走亲访友还讲究京八件，”杨顺德连说带比画，“分大八件和小八件。大八件是以八块不同品种糕点搭配一组，重量为一斤，里面有翻毛饼、大卷酥、大油糕、蝴蝶卷子、幅儿酥、鸡油饼、状元饼、七星典子。小八件顾名思义，也是八个品种，要比大八件小一号，十六小块凑一盒，重量也是一斤，有果馅饼、小卷酥、小桃酥、小鸡油饼、小螺丝酥、咸典子、枣花、坑面子……”说起京城餐饮典故逸事杨顺德如数家珍，徐志扬心里佩服。许多人觉得厨师这一行没什么学问，就是做饭做菜的技艺而已。但是千万别小看做饭做菜，里面的学问不下点功夫真掌握不了。

中国古都开封、洛阳、南京、西安、杭州等都有过餐饮繁荣时期，为什么唯独北京餐饮业兴旺发达、历久不衰?

清朝末期，国运衰退，各行各业都走下坡路，唯有餐饮业发达。慈禧太后垂帘听政，非常注重饮食和养生，所谓“食不厌精，脍不厌细”。《大清律》规定，八旗贵胄不许经商，而一向讲究“吃点、喝点、乐点”的八旗子弟为掩人耳目，暗中投资，雇用手脚勤快、能吃苦、有头脑的汉人为其经营酒楼、饭庄、茶馆，一般都开设在繁华街区，又闹中取静，别具特色。里面装饰富丽堂皇，桌椅古香古色，布置得贵气十足，吸引了很多达官贵人、社会名流光顾。因为半官方介入，使得清朝时北京的餐饮业格外繁荣，出名的酒楼、饭庄、茶馆各有不同的风味，形成了自己的特色。

杨顺德对这些了如指掌，把重要的信息向徐志扬一一介绍，又提醒说：“还有一部分人同样不能忽视。北平有多所大学，有专门研究中国传统饮食的教授、学者，他们有很多研究成果。”说到这里，杨顺德站起来从身后的书柜里拿出几本关于餐饮文化的图书：“特别是梁少博教授，他的研究有很多独到见解，建议请他来做餐饮联合会的理事。只不过他性格执拗，不知道会不会答应。日本人和国民党统治北平时请他出来做事，全被回绝了。你要有碰钉子的准备，有些教授性格有点古怪，挺有个性的。”说着，杨顺德把一本《中华烹饪漫谈》递给徐志扬。这是一本竖版线装图书，里面还有插图。

“我把这本书带回去看看，行吧？”徐志扬把《中华烹饪漫谈》翻了翻，想带回去看。“这几本您都拿着，对了解中国饮食文化很有益处。”

杨顺德找出一块蓝布，把几本书包起来。徐志扬说："我借回去看看，看完了再送回来。""客气什么啊，送您了嘛！"杨顺德把包袱放到徐志扬面前，"我们都是一家人了嘛，以后常来常往，用得着我的地方，尽管说话。"两个人又交谈了一会儿，徐志扬告辞了。

从办公室出来，杨顺德坚持要送徐志扬。他陪着徐志扬往前边营业的餐厅楼走，边走边说："请您吃烤鸭，尝尝我们全聚德的味道。"徐志扬忙摆手："您答应出任餐饮联合会会长比请我吃一百次烤鸭都高兴！吃烤鸭的事以后再说，我还有别的工作要处理，改日吧。"杨顺德也不勉强："那好，改日请您。等成立了餐饮联合会，请您和几位副会长一起坐坐，研究一下以后的工作。""好好，请留步！"徐志扬请杨顺德不要客气，不要再送了，自己大步流星往餐厅走去。看着徐志扬的背影，年过半百的杨顺德很是感慨：共产党的干部都这样拼命工作，新中国哪有建设不好的道理？

推开全聚德餐厅后门，走进热热闹闹的餐厅，徐志扬心里也很感慨：这么有名气的饭店，老板办公室竟然在后院不起眼的小房间里，办公室里的陈设也很简单，看不出是大老板的办公场所。这样的人当餐饮联合会会长，一定能带领广大会员跟共产党走，把餐饮业做大做好。

从后门进入全聚德，斜穿过半个餐厅，才能从前门出去。一个饭店伙计推一辆送餐车走来，走得急不小心碰到了迎面的徐志扬。"对不起，真对不起，先生没事吧?"饭店伙计忙不迭地给徐志扬道歉。"不要紧，没事。"听到徐志扬说话，旁边一张餐桌正在吃饭的一个人大声叫："徐志扬！"

听到有人叫自己，徐志扬赶紧转头看是谁。

"吕泽海！"

没想到能遇到吕泽海，两个人紧紧握手。

与在培训班相比，吕泽海发生了明显变化。他身穿一件西服，扎桃色碎花领带，人显得挺精神。为什么他穿的衣服会让徐志扬有异样的感觉呢?

在良乡参加培训时，大家都穿灰军装，年纪差不多都是二三十岁，放到人堆里都不好辨认出来。进入北平城之后，以军管会工作人员身份参加接管的同志依旧穿军装，穿衣戴帽和在部队时没什么变化。以普通工作人员身份参加接管的同志，要求退伍脱军装，穿的衣服和在部队时不同，和普通群众一样。男同志大多数穿四个口袋的制服或中山装，衣服一般是蓝色、黑色或黄色，看上去有点土气。这身装束很容易被老百姓分辨，市民称他们“解放干部”。男同志穿西装的比较少，不是因为出席一些场合需要，多数人不会穿西装。

除了西装，让徐志扬感到异样的还有吕泽海的头型。在良乡培训班培训时，男同志基本理小平头，互相看着挺顺眼。分别几个月不见，吕泽海留起了大分头，梳得油光锃亮。这些外观变化，徐志扬有明显感觉。

“没想到在这里能碰到你，”吕泽海拉着徐志扬的手，“一起吃饭吧！”

徐志扬想起前几天和路公剑吃牛肉粉时还说起要找吕泽海吃饭的事，他开口说：“前几天我和路公剑一起吃牛肉粉，提起来要找你一起吃饭呢。什么时候有工夫，我们约一下。”吕泽海很高兴：“我刚调到公用局，还没来得及告诉你和路公剑。这几位是我的新同事，你和我们一起吃饭吧。”吕泽海把餐桌边上三个同事介绍给徐志扬，请徐志扬留下吃饭。徐志扬委婉地拒绝：“今晚还有事，落实成立北平餐饮联合会的事，改日吧。”徐志扬抱歉地和吕泽海握握手，转身朝餐厅前门走去。

看着徐志扬走出餐厅，吕泽海挺感慨，进北平好几个月了，徐志扬怎么没什么变化呢，不怕人家说他是“泥腿子”吗？看来他平时打交道的人也一定是“土老帽”，不然总会有些变化吧？

在公用局工作，吕泽海接触的资本家多，在北平是所谓的“上流人士”。这些人很时尚，代表着都市新潮流。想想前些年在部队过的日子，和现在比一比，吕泽海觉得就是一个在天上一个在地下。他有点庆幸，自己能被选到培训班接受培训，跟随军管会进北平城参加接管工作，不然他还在部队里行军打仗，依旧是个“土八路”，将来个人前途怎么样也是未知数。现在一切都很明朗，只要自己努力工作，肯定会有很好的发展。

因为参加接管的军管干部人员少，军管会接管北平市公用局后，不得不留用一部分旧政府工作人员，他们熟悉情况，很多工作还得依靠他们。公用局军管会人员不到二十个，旧政府留用人员四五十个，管理好、使用好这部分人员成为工作的重要方面。

公用局军管会负责人召集军管人员开会，告诫大家与留用人员保持距离，工作上依靠他们，大胆使用，但也要防止被一些心怀不轨的人带偏自己。现在进入到一个全新的环境，与过去在部队工作生活有很大不同。很多同志之前的经历比较单一，多数时候是执行命令，不用动太多脑筋。现在每个人都独当一面，要靠自己研究问题、解决问题，谨慎小心是必要的。军管人员不能妄自菲薄，不能高人一等，互相尊重、采长补短才能把工作做好。

会议最后是表态发言，吕泽海表态说，自己是苦孩子，接受党多年培养才成长起来，一定会牢记组织纪律，严格要求自己。自己经过枪林弹雨的考验，在和平时期也一定能圆满完成组织交给自己的任务。

第一次到元茂自来水公司了解供水情况，吕泽海是和留用人员程玉堂一起去的。本来说好吃完午饭走，程玉堂磨磨蹭蹭，直到下午两点多才出门。

两个人年纪差不多，平时也谈得来，吕泽海愿意和程玉堂一起工作。两个人骑着自行车，程玉堂在路上介绍，这家自来水公司是和德国人合营的。公司开始是市政管理，连年亏损只好转让给一个德国公司和一家中国公司合伙经营。北平和平解放前，德国合伙人看不清形势，拍拍屁股回国了，留下中国人马老板经营。因经营不善，自来水公司三天两头断水，市民对此很有意见。喝水吃饭是老百姓生活的大事，解决不好很麻烦。

来到元茂自来水公司，马老板见面就诉苦，中心诉求就是一个：缺少资金，运营困难，政府再不管就关门大吉。颇有些威胁的意味。吕泽海也不是吃素的，口气很强硬地告诉马老板，有问题提出来，想办法解决问题，不要动不动用停水威胁政府。任何时候共产党都把老百姓的事儿放在第一位，自来水公司要保证供水，存在困难要想办法解决。

一番话说得马老板面红耳赤，急忙拉开抽屉拿出一个小纸包塞给吕泽海："兄弟的一点意思，请笑纳。"吕泽海不知道纸包里是什么东西，但他知道不能接受。军管会人员守则规定：不许接受工作对象请客送礼，违反者严厉处罚。在部队养成了执行命令的习惯，吕泽海拒绝了："你把供水的事情做好，比送我什么都强！""马老板的一点心意，拿着吧！"程玉堂打圆场，把小纸包接过来塞进吕泽海的上衣口袋。"不行！"吕泽海从口袋里把小纸包拿出来，放到桌子上，"你反映的情况我都记下了，会给上级汇报的。当前有很多困难，希望我们同心合力克服，保证老百姓喝上水。"吕泽海很严肃。马老板像小鸡啄米似的不停地点头："明白，明白。吕同志，这么晚了，一起吃顿便饭吧？"

往窗外看看，确实黑天了。吕泽海这才明白，程玉堂下午磨磨蹭蹭不早点出来，原来是想在自来水公司蹭饭，忙说："不了，我们有规定，不允许接受工作对象请客送礼，会犯错误的！""给我点面子，给点面子！"马老板一边说一边看看旁边的程玉堂。"就是啊，在哪里也得吃饭不是，留下吧！"程玉堂敲边鼓，偏向马老板。"我说了不行，有规定的！"吕泽海一边说一边往门口走。"不识抬举，"程玉堂心里老大不高兴，毫不掩饰地表现了出来，"你们共产党有规定啊，管不着我吧？我留下。""咣当"，吕泽海关上房门，先走了。

越想越憋气，吕泽海没想到程玉堂会这么露骨地表达他的想法。反过来想想，人家也没错啊，军管会的规定管不着留用人员啊，这也是个漏洞吧。将来这方面也得有规定才行，不然"拿人家的手短，吃人家的嘴短"，还能公平公正地开展工作吗？肚子"咕咕"叫，有点饿了，前面有个小面馆，吕泽海决定吃碗面条再走。

小面馆不大，里面放了六张桌子，有五六个人在吃面条，发出"哧溜哧溜"的声音。面馆伙计走来打招呼："先生请坐，吃面吗？""都有什么面啊？"吕泽海问。伙计说："我们就有一种面，老北京炸酱面。您来一碗？"

吕泽海对老北京炸酱面不陌生，进北平第一次和同事出去吃饭就是吃的老北京炸酱面。它是传统小吃，做起来比较简单：黄豆清水泡发，入开水锅焯熟捞出；黄豆芽入锅焯熟，五花肉、鲜香菇洗净切成小丁；胡萝卜、白萝卜、黄瓜去皮切丝，芹菜、香椿洗净切小段；炒锅倒油烧热，放葱段、姜末、蒜末炒出香味，下五花肉丁中火煸炒，炒出猪油时加一点料酒去腥，再加生抽炒匀，将肉丁盛出；锅内留煸肉的猪油，把甜面酱、干黄酱调和均匀，倒进锅里炒出酱香，倒入五花肉丁、香菇丁、姜末，直到酱和肉丁水乳交融，炸酱就做好了。吃的时候，将面条与炸酱、菜码拌在一起。

面馆伙计端上一碗面条，另一只盘子里装胡萝卜丝、白萝卜丝、大葱末，一只小碗里盛着面酱，里面没有猪肉丁。“对不起，现在供应紧张，面酱里没有肉丁，大冬天买不到别的菜，您多包涵。”伙计点头哈腰一边致歉一边解释。吕泽海没在乎，有面条吃就不错了，先把肚子填饱再说。

把胡萝卜丝、白萝卜丝、大葱末倒进面碗里，再倒面酱，拿起筷子搅拌面条，肚子里的馋虫已经上来了。夹起一筷子面条放进嘴里，“哧溜”一下进到肚子，真香啊！要是有猪肉丁不知道怎么好吃呢……

吃完炸酱面，从小面馆里出来，吕泽海准备骑上自行车走，发现后车带没气了。天色已晚，抬头看了看四周，没有修自行车的，只能推着走，碰运气看能不能找到修自行车的。身后开来一辆轿车，“嘀嘀嘀”响喇叭。吕泽海赶忙往路边让，身后的轿车喇叭还是响个不停。“怎么回事啊，我不是让道了吗？”吕泽海一边说一边回头。

轿车在他身边停下，程玉堂从轿车里出来：“吕同志，自行车是不是坏了啊？放到后备厢吧，到前边找个修自行车的。”程玉堂过来，不由分说地搬起自行车放进轿车后备厢里。马老板坐在轿车里，伸手和他打招呼：“吕同志，上来一起走吧，我知道修自行车的地方。”

轿车开了大约半个小时，来到一家戏院门前。戏院南面约两百米的地方有一个修自行车的车摊。马老板让司机下车从后备厢把自行车搬下来，吕泽海问修自行车的什么时间能把自行车修好，修自行车的看了看瘪瘪的车带：“车带没气了，是不是扎带不好说，得扒开车带看看才知道。车带有眼还要补好才能再上到车轮上，半个多小时的工夫吧。”

马老板走过来：“戏园子有名角唱京剧，咱们进去看一出，再出来正好赶趟。”吕泽海有点犹豫。程玉堂在旁边帮腔：“这也不是请客送礼，不就是看个戏嘛！吕同志，你不能太教条了。”不等吕泽海说话，程玉堂硬拉着他就往戏园里走。马老板跟在后面说：“不就是看场戏嘛，也不违反什么规定吧？”吕泽海没再坚持，跟着两个人走进戏园子。

戏园子门前张贴着一幅大海报，写着大红字“京剧名角小白菜主演《红娘》，名震京城，不可错过”。

小白菜刚登台就赢得满堂喝彩，叫好声不断。吕泽海进北平后第一次在戏园子看戏，没想到观众反应这么热烈。吕泽海喜欢看京剧，属于外行看热闹，唱到什么地方该叫好他不知道，只能对旁边的马老板察言观色，马老板鼓掌他跟着鼓掌，以免被人笑话。本来想坐下看一会儿就走，没想到竟被深深吸引住了，不知不觉把整场戏看完，吕泽海意犹未尽：“名角唱得就是好！”“吕同志喜欢看京剧的话，以后可以常来过过瘾，当个票友也挺有意思。”马老板笑着说。

走出戏园子，来到自行车摊前。看到自行车立在一边，车带已经补好，打足了气，吕泽海问：“多少钱？”修自行车的说：“刚才司机付钱了。”马老板问：“用不用我的车送你回去？”吕泽海连忙说：“不用了，离单位没多远了，我自己骑自行车回去。”“那我就送程先生吧！”马老板让程玉堂上车，轿车开走了。吕泽海还在回味刚才小白菜唱的京剧，真的很不错。

5

第五章

回到宿舍，吕泽海脱掉上衣，觉得下面口袋里有什么东西，急忙掏出来，是个小纸包。一定是马老板趁自己不注意塞进口袋里的。打开纸包，里面是一只金戒指。吕泽海心里有点慌乱。军管会关于不得接受请客送礼的规定是非常严格的，擅自违反会受到什么处分，他心里一清二楚。这只金戒指不能接受，万一被组织知道了不是闹着玩的。

第二天上班，吕泽海来到办公室的第一件事就是给马老板打电话。他当着同事的面，在电话里不敢直截了当说退还金戒指，只能含糊其词，说有点事情找马老板，问今天有没有时间。马老板说，白天没时间，晚上有时间，如果方便的话，晚上见面，他派车来接吕泽海，约定时间晚上七点。吕泽海还想问在哪里见面，马老板把电话挂了。

晚上七点钟，一辆黑色道奇轿车准时来到公用局大门外，司机按了两声喇叭。吕泽海快步从办公室出来，拉开车门钻进去，心“扑通扑通”乱跳。他有点后悔，干什么答应马老板派车啊，军管会的人看到多不好呀！他赶紧叫司机开车，好像自己干了什么见不得人的事。

车窗两边的路灯很暗，往远处看黑乎乎的。发电厂供电不正常，停电是常事。走了一会儿，吕泽海感觉有点不对劲：“咱们是去元茂公司吗？”司机没回头，说：“马老板在夜总会等你。”“什么夜总会？”吕泽海有点蒙，马老板没和自己说在夜总会见面啊。“本来要在公司等你的，临时和朋友谈生意改地方了，让我拉你去夜总会。”司机解释得合情合理。

王府井大街自古就很繁华，每到夜晚很是热闹，车水马龙人来人往。轿车在王府井大街南面停下，紫蔷薇夜总会大门上方五颜六色的霓虹灯十分耀眼。吕泽海头一次来夜总会，感觉不习惯，他有些犹豫，要不明天再与马老板见面吧？

“吕同志！”马老板站在夜总会门口朝吕泽海招手，他只好硬着头皮走过去。左手按了按上衣口袋，里面装着小纸包，硬硬的。

走进夜总会，大舞厅里灯光有些昏暗，舞池里很多男女搂抱在一起跳舞，吕泽海有点心惊肉跳，这不是自己应该来的地方。他穿着军装显得格外扎眼，心里想：“把东西还给马老板就走！”

马老板引导吕泽海走进一个包间，里面坐着一男二女，男的西装革履，女的珠光宝气，说话娇滴滴的，让人起鸡皮疙瘩。“我朋友季老板，这位是吕同志。”马老板给他们做介绍。两人互相握手寒暄。“吕同志，真不好意思，我和朋友还要谈点生意上的事情，有点商业小秘密……”马老板笑眯眯地看着吕泽海，意思是请吕泽海回避。

“啊，我找你有点小事，很简单。”吕泽海想尽快离开，急匆匆地说。“不急，不着急。”马老板说，“你和钱小姐去跳支舞，回头再说我们的事吧。”没等吕泽海反应，钱小姐站起来挽住吕泽海的胳膊，娇声娇气地说：“吕同志，可要赏光啊！”吕泽海被连拉带拽地架出包间。

从来没跳过舞，吕泽海在舞池里显得很笨拙，总是踩钱小姐的脚，惹得钱小姐“吃吃”地笑。吕泽海恨不得地上有条缝钻进去：“不跳了，不跳了！”“慢慢就好了，你有跳舞细胞！”钱小姐搂住他，把自己的脸紧紧地贴在他的脸上，一股好闻的香水味儿直冲鼻子，吕泽海喜欢这种味道，被钱小姐紧紧贴着的脸也有一种痒痒的感觉，有一种从来没有过的体验……

跳了三支舞曲，吕泽海竟然跟上了钱小姐的舞步，奇怪，自己真有跳舞细胞吗，还是因为别的什么呢？

跳完第四支舞曲，舞池里灯光亮了。吕泽海想到自己找马老板的目的，和钱小姐说：“就到这里吧，我找马老板还有点事。”“着什么急啊，马老板生意谈完了会来找你的，别急啊，我的好吕哥！”称呼在不知不觉中改了，吕泽海没觉得有什么不自然。钱小姐把头靠在吕泽海的肩上，那股香水味儿让他很喜欢，禁不住嗅嗅鼻子。“吕哥，你再来的时候别穿这身军装了，显得太土气不是？”钱小姐很自然地握住吕泽海的手，说话细声细气的，叫人感到麻酥酥的，吕泽海喜欢女人这样说话。

“和你在一起真好，有安全感。”钱小姐摸着吕泽海的脸，让他有点触电的感觉，“做身西服穿吧，别天天穿军装，太板正了。慢慢改变习惯，不然叫人笑话。”这些话听起来顺耳。吕泽海自己也感觉到了，经常和老板们打交道，自己是显得土气，有些自卑。钱小姐看看他，又说：

“我今天就认你当哥哥了，你不能空手吧，给个见面礼吧！”

吕泽海被打了个措手不及，他根本没准备什么礼物啊，只好尴尬地支吾：“啊，这个啊……”钱小姐的手好像有意碰到了吕泽海的上衣口袋：“哎呀，装的什么好东西啊！”不等吕泽海说话，钱小姐已经把口袋里的小纸包拿出来，打开了：“哎呀，你是有准备来的啊！”一边说一边把金戒指戴到自己的左手食指上。吕泽海傻眼了，不能再从人家手指上把金戒指撸下来吧……

有第一回就有第二回，吕泽海慢慢对跳舞上了瘾。他很自然地接受了钱小姐送的西装，朋友间的馈赠很正常嘛。西装穿在身上感觉就是不一样，显精神，怎么看怎么舒服，可心里还是暗自打鼓，怕被人知道。要想蒙蔽别人，就必须努力工作，表面给人非常积极努力的印象。吕泽海勤勤恳恳工作，取得了一些成绩。他必须掩饰自己的另外一面，以防被人察觉。经常受到表扬，让他有点飘飘然，他相信只要小心谨慎，不会出什么问题的。

当然也有担惊受怕的时候。元茂公司采购一批自来水管，要求公用局给予财政补助，补助金额明显超出采购金额。公用局军管会让吕泽海进行调查核实，他知道其中有诈，只能睁一眼闭一眼……

中国人民解放军在全国不断扫荡国民党军队残余势力，按照这样的推进速度，大陆所有地区在1950年可全部解放，坊间传闻，中国共产党会在1950年初宣布成立新中国。1949年6月，中共中央成立典礼局，负责新中国成立有关典礼事宜，意味着新中国成立已经提上了议事日程。

北平市源潭街有一条东西走向的瓦刀胡同，这条胡同在清朝时大部分住户是干瓦工的，因此得名。像这种以居民身份命名的胡同在老北京多得很，什么灯笼胡同、扎纸活胡同、大扫把胡同都是。

瓦刀胡同深处有一个独院，民国政府国防部保密局北平站副站长方建义住在这里。外人只知道他是北平市建设局的一个副科长，他的另一个身份——保密局北平站副站长，很少有人知道。保密局前身是中华民国政府军事委员会调查统计局，简称军统局，也叫军统。军统头目戴笠飞机失事后，军统局由民国政府军事委员会转由国防部所属，不仅级别降低，元气也大伤。毛人凤出任保密局局长，把戴笠之前的得意门生全部清洗，换上自己的人马。之前受到戴笠重用的特务纷纷讨好毛人凤，以保住自己的地位。但多数人还是被贬职了，不受毛人凤待见。这些人在背后大骂毛人凤是“王八蛋”，是“缩头乌龟”。

毛人凤为人处世被人诟病是有原因的。

毛人凤当年任凭自己老婆凭姿色与戴笠眉来眼去搞暧昧，换得自己的高官厚禄。当上保密局局长后，毛人凤立刻把自己老婆送进精神病医院，并指示“永远不能放出来”。保密局的人说，连自己的老婆都不放过，毛人凤心狠手辣比起戴笠有过之而无不及。如此一来，保密局的人更怕他了，生怕惹祸上身。毛人凤说一不二，别人都要仰他鼻息。

年纪刚四十出头的方建义看上去是个白面书生，不像舞枪弄棒之人，好像与特务身份联系不起来。在保密局里，论资历，方建义比不上王天木、陈恭澍这样的老牌特务，论功劳也比不了那些冲锋陷阵打打杀杀的外勤特务。北平站副站长一般是上校军衔，很少有被授予少将军衔的，方建义却是少将军衔，显然受到重用。按理说，这样重要的职位好像轮不到他。

捞到这个职位，因为方建义和毛人凤是老乡，都是浙江江山人。按老军统规矩，副站长都是公开身份，平时在北平站抛头露脸挺风光的。方建义恰恰相反，从得到委任状后，一直没在北平站公开履行职务，还是待在北平市公用局当副科长，保密局北平站知道他身份的人只有少数的几个站级领导。方建义摸不准毛人凤葫芦里卖的什么药，北平站站长也不知道毛人凤什么意思，总不能养活一个闲人吧？

这天上午，方建义接到一个电话。“三姨来了，老家有事要见你。明天下午三点千博书店见。”“三姨”指的是毛人凤特派员，千博书店是保密局的一个秘密联络站。方建义感到意外，北平和平解放前保密局没有派人和自己联系，现在有什么急事需要保密局特派员亲自跑到北平来呢？利用秘密电台把工作指示发来不更安全吗？特派员要布置什么任务呢？

晚上，方建义躺在床上，辗转反侧睡不着。他其实很想回台湾，在北平担惊受怕的日子太不好过，如果机会合适，他当面和特派员提出要求，请上司考虑。

第二天早上起来，方建义特意把胡子刮得干干净净。他手里拿刮胡刀，看着镜子里的自己。他看上去不太像四十多岁的人，因为白净显得年轻。留着分头，眉毛细弯，有人说他“像唱戏的”。两只眼珠有点发黄，高挺的鼻梁，厚嘴唇，算命的说，他有福相。

方建义拿毛巾把脸上的肥皂沫擦干净，快步回卧室，打开大衣柜找出一件呢子上衣，穿好照照镜子，感觉不错。他拿起一把牛角梳子，一边梳头一边想，保密局忽然来人，安排什么工作呢？按照隶属关系，保密局特派员到北平市部署工作应该是找保密局北平站站长，不该轮到自己啊，特派员直接约见自己有什么重要任务呢？

走出胡同口，方建义站住脚，从口袋里摸出烟盒拿出一支香烟点着，吸了一口。烟盒是不锈钢的，表面处理得像镜子，可以照到后面，这样不用转头就能知道身后的情况。再向左右观察，眼角余光把四周都观察到，确定安全才朝一个黄包车车夫招手。

黄包车拉着方建义来到千博书店，他没有叫车夫停车，只是让慢点走。往书店门前周围看了看，观察有没有可疑人员。车夫拉着黄包车走过书店两百多米，确定没什么问题，方建义才让车夫停车，从黄包车上下来，摸出零钱给车夫，自己从原路往回走。

千博书店主要经营古旧图书，门上方挂一块横匾，篆书写着“千博书店”四个字。看到方建义进来，年轻女店员笑盈盈地问：“先生，买书啊？”“啊。想买一本《古金通方》，横版的，有吗？”“先生，线装书都是竖版的，哪有横版的啊？”听到接头暗号，女店员继续说，“有竖版的《古金通方》，您买吧？”“两本，加两本。”方建义回答。“楼上请。”女店员往楼梯口指了一下。方建义小声问：“三姨到了吗？”“楼上小客厅等您！”女店员看到方建义上楼，走到店门前，拿了一块木牌挂到门外面的把手上，木牌写着“今日盘点，暂停营业”。女店员拉过一把椅子坐到旁边，盯着店门外的动静，口袋里的手枪上了膛，随时准备应对意外情况。

“咯吱、咯吱”，皮鞋踏着楼梯发出响声。方建义走上二楼，在小客厅门前停住脚步，伸手敲门。“进来吧！”一个公鸭嗓的女人在小客厅里应声，方建义一愣，以为“三姨”只是一个代号，没想到真是个女的。

保密局特派员三姨坐在沙发上，年纪四十左右，长得很标致，有种叫人说不出的风情，是毛人凤喜欢的那种女人。方建义举手敬礼：“特派员，卑职方建义报到！”三姨抬起头看看，手指旁边的沙发：“坐吧。”方建义小心翼翼坐到沙发上，等待三姨说话。三姨打开烟盒：“抽烟吧。”香烟是美国骆驼牌的，方建义取出一支香烟递给三姨，然后自己拿了一支，拿出打火机给三姨点烟。正宗美国烟，方建义喜欢的味道。

抽了几口烟，方建义准备洗耳恭听三姨的指示，三姨让他先汇报工作。

北平的潜伏特务有三大组织：国防部保密局、国民党中央党通局和国防部二厅。保密局的潜伏特务最多，有六千多人，分别受一个站长、三个副站长指挥。特务分成三十多个行动大队，划分为不同的行动小组。只有核心层特务有机会接触站级领导，接受工作指示。平时特务之间没有来往，即使有潜伏特务被抓获，也只能交代所在行动小组的特务，把损失降到最小。保密局和党通局成立以来就有矛盾，这在国民党特务系统里不是什么秘密，特务组织经常互相掣肘，让蒋介石和国民党高层都伤脑筋。

保密局潜伏在北平市的特务十分猖獗，大肆进行暗杀破坏行动。与其他几个站长、副站长比起来，方建义手下特务的成绩要小一些。其中一个行动小组曾伏击北平市商委会去通县的吉普车，打死了司机和工作人员老林。但伏击的特务也是一死两伤，没占什么便宜。方建义对暗杀活动有点心悸，共产党不怕死的人太多，他们是怎么炼成的呢？

北平站另外一个副站长领导的行动小组在骡马市安放炸弹，炸死了七八个正在交易的老百姓。暗杀目标是管理骡马市的共产党军管工作人员，没掌握好爆炸时机把老百姓炸死了。爆炸搞得人心惶惶，好多天骡马市冷冷清清没人敢来，也算达到了目的。方建义对这种破坏活动不是很赞成，老百姓手无寸铁，又没有招惹谁，炸死他们有点说不过去。他主张干惊天动地的大破坏，不然就潜伏不动等待机会。频繁出击破坏很容易被共产党的公安人员找到突破口，得不偿失。事实也是如此，凡是特务破坏活动频繁的地方，被捕的潜伏特务也多。

工作情况汇报完，方建义谈了自己对时局和下一步行动的想法，觉得自己有点消极，等待三姨严厉批评。没想到，三姨听完后很平静："各人有各人的想法，不能说你做得不对。"她往烟灰缸里弹弹烟灰："我把毛局长的指示传达一下。"方建义条件反射，立刻站起来立正站好："卑职听候毛局长指示。"三姨示意他坐下，接着说："你想保存有生力量也是应该的，下面还有重要工作等着你呢！"方建义听出来了，这才是三姨召见自己的正题，他有些兴奋。三姨张口吐出一个烟圈，这个动作和毛人凤太像了。她看看方建义，说："你不是想干一票惊天动地的大行动吗？现在有机会了。"方建义没明白她说的机会是指什么。三姨继续说："如果不出意外，共党今年就会建立新国家。"她不愿意说"新中国"三个字，作为旧势力退出历史舞台，实在是不甘心啊！

感觉共产党建立新中国有点不太可能，方建义有自己的理由：贵州、四川、广西、云南有不少地盘还是国民党占着，共产党连大陆都没有全部解放，换句话说就是没有统一，怎么能建国呢？名不正言不顺嘛！方建义显得很有底气："都说共党建立新国家准备放到明年初，起码得把大陆全解放了吧。"方建义给三姨的茶杯倒上茶水，恭恭敬敬递给她。

方建义所说的，三姨也赞成，但有一个方面方建义没有考虑到。"你说的有道理，但是不完全。"三姨喝口茶，"共产党不建设新国家，会出现一个很大的问题，就是在他们占领的地盘上实际是无政府状态。尽管他们成立了什么地方民主政府，这在国际上没人承认，因为没有统一的中央政府，就是无政府。""有道理，有道理。"方建义伸出大拇指，赞成三姨的话。"这种状况下，代表中国的合法政府还是民国政府，我们可以继续在国际上发声，寻求帮助。"方建义兴奋了："哎呀，那好啊！说不定我们巩固壮大力量，在美国人帮助下还能收复失地呢！"对方建义不切实际的幻想，三姨只能苦笑："不可能啊！共产党里高人有的是，他们怎么能任凭这样的情形发生，所以一定会加快建立新国家的步伐。台湾方面做了评估，最迟不会晚于十一月，也许在九月或者十月，共党就会宣布建立新国家。"

听到三姨的这些话，方建义泄气了。原来还幻想着在美国人的支持下能重新夺回政权，现在看是黄粱一梦啊！这意味着他在北平市的潜伏遥遥无期，不知什么时候才能回台湾，想想真够可怕的。"那我们……"他看看三姨，用试探的口气问。三姨明白他的心思，说："想回台湾啊，有机会。"方建义听到"有机会"觉得特别入耳，那是自己最盼望的啊！老婆、孩子都去台湾了，他十分想和在台湾的家人相聚，为了阖家团圆，他什么都愿意做。

把手里的茶杯放到茶几上，三姨慢声细语地说："改朝换代是了不得的大事件，放到任何一个国家都非常重视。围绕建国会有一系列活动，比方说开国大典、开国宴会……"方建义看着三姨，隐约感觉保密局要在这方面大做文章。

果然不出所料，三姨单刀直入："毛局长命令，围绕共党建国组织系列破坏行动，只要和共党建国沾边，不管什么活动，都要破坏。这种破坏肯定有很大的影响力，可以组成特别行动小组，成员由你在所有潜伏人员中挑选。不计金钱、不计代价，只要成功，毛局长说要什么给什么。"这样的待遇在保密局很少遇到，可见毛人凤对此事的重视程度。"要不要和北平站杨站长打招呼？"方建义试探着问了一句。三姨回答："毛局长说，这是单独行动，他亲自指挥，我在北平督导。有事情找我，我直接向毛局长报告，省去中间环节，你明白的。"三姨的意思是说，方建义等于行使北平站站长的权力，足见毛人凤也是下定决心要搞出大动静。此时，方建义才明白毛人凤为什么一直不叫自己在北平站露面，原来早有打算，真是老谋深算啊，他心里暗暗佩服。

"共党决定成立新国家，台湾是阻挡不了啦！"三姨的口气有些忧伤，"但他们想顺风顺水也没那么容易，我们必须给共党一点颜色看看！保密局初步制订了一个行动方案，你看看，谈谈想法。”让方建义看行动方案是三姨约见他的目的。方建义接过三姨递给自己的行动方案，快速地从头到尾看了一遍。看完后心头一震，这个行动计划让他又惊又喜：如果能顺利完成，自己在保密局可就青史留名了，地位可以超过保密局以往所有的“功臣”，行动计划真是太诱人了。保密局能做得如此缜密，让他有些没想到。

“行动计划太好了。”方建义表示佩服，“我一定全力执行，不管遇到多大困难都在所不辞。”“这次行动代号‘项链’，”三姨把手里的烟头掐灭，扔进烟灰缸，“毛局长的意思是，行动计划像项链一样，由很多颗珠子组成。又有不同的分项，组合在一起是完整的行动计划。每个分项行动都是独立的，能完成其中任何一项，你都是党国的伟大功臣啊！”三姨禁不住拍拍方建义的胳膊，强调“伟大”两个字。她的前途也与此紧密相关。她觊觎保密局副局长的位置好久了，毛人凤答应行动成功，这个位置非她莫属。受三姨鼓动，方建义有点热血沸腾了，树立了胜利的信心。尤其是“项链”行动中关于破坏新中国开国宴会的计划，让他拍案叫绝。行动计划看上去有点异想天开，却很叫人佩服。

三姨把行动计划收好，叮嘱道：“你回去以后，根据‘项链’计划再做一个详细具体的行动方案，每一步都要深思熟虑，越细致越具体越好。尤其是特别行动小组成员选择一定要慎重，要精兵强将，好钢用在刀刃上。”三姨做了一个有力的手势强调自己的话：“孙子兵法三十六计，我最喜欢暗度陈仓和瞒天过海，不知不觉就把事情做成了，那才是本事。你就是个有真本事的人，不然毛局长不会选你负责。”“卑职一定尽犬马之劳为党国效忠。”方建义受到三姨的鼓舞，坚定地表示自己的决心。这个女人有点不简单，善于言辞鼓动，方建义仿佛被灌了迷魂汤。三姨让他辞去建设局职务，给他一个新掩护身份——鑫盛贸易公司老板。

“毛局长希望这次行动一鸣惊人，让全世界都对我们保密局刮目相看！”三姨眼睛里放着异常兴奋的光，充满了期待。方建义张张嘴，好像有话要说，又闭上了。三姨扫了他一眼，问他想说什么。方建义想了想，把自己的请求说了出来："特派员，行动完成后，我想回台湾。"

从方建义刚才欲言又止的神态，三姨已经猜出他想说什么了，这种请求是在大陆潜伏特务的强烈愿望。别看他们表面信誓旦旦，其实内心十分惧怕共产党，不想在大陆多待一天。"只要行动成功，毛局长同意你回台湾。"三姨脸色严峻加重语气，"前提是必须完成行动计划！"方建义站起来，拍拍胸脯："请特派员和毛局长等我们的好消息！"三姨笑了，伸手拍拍方建义的肩膀表示满意。

6

第六章

华达街是一条东西走向的街道，人来车往很热闹。这条街以街道中段的十字路口为分界，东面是东华达街，西面是西华达街。东面和西面的沿街商铺经营特色鲜明，东华达街主要是客栈、旅馆，西华达街主要是酒店、饭庄、茶楼。初来乍到的外地人不明就里，沿街的生意怎么会这样泾渭分明呢？当然不是绝对，也有少数其他店铺穿插其中。总体说，东华达街和西华达街分别以经营客栈和餐饮为主。本地人知道是怎么回事，外地人不知道来龙去脉。

这里是从明朝开始发展起来的。明永乐十八年（1420），永乐皇帝朱棣迁都北京后，南京成为明朝的留都。从南京到北京办事的官员在京城有两个常住地，一个是北京前门地区，另一个就是华达街。前门地区是南京来的达官显贵首选住地，低级别的官吏、公差，很多人到华达街住。时间长了，这里的客栈、饭庄、酒楼兴盛起来，越来越聚人气。南京附近有扬州、泰州、镇江等城市，它们得益于大运河繁荣兴盛。伴随经济繁荣，沿大运河不但物流业日渐昌盛，也带动了餐饮业空前发达。一方水土养一方人，这一方人的饮食风格相近。以扬州、淮安为中心，形成了相近的饮食口味、饮食习惯和饮食风格，这一地区的菜肴在中国八大菜系中占据一席之地，就是淮扬菜。

淮扬菜系指古代以扬州府和淮安府为中心的淮扬地域性菜系，覆盖扬州、东台、泰州等地。其特点是清鲜、清爽、微甜，不特别甜腻。淮扬菜始于春秋，兴于隋唐，盛于明清，有“东南第一佳味，天下之至美”美誉。清代美食家袁枚在《随园食单》中记载：“味要浓厚，不可油腻；味要清鲜，不可淡薄。”对淮扬菜的本味本色，他精辟论述：“使一物各献一性，一碗各成一味。”

尤其是扬州“三头”，即清炖蟹粉狮子头、扒烧整猪头、拆烩鲢鱼头，是淮扬菜中工艺极为复杂的功夫菜，影响很大。扬州的“三把刀”，即菜刀、剃头刀、修脚刀，对应厨师、理发、修脚三个行业，都培养出了业界顶尖人才，厨师这一行更是人才辈出。没人敢小看淮扬菜厨师。他们制作的清炖蟹粉狮子头、三套鸭、软兜长鱼等名菜，备受美食家推崇。

正因如此，凡是江苏人聚集的地方，必有淮扬菜馆。江苏人喜欢清淡、偏甜的食品和菜肴。京杭大运河方便了水上运输，加快了物资流通，在推动沿岸经济繁荣的同时，也使淮扬菜影响到北方人的口味和饮食习惯。最初来华达街经营淮扬菜馆的扬州厨师多数选址西华达街，后来做餐饮生意的跟着在西华达街落户，经营客栈的大都选址东华达街。做生意讲究规模效应，聚堆攒人气，一来二去形成了特色分明的两个街道。西华达街大大小小几十家餐馆、酒楼，生意最好的是玉华台。

玉华台饭庄是淮扬菜的老字号，创办人是来自扬州的马姓兄弟俩。马老大曾是两广总督的管家，攒下不少家底。他让弟弟马老二给两广总督当家厨，马老二厨艺好，脑瓜灵光。两广总督卸任，兄弟俩决定到北京开饭庄，专门经营淮扬菜。马老大见多识广，知道江浙商人在北京做生意的很多，北京城做淮扬菜的饭店不成气候，开淮扬菜馆肯定赚钱。

兄弟俩先在北京东城锡拉胡同找到一个四合院经营，饭庄名叫“玉华台”，生意很快就火了。江浙商人成为玉华台饭庄的常客，是固定消费群体，他们也吸引了许多社会名流，一时在玉华台饭庄请客成了很有面子的事。京剧名角荀慧生喜欢玉华台的淮扬菜，经常约上好友去聚餐，这样又吸引了很多票友到玉华台吃饭，想在包间请客吃饭要提前三天预订，可见玉华台饭庄的盛况。

生意越做越大，越来越好。马家兄弟俩在华达街买了一座三层楼，重新开张。做生意最怕换地方，老客户不知道到哪里去找，新客户又不了解，很多生意做得很好的店铺都因搬家败下阵来，有人担心玉华台搬家也落得这样的下场。没想到换了新地址，玉华台生意非但没受影响，甚至比以前还好。一是饭庄规模大，三层楼全是淮扬菜生意；二是厨师水平高，饭庄里二十几个厨师个顶个的厨艺高超；三是信誉好，老少无欺，一分钱一分货。不但老客户跟着来，优越的地理位置又吸引了新客户。玉华台影响越来越大，成了标志性餐馆。中午和晚上吃饭的时间，来晚的客人都找不到座位。不管是厨师还是伙计，都为自己在玉华台饭庄工作感到骄傲，脸上很光彩。

作为玉华台饭庄首席大厨，朱殿荣在这里工作了11年。他从13岁起跟远房舅舅学做厨师，从厨房打杂开始，最苦最累的活儿都干过。就说淮扬菜“三套鸭”，为学习做这个菜朱殿荣吃过很多苦。

有人望文生义，以为“三套鸭”是把三只鸭子套在一起做的。这个菜的主料是一只鸭、一只雏鸡、一只嫩鸽，把它们处理干净后，再用酱油、料酒、盐水腌半小时。把冬菇、冬笋、冬菜洗干净，大葱切成段，姜切成片和鸡、鸭、鸽一起放到锅里煮。煮好捞出来，把鸽子放到鸡肚子里，再把鸡放到鸭肚子里，倒进原汤，放糖，在锅里小火炖。“三套鸭”做工精细，用料讲究，烹饪技术要求高，一般餐馆很少做。把鸡、鸭、鸽套在一起说起来简单，操作很难。为练就这个技艺，朱殿荣的手被刀割破不知多少次，但他仍坚持不懈闷头苦练，终于学成，技艺出众。

离开扬州后，朱殿荣先在南京一家酒楼做厨师，后辗转到北平，到玉华台饭庄做厨师，专做淮扬菜。他高超的厨艺受到客人欢迎，成了饭庄名厨。他和玉华台饭庄一个姓黄的伙计亲密接触，被介绍给北平地下党组织，经过组织考验，加入了中国共产党，成为地下党员，为地下党组织做了许多工作。

上午来玉华台饭庄上班，玉华台田掌柜通知朱殿荣，下午商委会要找他谈事情。厨师上班与一般人不同，早晨不上班。上午九点钟，厨工上班，为中午营业开始备料。十点到十点半，厨师们开始上班，到厨房做检查。越是大饭店，厨师的准备工作越细致。十一点钟，开门迎客，厨师开始上灶。

将近十二点是客人很多的时候，厨师非常忙，一直持续到下午一点。下午两点钟之后，基本没有客人了，厨师下班。到四点半，厨师再上班，准备晚间上灶。从晚上六点钟到十点钟，是厨师最忙活最辛苦的时候，持续到十点钟之后，才会放松下来。徐志扬约下午的时间和朱殿荣谈事情，就是选他比较闲的时候。谈话安排在一个包间里，伙计沏好茶水，准备一盘瓜子和一盘绿豆糕。徐志扬和朱殿荣一见如故，亲切交谈起来。

两个人的谈话内容围绕北平餐饮联合会，徐志扬不绕圈子，直接说：

“准备成立北平餐饮联合会，要推选四十位理事。征求各方意见，大家认为朱师傅合适，想征求一下你的个人意见。”朱殿荣有点没想到，赶紧说：“北平藏龙卧虎，名厨有的是，我觉得自己还不够格吧。我们田掌柜更合适……”徐志扬开诚布公：“准备推荐田掌柜为副会长，北平经营淮扬菜的饭店虽然不多，但玉华台确实有代表性，理事会要有名额。朱师傅厨艺有名，进不了理事会不应该。”徐志扬说得很恳切，朱殿荣感到他的诚意。“我们玉华台还有几位淮扬菜名厨，我当理事，害怕别人有想法。”朱殿荣把自己的想法说出来。徐志扬能理解，这样解释：“玉华台名厨不是只有你一个，但不可能都当理事。推选你做理事是从各方面考虑的，推荐人多是主要条件之一。我们想邀请其他几位名厨作为代表出席成立大会。朱师傅就不要推辞了吧？”

北平餐饮联合会是和平解放北平后由民间组织的第一个群众团体，有特殊意义。朱殿荣知道，自从解放军和平解放北平，外国反华势力就不断造谣抹黑，说共产党进北平把老百姓都饿死了，有钱买不到粮食。北平餐饮联合会成立，将把北平餐饮业的繁荣景象展示出来，给这些造谣污蔑的人一记响亮的耳光。成为北平餐饮联合会的理事，也是用自己的行动为共产党的英明领导呐喊助威。

“请朱师傅做好准备，我们在长庆饭店举行成立大会。”临别时，徐志扬告诉朱殿荣，“成立大会规格很高，叶剑英市长、中央典礼局领导会出席，还邀请了一些外国记者出席，让他们亲眼看看和平解放的北平真实的情景是怎么样的。”朱殿荣非常高兴：“没想到当厨师也有今天，真是扬眉吐气啊！”“你忙吧，我得走了。”徐志扬把茶杯里的茶水喝完，站起身。“既然来了，就别走了，在我们这里吃顿饭，尝尝淮扬菜的味道。”朱殿荣热情挽留。徐志扬说：“以后有时间再说，我还要去燕京大学梁少博教授那里，想推选他当餐饮联合会的理事。”朱殿荣看徐志扬有事情，没有强留。

把徐志扬送到门外的大街上，朱殿荣信心满满地说：“徐同志，我相信北平餐饮界在共产党的领导下一定前途光明！”徐志扬挥手和朱殿荣告别，骑自行车走了。通过接触北平餐饮界知名人士，徐志扬对成立北平餐饮联合会充满了信心。

阳光从书房的大窗子照进来，放在窗户旁边的几盆海虎兰、月季、海棠显得生机勃勃。书房面积不大，三面放着大书柜，一直顶到天花板。大书柜里放不下的图书摞在一起随处堆放，书房里有些凌乱。一张小书桌后面放一把藤椅，藤椅的扶手磨得锃亮。六十出头的梁少博戴着一副黑边近视眼镜，正坐在藤椅上看《中华烹饪史》书稿清样，这是中华书局约他写的中国饮食文化的专著，他一字一句校对得特别认真。这是梁少博一贯的做事风格，他写书的座右铭是：对得起自己，更要对得起读者。

用人在门外敲门："梁教授，有位叫徐志扬的先生来访，您见不见啊？"听到用人的话，梁少博目光离开书稿，抬起头："请他来书房吧，你沏一壶茶水送过来。""好的。"用人答应着走了。梁少博急忙把凌乱的书桌简单整理了一下，准备迎接徐志扬。在这之前两个人通过电话，梁少博很少与政府人士打交道，有一种知识分子的清高。他是被徐志扬的诚恳打动了，此外，是和平解放北平后，共产党的一系列作为打动了他。别的不说，只说粮食供应一件事，就给他留下了深刻印象。国民党统治的时候，金圆券满天飞，钱不值钱，物价飞涨，粮店的价格两三个小时一涨，老百姓都要被逼疯了。解放军进城，外国人等着看笑话，认为共产党第一个解决不了的问题就是粮食。"民以食为天"，粮食解决不了天下非大乱不可。

1月31日解放军进城，梁少博忧心忡忡，不看好共产党能坐稳北平。叫他没想到的是，几天以后粮食就从张家口等地调进来了。但问题接踵而来，不法商人在市面大量收购粮食后囤积居奇待价而沽，在民众中造成恐慌。这种戏码在国民党统治时屡见不鲜，有时甚至官商勾结赚黑心钱。梁少博想，这种局面共产党恐怕解决不了。

没想到，市军管会双管齐下，一边严厉打击囤积粮食的不法商人，一边从山东、江苏征调粮食火速运进北平，马上进入市场销售，稳定了民心。一场粮食危机被共产党轻易化解，赢得了民心，深受老百姓称赞。这件事让梁少博十分感慨：全心全意给老百姓办事的共产党，没理由坐不稳天下。

还有老百姓用煤的问题，也解决得很好。北平市居民平时烧水做饭、取暖用的煤炭大部分是骆驼队从门头沟煤矿运输进城的。抗战胜利后，国民党接管了大部分煤矿，由于经营不善，加上连年内战，煤炭产量严重不足，影响到北平市居民的正常生活。解放军围住北平后，缺少煤炭的情况愈发严重。要想不影响居民生活，又要防备城内的国民党军队逃跑，保证生活物资供应成了一个大难题。后来，双方经过沟通，达成一个协议：开放瓮城作为临时交易市场，居民可以在这里采买生活物资。

瓮城就是在北平城墙内筑造的内城，又称月城。城楼下的城门打开后，不能直接进到城内，而是要经过瓮城。瓮城为东西宽一百零八米，南北深八十五米的小广场，与城楼共同组成重要的防御屏障，是城中城。先打开城楼下的城门，让城外卖货的人进到瓮城，然后关闭城门，再把瓮城的城门打开，放买东西的城内居民进瓮城里采购。在瓮城开交易市场是为了稳妥起见，防备双方互相利用。明代时，北京每座城门经近两百年的改造修整，规模壮观，形制完备。每座城门里的瓮城都建设成为抵御外敌的坚强屏障，防御上起到很重要的作用。利用瓮城做交易市场，虽然解决了居民部分采购需求，但是像煤炭这样的大宗生活物资还是难以满足，老百姓用煤成为“老大难”，这是多少年多少个政府都解决不了的事情。

为了解决北平市居民的用煤问题，北平市军管会请求中共中央军委提供帮助。在运输车辆极其紧张的情况下，部队抽调军用卡车帮助从开滦煤矿等地运输煤炭进北平，以解燃眉之急。这样一条消息，梁少博不相信，他经历太多了，政府如此为老百姓办事他从没遇到过，共产党应该也不会例外。

这天晚上，听到门外传来汽车声，他没在意，只是有点奇怪，大晚上的汽车开到僻静的胡同干什么。然后听到有人敲门，用人出去开门，过一会儿，用人跑进来大呼小叫：“梁教授，共产党送炭来了！”用人老家是山东的，他们把煤叫作炭。梁少博不相信，家里人没有联系买煤啊，他们怎么知道地址的？平白无故送煤到门，哪有这样的好事？

将信将疑，梁少博跟随用人走出大门，看到大门旁边放着三麻袋煤块。一个送煤块的战士告诉梁少博，政府为照顾大学教授特意送煤上门，家里生活上有什么困难可以向学校反映，也可以到军管会反映，政府一定会帮助解决的……

看着远去的汽车，梁少博热泪盈眶。以前他对政府人员很反感，也从不和政府打交道，没想到新政权会这么爱护知识分子，梁少博的心里感到暖暖的。这是一个与以往不一样的政权，一个与以往不一样的军队。想想在收音机里听到的北平市军管会发布的通告，一定要全力保证居民生活物资供应，保证不恶性通货膨胀，当时觉得就是说说而已，没想到共产党真下了功夫实现自己的承诺……

不久以后，梁少博接到徐志扬打来的电话，询问可不可以登门拜访，请教一些关于餐饮方面的问题。梁少博给自己破了规矩，答应政府的工作人员到家里来谈事情。

用人陪着徐志扬走进书房，把一壶茶水放到书桌上，倒上两杯茶，转身走了。梁少博有点不好意思地说："我这儿太乱了。"徐志扬倒没觉得乱，在他的印象里，教授的书房就应该是这样的。

"请坐，请喝茶！"梁少博请徐志扬坐下。徐志扬一眼看到了书桌上的《中华烹饪史》，羡慕地说："梁教授又要出书啊？"梁少博在书房里接待徐志扬的意思是，让他看到自己很忙，有事情赶紧说完就走。见他提起自己写的《中华烹饪史》，觉得徐志扬也谈不出什么，敷衍几句算了："你对烹饪有兴趣啊？""在部队做过大锅饭，对餐饮有兴趣，没学问，比不了你们这些专家。"徐志扬说得很诚恳，给了梁少博一个好印象。他以为商委会的军管人员对专业上的事不会知道多少，没想到徐志扬在部队从事炊事工作，对餐饮并不陌生。

两个人有了共同话题，梁少博有意谈起京城饮食文化，想探探徐志扬对饮食文化了解多少。徐志扬很谦虚，哪里敢班门弄斧。梁少博让他别客气，互相探讨嘛。徐志扬平时是个愿意学习的人，餐饮方面的书籍读了不少，还做了笔记，典型的干什么学什么吆喝什么。看梁少博不端架子，徐志扬愿意和梁少博交流，便谈了谈自己对北京菜的了解。

梁少博表示有兴趣，让徐志扬放开说。

北京菜的构成首先是民族菜。北京是多民族、多地区人民杂居的地方，因此民族菜如汉族、蒙古族、回族、朝鲜族等菜肴风格汇聚。清朝作为中国最后一个封建王朝，满族居统治地位，因此满族饮食喜好和烹饪方法对北京菜有深刻影响，如涮羊肉、煮白肉等，都是满族名菜。

其次是山东菜。清代中叶，山东籍厨师纷纷涌入京城，占据北京饮食行业主导地位，鲁菜遍地开花。为适应北京人的饮食习惯，鲁菜在用料、烹调等方面做了改进，成为北京菜的第二个主流。

再次是带有传奇色彩的宫廷菜。北京作为元明清三个朝代的京都，为满足历代统治阶级的饮食需要，天南地北的佳禾良蔬、山珍海味源源不断进贡皇宫，身怀绝技的各地名厨跻身皇城，八方菜肴荟萃皇宫膳桌和御宴。独具格局、典式的宫廷菜在封建王朝瓦解后流向民间，民间逐渐弃其糟粕，留其精华，适应各阶层人士需要，成为独领风骚的仿膳菜点。

听徐志扬从容不迫的讲述，梁少博对这个军管会干部刮目相看，没想到他说得这么专业，没有一定研究达不到这个水平。梁少博知道，北京菜是由民族民间风味、山东风味和宫廷风味组合演变而成。菜系风味的界限，主要是由烹饪原料、烹调方法和菜品口味的独特性质来区分。北京菜由于原料地道、做法特殊，因而风味别致、久传不衰。

徐志扬又谈到北京菜的传统烹调方法，除最拿手的烤、涮、燎、炸、白煮，还有爆、炒、熘、烧、烩、蒸、扒、焖、煨、煎、糟、卤、拌、醉等烹饪手法。宫廷风味主要是清宫御膳房传下来的，这个优势其他地区无法相比……

研究中国传统饮食文化，梁少博是名副其实的专家，可论起名菜制作，他就逊色了。亲自上灶、有制作经验的徐志扬显出优势，说得头头是道，梁少博还得向他学习。梁少博还是想在徐志扬面前展示一下自己的学问，便提了一个小问题：“徐同志，你知道菜谱是干什么的吧？”“菜谱？”徐志扬觉得这个很简单，“不就是酒楼、饭店供客人点菜的单子嘛。”梁少博笑了：“一般人都是这么认为的，其实菜谱原来不是这个意思。”徐志扬有点意外，专家就是专家，肚子里有东西，赶紧向梁少博请教。“菜谱最早是厨师利用各种烹饪原料、通过各种烹调技法制作某一菜肴的烧菜方法。”梁少博拍拍书桌上的书稿清样，“我写的这本书涉及这个。‘菜谱’一词来自拉丁语，本是厨师记录的单子，这是菜谱的原意。”

徐志扬恍然大悟，佩服梁少博的学问，别看这点小事，不明白原意的人大有人在。梁少博告诉他，菜谱发展到现在，不仅要给厨师看，还要给客人看。用一句话概括：菜谱是酒楼、饭店提供给客人的菜品目录和简介，从一张菜谱可以看到一家酒楼、饭店的实力。

说到菜谱，梁少博还给徐志扬讲了一个小常识。

宋代因为工商业发达，带动了餐饮业的繁荣，京城汴梁集中了几乎全国的菜系，名厨云集，为餐饮业发展奠定了基础。当时还没有“菜谱”的说法，但是有经营头脑的酒楼、饭庄的掌柜已经意识到客人来了之后应该向他们推荐、介绍本店最拿手的名菜。

怎么样才能做好这件事呢？他们想到一个办法，就是把店里的名菜做成几小份，放到小盘子里，这叫“看菜”，相当于“菜谱”。客人进店落座后，伙计把“看菜”端到桌子上，让客人看看，相中哪个菜，跟伙计说就可以了。经常光顾酒楼、饭庄的客人都知道这个规矩。有些不知道“看菜”规矩的客人误以为是叫自己品尝，拿起筷子把“看菜”吃了，贻笑大方。伙计知道这样的客人没见过世面，又不好说破，只能问：味道怎么样，合乎口味不？然后暗示客人要点品尝过的菜。客人也会识趣，多点几个菜，掩饰自己的尴尬。

没想到简单的“菜谱”会有这么多说法，徐志扬想，以后有机会还要来向梁少博学习请教，提高自己的素养。两人越说越投机，谈话气氛也热烈起来。不知不觉一个小时过去了，徐志扬忽然想起正题，赶紧把话题扯回来："我是来征求梁教授意见的。""征求意见，什么事啊？"梁少博问。徐志扬说："我们准备成立北平餐饮联合会，想请您出任理事，不知您同意不？"这种事情在日本人占领北平时有过，日本人想请梁少博出任伪中日美食研究会会长，被他回绝。京剧大师梅兰芳为了不给日本人唱戏特意留起胡须，一个演员有这样的骨气，知识分子怎么能示弱？日本人为此翻脸，把梁少博抓去坐牢，他也没低头屈服。

后来国民党来了，市政府商业局派官员再次请他出任饮食研究会副会长职务。他不说不行，只是说：咱们先交流一下中国饮食文化的事，你们说说，八大菜系里的川菜是怎么形成的？两个官员被问傻眼了，灰溜溜地走了。

这次，徐志扬又来邀请他出任北平餐饮联合会的理事，梁少博完全可以找个借口推辞，没想到，梁少博一改往常满口答应。徐志扬有点意外，全聚德老板杨顺德叫自己做好思想准备，请梁少博出任理事不会很容易。本以为要磨嘴皮子的，没想到梁少博爽快地答应了。

梁少博对共产党的了解不是道听途说，是从进北平的解放军身上亲眼看到的。

解放军和平进入北平第二天，梁少博和夫人一起去探望舅舅。两个人坐两辆黄包车路过了一所中学，正好是梁少博夫人任教的地方。她想去厕所解手，叫车夫停下。梁夫人下车走进校园，看到院子里有不少解放军战士，她吓一跳，急忙问门口值更的校役是怎么回事。校役说，这是昨天进城的部队，没有找到住宿的地方，因为学校放寒假，晚上到学校借宿，睡在冰冷的教室里……

梁夫人从厕所解手回来，把自己看到的和梁少博说了，十分感慨："以前只是听说共产党怎么好，解放军怎么好，没见过。今天是亲眼见了，佩服！"不仅梁夫人佩服，梁少博从心眼里也佩服，这样的党，这样的军队，一定会治理好这个千疮百孔的国家。

送来的三麻袋煤块，梁少博一直念念不忘。如果有一天共产党找自己做事情，自己一定全力支持……

7

第七章

北平市军管会进城后，中共北平市委办公地址定在东交民巷的德国旧大使馆。北平市政府和军管会在原伪市政府旧址办公。中共北平市委和北平市政府的各个部门在最短的时间内进入正常工作状态，领导北平市人民建设新北平。

市政府需要把一些情况对社会说明，把小礼堂作为召开记者招待会的场所，定期召开记者招待会。每次记者招待会都有很多记者出席，记者身份五花八门，有《人民日报》《北平解放报》这些由中国共产党领导的新闻媒体的记者，也有《北平导报》《北平新谭》《京城早报》等民间出版的报纸的记者，还有一些外国通讯社、报社驻北平分社、记者站派出的记者。

星期六下午是例行记者招待会时间，小礼堂坐满了记者。新闻界都想通过记者招待会了解中共北平市委、市政府、军管会的工作，提出各种问题，希望得到满意答复。

记者招待会开始后，北平市市长兼军管会主任叶剑英对记者提出的问题一一作答。记者提的问题五花八门，特别是一些外国记者的提问带挑衅意味。德新社记者问："明代李自成也曾占领过北京，可只有短短四十多天就撤出这座古都，以彻底失败告终。请问，贵党会不会像李自成？"尖锐的提问后，记者们的目光投向了叶剑英，只见叶剑英不慌不忙："不仅你担心啊，我们自己也很担心啊！"幽默的回答引来一片笑声，叶剑英接着说：人民解放军和平进驻北平，中国共产党成为执政党，对此，我们是有清醒认识的。毛主席多次向中央工作人员讲述李自成进北平的历史故事，反复告诫我们不要学李自成。毛主席告诫全党："务必使同志们继续地保持谦虚、谨慎、不骄、不躁的作风，务必使同志们继续地保持艰苦奋斗的作风。"他给全党同志在思想上敲响了警钟，要防止骄傲自满，警惕糖衣炮弹的进攻，要继续保持清醒的头脑，继续保持艰苦奋斗的优良传统。毛主席把我们进驻北平比喻为"进京赶考"，自信地说，我们共产党人都能考试及格！我们决不当李自成！

叶剑英话音刚落，立刻响起一片热烈掌声。叶剑英向记者们透露，北平市政府在基本完成对旧政权、物资、人员的接收工作后，清肃反动军警宪特、保障社会民生等工作正在平稳进行。北平正以崭新的面貌出现在世人面前，正在为新中国成立创造一个崭新的环境。

一个外国记者提问："请问叶市长，您对即将成立的北平餐饮联合会有什么评论？"叶剑英笑着回答：中国人民解放军和平解放北平，一些外国朋友很不高兴啊！他们先说北平发生了大饥荒，饿死了很多人，又造谣说，北平几乎没有饭店了，因为没有粮食。更可笑的是，他们还说，共产党的干部搞特权，仅有的几家饭店只准许领导干部去吃饭，不顾老百姓死活。成立北平餐饮联合会，就是让大家亲眼看看事实是什么样的。我会出席餐饮联合会成立的记者招待会，回答有关民生、北平粮食供应、老百姓日常生活的问题，欢迎各位朋友参加记者招待会。提前打个招呼，记者招待会之后的餐会是免费的，你们放心，有人管饭。

叶剑英的幽默，引起一片笑声……

北平餐饮联合会成立大会在长庆饭店召开，一百多位代表出席会议，这些人都是餐饮界的知名人士。市商委会副主任就筹备工作做了详细说明，就提名全聚德老板杨顺德为会长候选人和其他六位副会长的情况向代表们做了介绍，参加会议的代表同意他们做餐饮联合会会长和副会长候选人。

工作人员给代表们分发选票，每个代表都非常认真地填写，他们的心情很激动，特别是厨师代表，更是激动得无法形容。过去没人拿厨子当回事，厨子就是做饭做菜伺候人，哪里有什么地位。即使当上御膳房的御厨，地位也比不了内务府造办处的其他工匠。姚琪山感触最深，随手举出例子：御膳房和太医院都很重要，太医有官阶品级，御厨却没有。中国人讲究官衔，有品级在老百姓眼里是个正经官员，没品级什么也不是。看病与做饭做菜，好像不相干，在宫廷里却有直接关系。太医院有专门为皇帝研究吃喝的御医，仅在《饮膳正要》中，御医就向皇帝贡献"聚珍异馔"食谱一百五十个，"神仙服饵"二十三种，"食疗诸病"六十一种。有些纯属胡诌，皇帝却深信不疑，要求按照太医院的食谱做饭做菜，以为吃了就会长生不老。

御医官阶是正七品，相当于知县，俸禄也按知县标准。御厨不如御医，他们对此很有怨言。当太医院拿来食谱后，御厨很少会用心做。那些所谓的“药膳”“养生菜”很少有好吃的，御厨做的时候就没想让它们好吃。

时代变了，是翻天覆地的变化，厨师也挺起腰板了，和北平市市长叶剑英坐在一起开会，这是怎样的骄傲和自豪啊！厨师要用自己手里的选票选举餐饮联合会会长、副会长、理事，自己当家做主了，要努力为建设新中国出力。

市商委会副主任宣布投票开始，代表们拿着手里的选票走到投票箱前，郑重其事地把选票投进去。有记者喊：“慢点！慢点！”接着闪光灯一闪，记者按下照相机快门。有的代表特意摆个姿势给记者拍照，打心眼里涌出一种自豪感。这不仅仅是几个厨师代表的事情，这是人民当家做主了啊！

工作人员很快清点完选票，市商委会主任宣布选举结果：杨顺德当选北平市餐饮联合会会长。众望所归，会场响起热烈的掌声。

杨顺德在掌声中登台讲话，激动得有点哽咽：“我拥护中国共产党，只有中国共产党才能领导我们走向新生，才能给人民谋幸福。”杨顺德热泪盈眶，“就在去年，北平还是国民党统治，大家一定忘不了民不聊生的情景，老百姓饿肚子没人管啊！国民党的贪官还囤积居奇，把粮食拿到黑市高价倒卖。共产党来了，北平和平解放了，这几个月的变化大家耳闻目睹。老百姓有饭吃了，物价稳住了，社会安定了。没有共产党，能有现在的好日子吗？”

下面一片热烈响应：“不能——”

“跟我喊口号！”杨顺德举起右手臂，“中国共产党万岁！”

“中国共产党万岁！”这山呼海啸不仅仅是开会代表的心声，也是北平老百姓的心声啊！

杨顺德发言后，三位副会长和三位理事也做了表态发言。平时梁少博不喜欢抛头露面，当教授就是好好做学问。教授不是演员，不能总在大众面前表演混个脸熟。教授做学问是根本，大学里的教授要当大师必须耐得住寂寞。可是，在北平餐饮联合会成立前，他却和徐志扬说，自己想在成立大会上发言。这也是餐饮联合会筹备组期盼的事，梁少博的发言代表了知识分子的心声，没想到他自己主动提出来。

走上主席台，不像别的发言人事先准备了发言稿，梁少博登台就是想说几句心里话。“我从来不跟政府打交道，政府主导的什么协会啊、研究会啊，我也不参与，为此还坐过日本人的黑牢。今天我为什么要发言？我代表的不是我自己，是很多教师、教授、学者，他们想通过我，表达一下知识分子的心情。”参加会议的人都知道梁少博的经历，知道他的倔脾气，想听听他到底想说些什么。

“北平和平解放前，国民党政府动员胁迫一些教授、学者跟他们去台湾，当时也找到了我。不瞒各位，我是动摇过的，曾经想去台湾，因为夫人有病住院才没有成行……共产党来了，我想看看这个被西方人说成妖魔鬼怪的党到底是什么样的。解放军进城的那天晚上，有的战士没地方住，挤在一所学校里，北平的一月大家都知道有多冷啊……”

情绪激动得有点说不下去了，梁少博稍停，平静了一下又说：“共产党对待知识分子，也不是国民党说的那样可怕，那样不堪。共产党带给我们和平环境，待遇没有降低，还特别重视知识分子，发挥我们的作用。举一个例子，这次新中国的国徽设计，就特别邀请了好几个大学的教授参加，请他们献计献策。梁思成、林徽因、李宗津、莫宗江、朱倡中……这些学者、教授都参加了。谁说共产党不把我们当回事了，胡说八道嘛！”

“哗——”主席台下响起热烈掌声，是对梁少博实事求是讲话的赞赏和鼓励。

“我出任餐饮联合会理事，是因为看到了新中国的光明前景，看到了共产党的伟大力量，看到了他们全心全意为人民做事的行动，看到了他们努力工作谦虚谨慎的态度。我要跟着中国共产党为北平做点事情，为中国饮食文化研究做点事情，为北平餐饮事业的繁荣发展做点事情！”

代表们再一次热烈鼓掌，有的代表还欢呼起来。这是新的起点，就像航船刚刚起航一样，向着光明的彼岸高扬征帆，新中国的未来一定非常美好，一片锦绣。

会议邀请中外记者出席，并召开记者招待会，回答记者们提出的各种问题，显示了北平市政府、北平市军管会的强大自信。记者招待会后，举办餐会招待中外记者。这不是一场普通的招待餐会，虽然比较简单，却要通过它透出这样的讯息：中国共产党一定能够克服眼前困难，带领人民走向繁荣富强。此外，还要通过招待餐会展示出中国饮食文化的深厚底蕴，在眼前条件下真是不容易做到的事。难在哪里？只有简单的食材，要做出色香味俱全的美食，让出席招待会的人认可，不容易做到。

为了办好记者招待餐会，徐志扬特意召集一些名厨开“诸葛亮会”，听取他们的意见，研究解决办法。餐会饮食除少数食材外，大部分都是就地取材。用本地食材做出有中国特色的美食，宣传中国美食文化，是招待餐会想达到的目的。北平的冬天能采购到的食材不多，常用的食材只有白菜、萝卜、芹菜、土豆、豆腐……都是老百姓常见的，用这些食材做出叫人难忘的美食太难了。为照顾外国记者口味，从天津运来了少量大虾，这是最好的食材了。别看请来的都是北平的名厨，怎么利用好这些食材做出令人难忘的美食，也不容易。

玉华台首席大厨朱殿荣提出，用大虾和白菜做“大虾烧白菜”。多数厨师不赞成，认为这道菜体现不出什么特点来。姚琪山却大力支持，还和大家讲了一个关于这道菜的逸闻。

有个山东厨子选入御膳房当御厨。御膳房尚膳正想考验他的厨艺，给他两样食材，大虾和白菜，让他给皇上做一道没吃过的新菜。这两样东西都很普通，一看就知道尚膳正是想难为山东厨子。没想到，山东厨子一口答应。他先把大虾的壳剥掉，取出虾肉，用刀将其切割，虾肉受热后会自然翻卷成花的形状。再把剥下来的虾壳和虾头熬成虾油，虾油用来炒大白菜，使其具有鲜虾的香味。随后他用山东章丘大葱与热油爆锅，这种大葱葱白大，味微甜不辛辣，炒出来的大虾白菜口感好。这种做法，御膳房的御厨从来没有见过。

山东厨子把大虾烧白菜从锅里取出来，装盘时将虾肉摆放于盘子的顶端代表牡丹花，然后用红糖汁向下画一条线作枝干，再把用虾油炒好的几片白菜叶搭配在枝干上作牡丹叶，把其他白菜放到枝干下面作花盆，“大虾烧白菜”形成一幅富贵图，象征吉祥富贵。咸丰皇帝用膳时看到这道菜，非常喜欢，夸赞做得好……

姚琪山讲的“大虾烧白菜”逸闻，让厨师们受到启发，纷纷开动脑筋想办法。有一些中国传统名吃，都是把普通食材做出意想不到的花样，看着不起眼，吃起来味道特别好。像宋嫂鱼羹、汆鱼丸、鸳鸯菜、东坡饼……这些美食食材普通，但都有典故逸闻，真有点“化腐朽为神奇”的感觉。很平常的食材，经过名厨制作，变成一道道美食，中国饮食的博大精深令人刮目相看。

厨师们集思广益，用常见的食材做出了形、色、味俱佳的饭菜，比如八宝豆腐羹、扬州炒饭，虽然品种不是很多，却令记者们耳目一新。普通的萝卜丝丸子，外焦里嫩，颜色金黄，看着就能引起食欲，放到嘴里香咸适口，外国记者大呼“没想到这么好吃”。中国饮食文化的丰富，让他们印象深刻，不停地问这问那。徐志扬当起了临时讲解员，把一些菜的逸闻典故讲给记者们听。餐饮联合会成立大会宣传了北平民众的生活现状，让更多人了解了真实的北平，消除了外界对北平的误解。招待餐会宣传了中国饮食文化，引起很多人对中国饮食的兴趣。这是意外收获。

几个记者围住了徐志扬，一个法国记者手里端着一小盘“八宝豆腐羹”，非让他讲讲这道菜有什么故事。徐志扬把自己了解的“八宝豆腐羹”的由来简单讲了讲，还是满足不了记者的需求，只好说：“餐会以后，我可以介绍你们和厨师见面，到时候你们再刨根问底。”几个记者大笑，不再缠着他了。徐志扬忙活得满头大汗，虽然有些疲惫，心里却十分高兴，餐饮联合会成立达到这样好的效果，让他有点没想到。

忽然，背后有人戳了他一下。他赶紧回头，见是吕泽海。“嗨，什么时候来的，怎么没看到你啊？”徐志扬问。吕泽海笑着说：“刚来，想学习学习。”“想学什么啊？”徐志扬反问。吕泽海端着一盘扬州炒饭，用羹匙舀了一点放到嘴里：“向你学什么啊，做饭呗。典礼局筹备开国大典和开国宴会，领导让我们来感受体验一下。”徐志扬有些羡慕：“嘿，这个差事好啊，建立新中国是开天辟地的大事，开国第一宴也是头一次，你赶上了，多光荣啊！”吕泽海“嘿嘿”地笑，自豪之情溢于言表。徐志扬不单单是羡慕，甚至有点嫉妒。

商委会副主任向记者透露，市政府准备召开北平市摊贩代表座谈会，收集摊贩们的意见和建议，把有关工作做得更好。几个外国记者不太相信，连声追问：消息准确吗？在他们看来，小商小贩是无足轻重的一群人，刚解放的北平市百废待兴，需要做的事情太多了，怎么可能专门为小商小贩召集会议？就是摆摆样子吧。他们心里这样嘀咕，不相信会是真的。

外国记者没想到，几天之后，北平市市长、军管会主任叶剑英抽时间在晚上主持召开北平市摊贩代表座谈会。

市长与摊贩一起开会座谈，在北平前所未有。接到开会通知的摊贩代表都不相信是真的，一再问送通知的人：“真是叫我去开会吗？是不是重名啊？没有弄错吧？”摊贩代表心情别提多激动了，和北平市市长叶剑英一起开会，做梦都想不到啊！也有人不理解：好不容易和市长在一起开会，怎么选在晚上啊，白天开不是更好吗？

开会时间定在晚上七点半，小商小贩代表很兴奋，都提前到场了。会场布置得很简朴，每个代表座位前放了一只白搪瓷缸，上面还印着红字“将革命进行到底”，搪瓷缸里放着沏好的茶水。小商小贩代表不敢高声说话，一个上了年纪的小贩低声说：“北平市政府放在清朝就是京城的顺天府啊，哪是咱老百姓来的地方，那可是京城的大衙门，谁敢随便进啊！”“现在不是共产党的天下了吗，人民当家做主，再大的衙门咱也敢进了。”“不能叫衙门，是人民政府！”不知道谁在纠正，引起一片笑声。

“叶市长来了！”有人高声说。会议室的门被推开，叶剑英微笑着走进来，跟在他身后一同进来的还有北平市工商局军管小组的负责人。

会场里有人带头站起来鼓掌，跟着热烈的掌声响了起来。

叶剑英一边招手和大家打招呼一边说："不要客气，请坐！"他走到主席台上说：利用晚上时间开会，主要考虑到大家白天还得做生意，来开会耽误挣钱，所以特意选在晚上开会。一句话让开会的小商小贩代表恍然大悟：叶剑英市长想得真周到啊，不愧是共产党的干部。

叶剑英继续说：晚上开会不妨碍大家做生意，时间也好安排。今天请同志们来，就是让你们敞开肚皮谈，给市政府提意见和建议，怎么样才能搞活生产、搞活商业、发展经济，怎么样才能为大家提供更好的服务。共产党的市长称呼小商小贩为"同志"，使小商小贩代表倍感亲切。

会议开始时小商小贩代表还有点拘束，叶剑英指着坐在前排的一个小贩问："你主要做什么生意?"小贩赶紧站起来回答："有个小店，主要卖糖葫芦。""好啊，老北京的糖葫芦可是大大有名，又甜又酸又开胃，我都馋得慌啊！"叶剑英的风趣引起小商小贩一片笑声，本来拘谨的气氛一扫而光，小商小贩代表发言也活跃起来。叶剑英一边听一边在本子上做记录，不住地点头，有时还会插话询问……

如何开展好摊贩活动，保证小商小贩吃饱肚子，怎么样创造良好的经商环境……小商小贩代表畅所欲言，一直讨论到深夜还意犹未尽。对小商小贩代表提出的一些问题，叶剑英当场就给予了答复：大家希望有序管理，不要像一盘散沙，这个建议很好。工商局要进行统计，能发证照的要发证照，做到心中有数。大家提出的经营场所问题，也要统筹进行考虑，找到合适的地点，方便摊贩也方便老百姓，一举两得的好事。

小商小贩代表很兴奋，没想到叶剑英市长做事这样干净利落，效率这么高。再想想国民党统治的时候，小商小贩被巡警追得满街跑，还得提防税务局流动收税人员，被逮住就要交钱，想让政府帮助做点事没门儿……

会议一直开到很晚，为不影响大家第二天做生意，会议只好宣布结束。叶剑英最后说：大家今天没谈好不要紧，以后有意见、建议啊，可以到市工商局，也可以到市政府，我派专人接待。共产党的政府是为人民服务的政府，不是骑在老百姓头上作威作福的政府，只要你说得对，只要你提的意见、建议对人民有利，我们都欢迎。即便错了也没有关系，有则改之，无则加勉。你们是帮助我们的，人民政府双手欢迎啊！

走出会场，有的小商小贩代表还不愿离去。小商小贩走进北平市政府开会，这是开天辟地第一回啊！小商小贩们相信，跟着共产党走，跟着叶剑英这样的领导，明天一定会很美好……

送走开会的小商小贩代表，叶剑英深有感触：我们在乡下过了二十多年，一直钻在山沟里，对大城市是陌生的。今天回到城市，发现许多问题，我们要边学边干。各种城市政策都是摸索出来的，城市管理也有一个从外行到内行的转变。只要我们有信心、有恒心，没有做不好的事情。

摊贩代表座谈会召开后，叶剑英指示市政府有关部门一定要做好后续工作落实。他亲自出席落实工作会议，和大家说：手工业者、小商小贩没什么组织，很松散。如果不好好组织起来，这些底层民众就没饭吃，他们饿着肚子怎么会拥护中国共产党？那不是幻想吗？一定要把他们组织起来，帮助他们恢复生产，恢复商业活动。小商小贩有生意做，才有饭吃。民以食为天，吃饱了肚子，才会安心工作生活，社会大环境才能安定。

在北平市政府一系列有力措施下，北平的社会生产、生活秩序得到恢复，民不聊生的状况得到改善。许多人不敢相信，中国共产党竟在这么短的时间内让北平发生了如此大的变化。外国反华势力依旧不遗余力地抹黑，认为中国共产党不是在吹牛就是在隐瞒事实。

北平餐馆数量在日军占领期间和国民党统治期间不断下降，说明经济形势严峻，老百姓生活艰苦。中国共产党能不能改善人民生活，北平餐馆数量增加与否是一个标志。只有在和平环境下，经济繁荣发展时期，餐馆数量才会增多。因为人们生活水平提高了，到餐馆就餐的人才会增多，餐饮业才会发达。餐饮业不仅仅是吃喝，它是社会稳定的一项重要指标，在哪种制度的社会里都是一样的。

8

第八章

1949年9月下旬，北平市即将召开全国第一届政治协商会议，选举中华人民共和国中央人民政府领导人，许多著名党外人士到北平参加会议。这是万众瞩目的政治大事，引起了全世界的关注。为做好安全保卫工作，北平市军管会和北平市公安局8月下旬召开了反特反破坏工作联席会议，要求公安和保卫部门加快肃清潜伏特务，防止敌特破坏活动，保证特殊时期的城市环境安全，保证即将举办的一系列重大政治活动圆满进行。

会上通报了国民党在北平潜伏特务的情况：特务组织共有一百一十四个单位，八千多职业特务，主要隶属国民党国防部保密局、国防部二厅和国民党党通局三大特务系统，加上外围和掩护人员总共有一万六千多人。经过全市公安机关全力侦破，打掉了多个特务组织，但反特反破坏工作形势依然严峻。北平市军管会要求加快肃清潜伏特务，防止敌特破坏，打造一个安全环境，为新中国成立保驾护航。

市商委会保卫干部因为生病没能出席会议，领导临时指派徐志扬去参加会议。会议结束回来，徐志扬把会议精神向商委会和军管组组长做了详细汇报。汇报结束时，军管组组长说："志扬同志，上级对你的工作有新安排了，你到典礼局报到吧！"军管组组长拉开办公桌抽屉，拿出一张调职令给徐志扬。看到调职令，徐志扬问："我去典礼局干什么？""不知道，"军管组组长说，"我对典礼局的工作性质和工作内容不了解，估摸和做商务工作分不开。去了要好好干啊，别给咱商委会军管组丢脸！"军管组组长把徐志扬送到门口，拍着他的肩膀嘱咐。

前些日子召开北平餐饮联合会成立大会时，徐志扬看到吕泽海，羡慕他去典礼局工作，没想到自己这么快调任典礼局，幸福来得有点快。

拿着调职令，徐志扬赶紧跑到办公室，问能不能派辆吉普车送自己去典礼局报到。这是他到商委会工作第一次为自己外出要求派车，办公室主任很爽快地答应了，马上找了一位司机送徐志扬到典礼局报到。

典礼局负责接待的是位女秘书，她看了看徐志扬的调职令，请他到接待处等候。女秘书说，他的工作由典礼局局长余心清安排，余局长正在开会，要结束以后才能接见他。

关于典礼局局长余心清，徐志扬早有耳闻，听说他早年在冯玉祥手下工作，曾任开封训政学院院长，深得冯玉祥信任，曾代表冯玉祥参与福建事变，任中华共和国人民革命政府经济委员会代主席。余心清富有正义感，为人正直。1947年，因策动国民党第十一战区司令孙连仲起义，遭到国民党逮捕，后被营救出狱。余心清常年在大城市工作，对城市管理十分熟悉。中央决定由他出任典礼局局长，负责开国大典有关工作。这是一副很重的担子，此前没有人有过这样的工作经验。中共中央军委副主席周恩来作为余心清的直接领导，不止一次说：余心清是个人才，开国大典的事情交给他办让人放心。

想到要在这样一位高水平的领导手下工作，徐志扬有点忐忑不安，生怕做不好。椅子旁边有一摞报纸，最上面一张是刚出版的《北平解放报》。徐志扬伸手拿起报纸，看到头版发表了这样一条消息：中共中央邀请各人民团体、民主党派、少数民族、海外华侨代表在中南海怀仁堂召开政协筹备会共商国是，10月1日成立中华人民共和国中央人民政府。

徐志扬心情太激动了，如果是在自己的办公室一定要高声喊出来，“新中国万岁！”这是梦寐以求，盼望多少年的梦想啊！新中国就要成立了，自己能做点什么呢？调到典礼局来，会安排自己做什么呢？

小半包香烟在不知不觉中抽光了，桌子上的烟灰缸里插的烟头都是徐志扬刚抽完的。他走到门前，跟女秘书说：“我出去买包烟，行吗？”女秘书看了一下手表：“余局长马上开完会，你不要出去了。”徐志扬只好反身回来，在屋子里转圈踱步，心里还在想：能让我干什么工作呢？

北平八月末虽然暑热未退，但已经不像七月最热的时候那样空气烤人。徐志扬觉得热，解开衣领子的风纪扣和下面的两颗纽扣，拿起桌子上的一张报纸扇风。俗话说，心静自然凉，他心里有事，当然觉得热得慌。看到墙上挂着一张解放军进城的照片，学生们爬上坦克往炮筒上挂红花，不由得想起跟随大部队进北平的情景。

中国人民解放军原定1949年1月29日进北平，可那天正好是农历正月初一。中共中央研究决定，把进城的日子推迟到大年初三。仅仅从推迟进城两天这件事，老百姓就体会到了共产党对民众的关心。想想历史上的每次改朝换代，老百姓都是提心吊胆战战兢兢，不是被抢就是被杀，这一切忽然变了，天真的亮了！

1949年2月3日，人民解放军解放北平入城仪式隆重举行。入城部队分两路，一路从南苑出发，从永定门入城，经永定门大街、前门大街，过前门，进入东交民巷。毛主席特别要求队伍一定要从东交民巷经过，彰显军威。

旧中国的东交民巷是帝国主义的天地，中国军警都不得进入。第二次鸦片战争中，腐败无能的清政府签订了丧权辱国的《天津条约》。条约规定东交民巷只能供外国使团建设外交使馆。1900年之前，日本、美国、德国、法国、俄国等国家的外交使馆均建在东交民巷。后来义和团运动爆发，高喊的口号就是“攻破东交民巷”。义和团最终被镇压，清政府被迫签订《辛丑条约》，这个条约让外国人更加嚣张，东交民巷成为他们的乐园，很快就建设了各种西式建筑。

东交民巷各种势力盘根错节，因其地理位置特殊成为一些特务、汉奸的聚集地，他们在东交民巷和敌视中国共产党的外国人互相勾结，伺机破坏。这里成了外国人在中国的基地，成了“国中国”。中国人一提起东交民巷，心头就堵得慌。北平和平解放，再不受帝国主义的屈辱了。解放军部队经过东交民巷，展示军威，展示中国崭新的形象。解放军部队从这里昂首阔步通过，宣告中国耻辱的历史永远结束了，人民从此是这里的主人。

上午10点，4颗信号弹发射升空，入城式开始。行进在最前面的是军乐队，接着是装甲、坦克、炮兵、骑兵、步兵各部队。解放军入城部队3万多人，步兵部队携带轻武器徒步进城，机械化部队有坦克、装甲车80辆，炮兵部队展示卡车牵引的高射炮、榴弹炮、加农炮……

北平沸腾了，观看入城式的市民、工人和学生像潮水般从四面八方涌向部队将要经过的街道。人们手拿小彩旗，热烈欢呼“欢迎解放军”；在前门大街，装甲车队被欢迎的群众围了起来；学生们爬上装甲车贴标语，标语贴完了，用粉笔在坦克炮塔上写标语，还是不过瘾，干脆在战士们的衣服上写：“庆祝北平解放！”“欢迎亲人解放军！”

北平城内大多是土路，队列、车队、炮队和坦克走过会扬起漫天尘土。市民拿着脸盆、水桶泼水净街，免得暴土扬尘，以此让入城队伍保持整洁。

一辆卡车上站满了威武的解放军战士，驾驶室的顶上被热心的市民装上了一个一米多高的红五星，中央镶着毛主席画像，系着两条红彩带迎风飘舞。有几个市民把自己做的标语牌挂到卡车的车头，上面写着“庆祝北平和平解放”。不知谁带头唱起《解放区的天是明朗的天》，街道两边的民众跟着唱起来。

解放区的天是明朗的天，
解放区的人民好喜欢。
民主政府爱人民呀，
共产党的恩情说不完……

有个法国记者一直跟着解放军进城队伍走，记录自己看到的一切。从开始进城到最后结束，进城的解放军战士整整走了六个小时。其实，进城的路线不是很长，只是队伍走得太慢了。很多时候，进城部队和市民混杂到一起，街道堵塞了，这种场面是法国记者从来没见过的。他在发给国外通讯社的报道中说：“这一刻，我懂得了中国共产党为什么会取得胜利……”

门外传来脚步声，徐志扬往门口看，四十六七岁、身材微胖的典礼局局长余心清拎着公文包走了进来。不等徐志扬开口，他就大声说：“徐志扬，没想到你来得这么快！”徐志扬赶紧系好衣服扣子，立正站好给余心清敬礼：“首长好！”在部队习惯了，见到首长都是这样做。余心清拉过一把椅子叫徐志扬坐下。徐志扬把自己的调职令递给余心清，他把调职令放到桌子上，说："来典礼局的第一件事，得把军装脱了！"徐志扬没想到到典礼局工作要脱掉军装，从感情上说很难接受。从十五岁开始，他已经整整穿了二十年军装，现在因工作安排要和军装告别，舍不得啊！"首长，我还想……"不等徐志扬说完，余心清说："参加新工作，必须脱掉军装，就是说，你转业了，不再是军人了。"余心清拿起桌子上的调职令："到我这里工作，就得服从组织安排。"徐志扬急忙站起来："是，首长。""走，到我办公室。"余心清招呼徐志扬跟自己走。

来到余心清办公室，余心清叫徐志扬坐下，拿暖水瓶倒了一杯水递给徐志扬。"我们要做的事情，比你穿军装不知要重要多少倍，不比上前线打仗轻松！"余心清打开公文包，拿出一份材料，"你看看。"徐志扬接过材料，看到封面上印着"毛泽东主席在中国人民政治协商会议筹备会第一次会议上的讲话"。

翻开材料，看到里面有毛主席的讲话，用红铅笔在下面画出横杠。"我们召集新的政治协商会议成立民主联合政府的一切条件，均已成熟。全中国人民是如此热烈地盼望我们召开会议和成立政府。我相信，我们现在开始的工作，是能够满足这个希望的，并且不需要多久的时间就能满足这个希望。……中国人民将会看见，中国的命运一经操在人民自己的手里，中国就将如太阳升起在东方那样，以自己的辉煌的光焰普照大地，迅速地荡涤反动政府留下来的污泥浊水，治好战争的创伤，建设起一个崭新的强盛的名副其实的人民共和国。"

建设一个崭新的中华人民共和国，是多少烈士抛头颅、洒热血的梦想啊，这个伟大的梦想就要实现了！徐志扬禁不住热泪盈眶，他想到了自己牺牲的战友，心里说：战友们，你们的血没有白流，我们就要建立中华人民共和国了！几十年与敌人浴血奋战，不就是为了这一天吗？

"我做的工作和建立新中国有关系吗？"徐志扬的目光离开手里的材料和余心清的目光对撞到一起。余心清笑着说："我们都在期待这一天到来。新中国成立要举办开国大典，向全世界宣告中华人民共和国成立！这不是简单的事情，改朝换代了，需要做的事情太多太多了！"余心清一连用两个“太多”强调工作之多、任务之繁重。“典礼局除了负责开国大典的全部工作，还有一项非常重要的工作，就是筹备开国宴会，也就是老百姓说的开国第一宴。”余心清把话题引到正题上。

提到开国第一宴，徐志扬忽然明白了，自己是从部队炊事员做起的，后来在部队一直做后勤，他对这方面工作有丰富的经验。在北平市商委会军管组工作，他负责的是全市餐饮行业管理，这与开国第一宴应该有关，至少在业务上是互相联系的。

看出徐志扬的心思，余心清强调说：“开国第一宴怎么做、做什么、谁来做、怎么样才能做好，这些我们都没有经验……”徐志扬产生了一种神圣的使命感，对自己的新工作有一种迫切的期待。“首长，让我做什么，请安排！”徐志扬说话时拍着自己的胸脯。余心清开心地笑了：“脱掉军装，就是地方干部，首先要把自己以前的习惯改了，典礼局没有首长，都是同志。”“是。”徐志扬又想站起来立正说话，被余心清制止了。

“中央成立典礼局主要目的是筹备开国大典和开国宴会，现在决定成立开国宴会领导小组，从有关单位抽调精兵强将参加筹备工作，你是主要成员之一，担子很重啊！”余心清举起办公桌上的一份文件，“我们的直接领导是周副主席。”周恩来是中共中央军委副主席，大家习惯称他“周副主席”。由他主管开国第一宴，可见中央的重视程度。“一定要竭尽全力完成党交给我们的任务！”这句话是余心清对徐志扬说的，也是对自己说的。他握住徐志扬的手摇了几下，传递一种无形的力量。

余心清指了一下桌子上的水杯，叫徐志扬喝水，接着说：“刚才的会议是周副主席亲自主持召开的，主要议题是研究开国大典和开国第一宴的事情，让大家充分发表意见，研究用什么菜系……”徐志扬把手里的水杯放下：“确定了吗？”“大家的意见是淮扬菜。”答案有点出乎徐志扬预料。他以为在北平举办开国第一宴，应该以宫廷御膳为主，菜品有出处，有讲究，说出去也气派，没想到领导小组决定用淮扬菜。

“用淮扬菜的理由是这样的，”余心清解释，“民间说，南甜北咸，西辣东酸，全国八大菜系各有特点。拿四川菜来说，那种麻辣很多人接受不了；北方的鲁菜很有名，但有人受不了它偏咸的重口味；广东菜又太甜腻，北方人不欢迎。所谓众口难调，只能折中。从适合大多数人的口味来说，淮扬菜比较合适……”“可是，在北平做淮扬菜的厨师不是很多啊！”徐志扬对全市餐饮情况比较熟悉，提出自己的想法。“所以调你来典礼局工作啊！”余心清加重语气，“要选调最好的淮扬菜厨师参加开国第一宴的筹备工作……”

鑫盛公司是一幢二层灰色小楼，东西两边有三层楼，也有四层楼，相比较它就不起眼了。楼门口挂一块白底黑字的牌子，楷体写着“鑫盛贸易公司”。公司主要是交易陶瓷和煤炭，谈生意的人不多，显得有点冷清。

一辆灰色轿车从远处开来，在鑫盛公司门前停下，司机下车打开轿车后门，方建义从车里下来，吩咐司机：“把车停到对面，机灵点！”方建义是叫司机注意周围动静，今天他要在公司招待几位特殊的客人。

司机上车，把轿车开到对面马路边停下。

方建义走到鑫盛公司门前，习惯性地往四周看看，开门进去。

女职员看到方建义进来，点头哈腰打招呼：“方老板，您回来了。”方建义一边往里走一边问：“客人到齐了吗？”女职员说：“齐了，就等您了。”方建义叮嘱：“布好警戒，提高警惕。”女职员点头，显得很有把握的样子：“外面有咱们的人，您放心，咱这没出过事。”“小心点好，大意失荆州。”方建义有点感伤，“前两天又有几个兄弟被抓进去了，共党他妈的疯了！”

方建义往楼上走，皮鞋踏着楼梯“嘎吱嘎吱”地响，在二楼一个房间门前，开门走了进去。

房间里有张圆餐桌，旁边坐着于连奇和曹飞翔。于连奇的公开身份是海客饭庄掌柜，职务是保密局北平站第五行动大队队长。方建义请他们到鑫盛公司吃饭，他有点不解：我那里有现成的，怎么不到海客饭庄吃饭啊？坐在他身边的曹飞翔是军统资深特务，公开身份是私人牙科诊所的医生。他们俩一个是爆破专家，一个是投毒专家，很受方建义器重。

餐桌上放了一盘瓜子和一盘炒花生，两个人一边嗑瓜子一边聊天。看到方建义进来，于连奇和曹飞翔站起来敬礼。方建义摆摆手，示意他们坐下："不用客套了，坐吧！"于连奇拿起茶壶给方建义倒茶水，满脸堆笑："方副站长，这是今年的新龙井，您尝尝怎么样？"方建义端起茶杯，吹了吹浮在上面的茶叶，喝了一口："好茶。人到齐了，开始吧。"于连奇起身走到门口，开门朝外面喊："上菜！""安排谁上灶？"方建义问。"玉华台大厨亲自动手。"于连奇笑嘻嘻地说。

房间门开了，女职员端了一个托盘进来，把几盘菜放到餐桌上，一边放一边说："你们真有口福，包大厨上灶，难得。"放好菜，女职员要给大家倒酒，方建义制止："你去叫包春阳来！"于连奇接过女职员手里的酒壶，往酒杯里倒酒。方建义把酒杯端起来："我们先喝一个！"三个人端起酒杯喝酒，拿起筷子吃菜。曹飞翔吃了口菜，不禁称赞："这菜做得比你们海客饭庄的好吃！""包大厨的手艺我们饭庄的厨子比不了。"于连奇没放下筷子，一边吃一边说，"方副站长，您今天不光是为了请我们吃饭吧？"

"啊，"端起茶杯喝茶，方建义答非所问，"共产党解放北平，收编了党国几十万大军，丧国之恨啊！"于连奇连忙表忠心："大敌当前，我们都是党国的忠臣，为党国尽忠！"喝完第一杯酒，方建义亲自给于连奇和曹飞翔的空酒杯倒满酒："我知道各位忠心赤胆，难得啊！"两个人有点受宠若惊，于连奇趁机说："海客饭庄老六是老军统了，这次他主动要求留下潜伏，人才难得，又是无线电高手，有行动的话能不能带上他？""我也很看重老六，"方建义接上说，"可这次行动人选我说的不算，你们都是毛人凤局长亲自挑选的，五个人，多一个都不行！"于连奇看看方建义和曹飞翔，有点奇怪："方副站长，您说有五个人，现在只有我们三个，加上包春阳才四个啊……"曹飞翔用胳膊肘碰了一下于连奇："上峰的事，你操什么心啊！"

房间门推开，包春阳进来，曹飞翔拉过一把椅子："请坐，辛苦了！"于连奇看看他俩："你和包春阳认识啊？"他知道保密局对联系方式的规定是很严格的，不允许特务之间有横向联系。方建义笑着说："我告诉你他们是怎么认识的吧。去年，共党在北平的地下党策划傅作义手下的杨军长起义，为了杀一儆百警告那些蠢蠢欲动的国军将领，我们在北平地下党代表与杨军长会面时，派他俩投毒，哈哈哈……"方建义禁不住放声大笑，这次毒杀让他兴奋了好一阵子。

"感谢方副站长栽培！"包春阳献媚地笑着。方建义让包春阳坐到自己身边，给他倒了一杯酒，包春阳急忙站起来："我自己来，自己来！"方建义摁着包春阳肩膀，让他坐下:"这次起用你，就是为了关键时刻再让你这个奇兵达到出其不意、攻其不备的效果，敬你一杯！"方建义举起手里的酒杯一饮而尽。包春阳奇怪，怎么把自己单独列出来了，其他人难道没有任务吗？

听到方建义这样，于连奇和曹飞翔的想法也是一样：我们来干什么呢？

"今天把各位召集来，传达毛局长的命令。"方建义不再绕圈子，把底牌亮出来，"毛局长命令北平站成立特别行动小组，任命我为特别行动小组组长，小组由五人组成。"桌子周围的几个人互相看了看，发现少一个人。"还有一人不参加前期工作，"方建义解释，"最后时刻启动。我们要干一件惊天动地的大事！"

惊天动地的大事，什么事呢？其他人摸不清方建义的底牌。曹飞翔是投毒专家，投毒的事做了不少，对方建义说的惊天动地，他觉得有点言过其实。方建义看出曹飞翔的心思，皮笑肉不笑地说："以前投毒的事我们是干了不少，可毒杀的那些人物的地位、名气、影响都不够大。这次投毒和以往不一样，会震惊世界，会在保密局历史上写下最光辉的一页！"

几个特务都被方建义亢奋的情绪感染了，不约而同兴奋起来。于连奇迫不及待地问："我们到底要给谁投毒啊？""是啊，毒杀谁啊？"曹飞翔接上问。方建义挥舞手臂，有点张牙舞爪："给毛泽东、给朱德、给周恩来、给刘少奇……"曹飞翔忍不住"扑哧"一声笑了："方副站长，这可能吗？不要说这么多的共党领袖了，毒死其中一个就惊天动地了。我们哪有机会啊？"方建义有些得意，拿空酒杯在手里转了转："这就是请各位吃饭的原因。从今天开始，特别行动小组执行的是一项艰巨而特殊的任务，我们抱着必死的决心，不成功便成仁！”几个特务还是丈二和尚摸不着头脑，感觉方建义越说越邪乎，越说越不着调。

为打消其他人的疑虑，方建义亮出底牌：

中共中央邀请各人民团体、民主党派、少数民族、海外华侨代表一百多人在北平中南海怀仁堂召开新政协筹备会共商国是。会议决定9月下旬召开政治协商会议，确定中华人民共和国国旗、国徽和国歌，选举中华人民共和国中央人民政府领导人，并在10月1日举行开国大典。开国大典之后，举办开国宴会，招待出席开国大典的代表。

针对开国第一宴，保密局制订“项链”行动计划，其中一项是国宴投毒。举办开国第一宴，毛泽东、朱德、周恩来、刘少奇、任弼时这些共产党的头面人物都会出席，还有宋庆龄、张澜、史良等在中外影响重大的民主人士也会出席。

说完特别行动计划，方建义咬牙切齿挥舞拳头：“这次机会太难得了，即使毒不死毛泽东、朱德这样的大人物，毒死几个民主人士，甚至是几个出席开国大典的代表，也是惊天动地的大事了。”听到这个投毒计划，几个特务感到欢欣鼓舞。于连奇提出一个问题：怎么样才能混进国宴现场，好像找不到机会啊！

几个特务看着方建义，觉得行动计划有点天方夜谭。方建义“嘿嘿”冷笑：“根据情报，国宴以淮扬菜为主，筹备方必定会选调厨艺高超的淮扬菜厨师……”不等他说完，于连奇和曹飞翔的目光不约而同落在包春阳身上，他们这才明白为什么要让包春阳上灶——除了做菜，包春阳还要承担重大任务。

“为了办好这次国宴，共党典礼局成立了领导小组，负责筹办国宴事宜。”方建义拿起筷子，插进梅菜扣肉里，“我们要像一把尖刀，抓住机会打进去，伺机投毒。”他把宝押在了包春阳身上，如果包春阳能选调进国宴筹备组当厨师，事情就完美了。特别行动小组里包春阳的担子最重，也最危险。

看着酒杯里的酒，包春阳一言不发，他知道将要执行的任务意味着什么。他忽然想到了女儿，一定要为女儿争取到最大利益。这时候和方建义讨价还价是最好时机，万万不能错过。

“方副站长，我有个请求。”包春阳开口了。方建义看看他，示意包春阳说话。包春阳没有犹豫，把自己的心里话倒了出来：“这次任务完成后，保密局必须答应我撤回台湾。”在保密局当特务，这么硬气地公开和组织提要求的人很少见。于连奇和曹飞翔有点吃惊，方建义也有点意外：“为什么啊？说说理由。”

“为了我女儿。”包春阳丝毫不避讳，“孩子没妈，我得好好照顾她，就这么一个理由，请上司考虑。”其实，毛人凤局长已经答应，行动成功后每人除重赏外，还要升职。执行任务的特务想回台湾可以考虑，这等于是格外的奖赏。方建义不能把这个底儿透露给他们，万一行动不成呢，不是空欢喜一场？想想和共产党的几次交手，方建义不敢说这次投毒一定能成功。

抽了口烟，方建义从鼻孔里把烟喷出来，对包春阳说：“老弟，养兵千日，用兵一时。如果你能入选国宴筹备组大显身手，任务完成后一定让毛局长调你回台湾！”得到这样的许诺，包春阳显得很有信心：“只要能打进国宴筹备组，一定完成任务。毒药的问题不能忽视，要提前准备好。”“曹飞翔，你是专家，”方建义转头看着身边的曹飞翔，“毒药的事你办。有美国情报局大力支持，我们肯定行！”曹飞翔显得信心满满：“请放心，绝对不会出问题。”方建义招呼大家把空酒杯倒满，举起手里的酒杯：“各位弟兄，我们的任务很光荣也很艰巨，为了伟大的使命，为了党国，干！”

几个特务站起来一起举起酒杯，他们决心破釜沉舟。

9

第九章

典礼局新调任人员基本到齐了。路公剑昨天到典礼局报到，今天上午接到通知到典礼局小会议室开会。走进典礼局办公楼，看来得有点早，又走出去找地方抽烟。从口袋摸出烟盒，还没等把烟卷抽出来，听到背后有人喊："路公剑！"回头看到吕泽海。

"昨天报到时我还问起你呢！"路公剑捶了吕泽海一拳，很高兴地说。"知道不，徐志扬也在这儿！"吕泽海也给了他一个好消息。

从良乡培训班分手后各自奔赴工作岗位，两人没想到会以这样一种方式重新聚到一起，真的感到有点奇妙，更多的是兴奋。"今天说什么也得聚一起喝顿酒。"路公剑用肯定的口气说。吕泽海当即同意："我做东。"看到开会的人陆续来了，路公剑把手里的烟头掐灭扔到地上，两人走进楼里。

会议室不大，基本坐得满满当当。典礼局局长余心清传达中共中央军委副主席周恩来关于做好成立新中国筹备工作的指示。关于宴会部分，周恩来说，这是新中国成立之际举办的第一次大型国家宴会，具有重大意义，一定要齐心协力把国宴办好。毛主席对办好这次开国宴会非常重视，要求把开国第一宴办成人民赞成、代表满意、外宾称赞的宴会。周恩来还说，开国第一宴既要体现艰苦朴素的本色，又要有中国风味，体现中国博大精深的传统饮食文化。

传达完周恩来副主席的指示，余心清把每个科的主要工作和主要职责做了说明，要求每个人都要尽心尽力担负起自己的责任。余心清激动地说："同志们，我们正在做一件前人没有做过的事，我们的工作光荣而艰巨。这不是简单的一顿饭，不是一个平平常常的宴会。不但中国人瞩目，也会被国外关注，甚至有可能引来敌人的捣乱破坏。完成好这个任务不付出辛勤劳动和代价是不可能的，每个人都要做好充分的思想准备，不可掉以轻心！"

开会的人神色严肃，心里掂量余心清这番话的分量。余心清接着说："开会前，有同志和我说，咱们过去头顶高粱花子，肚里装的是玉米面窝头，这么大的排场、这么大的阵势见都没见过，怕办不好给党丢脸，这种想法可以理解。困难肯定是有，有困难咱们就打退堂鼓吗？不！我们正在做前人没有做过的事业，创造前人没有创造的历史！中国共产党顶天立地，没有克服不了的困难。长征难不难？共产党领导红军走过来了！老蒋八百万军队厉害不？毛主席领导人民解放军打败了他们！与其比起来，我们还有什么困难不能克服呢？办好开国第一宴，相信我们有这个能力，也有这个魄力！”这番话说得大家热血沸腾，禁不住热烈鼓掌。

“我们中有的人是第一次从农村走进大城市，第一次筹备这样的大型宴会，没有现成的经验。但我们中也有多年从事城市工作的同志，熟悉大城市的运作，有后勤管理经验，可以拿来参照。不要把事情看得太复杂，自己吓唬自己。虽然开国宴会我们以前没做过，但也不能被困难吓倒！”余心清满怀信心，“我有信心，你们有没有？”

“有信心——”山呼海啸一般。

“能不能完成任务？”余心清追问一句。

“保证完成任务！”开会的人异口同声，声音很大、很响。

看着大家激动的脸庞，余心清心情格外激动。这些同志都是各个专业的精英，为了一个共同的目标走到一起来了。任何困难都吓不倒他们，没有什么可以阻挡他们前进的脚步。选调这些同志到国宴领导小组，因为他们有这方面的工作经历，有丰富的经验，有能力完成好开国第一宴这项艰巨而光荣的任务。余心清在心里为每个人加油！

为方便工作，参加国宴筹备工作的人员安排在北京饭店办公。研究了相关工作后，余心清宣布会议结束。大家起身，一边议论一边走出小会议室。

徐志扬落在后面，他有话想对余心清说。没等他说话，余心清先开口：“徐志扬，重头戏都在你们这里，你的担子很重啊！”徐志扬担心做不好工作，辜负组织的信任。“余局长，这不是一般的宴会，太重要了！我害怕自己能力有限……”余心清理解徐志扬的心情，其实他的心情也不轻松。“你的这些想法我理解。组织把开国第一宴领导工作交给我的时候，我要说一点不怕那是假的。周副主席说得好，在中国共产党人面前没

‘困难’两个字，没有困难还要共产党员干什么？拿出我们二万五千里长征的勇气，拿出我们在延安自力更生、艰苦奋斗的精神，没有什么困难不能克服的！为了周副主席的嘱托，为了党对我们的信任，无论遇到什么困难，也得把开国第一宴工作做好！”余心清的话斩钉截铁，铿锵有力。

在部队工作了二十多年，战场上出生入死，徐志扬从来没有害怕过。他不怕困难，对北平饮食业务也不陌生。但是，毕竟时间短，他怕做不好国宴有关工作辜负组织对他的信任，给党丢脸。余心清了解他的这些想法，这恰恰说明徐志扬有高度的使命感和强烈的责任心，值得信赖。在徐志扬身上，最令人满意的正是这种担当精神。“你是一条硬汉子，绝对不会被困难吓倒的！”余心清不由得握住徐志扬的手，“现在要紧的是做好两项工作，一是选淮扬菜厨师，二是制订国宴菜谱，抓紧时间拿一个方案出来。”徐志扬提出一个要求，能否派个熟悉北平餐饮界情况的同志来协助工作，并提议让玉华台的朱殿荣来。朱殿荣的名字余心清听说过，只是没见过本人，他同意了徐志扬的提议。

10

第十章

北平地下党组织召集地下党员开会，在会上公布了一个让广大地下党员盼望已久的好消息：地下党员可以公开自己的身份，光明正大地告诉周围的人“我是中国共产党党员”。

这是多么令人期待的一天啊，新的时代，新的环境，一切都有一个新的开始！白色恐怖没有了，不用时刻提防敌人的抓捕了，共产党员可以光明正大地为党、为新政府、为老百姓做事了。但是出于某些原因，少数地下党员还不能公开身份，继续处于保密状态，朱殿荣就是其中之一。

他为什么要继续身份保密呢？

去年，玉华台发生过一件令朱殿荣不能原谅自己的事情：国民党华北“剿总”总司令傅作义手下的杨军长在玉华台饭庄与地下党代表秘密接头商谈起义事情时，竟被人投毒，送到医院后不治身亡。对此，他很内疚，为自己没有保护好杨军长深深自责。朱殿荣秘密调查，想找出投毒特务，一直没有结果。因怀疑投毒者依然隐藏在玉华台，组织决定朱殿荣的党员身份继续保密，这样有利于开展调查工作。

区军管会送来通知，让朱殿荣明天去北京饭店报到参加新工作。他问是什么工作，军管会同志说不知道。朱殿荣问需要离开玉华台饭庄多长时间，回答还是不知道。这种没头没脑的通知叫朱殿荣哭笑不得，他不知道怎么和玉华台的田掌柜解释这件事，是请假呢还是辞职呢？区军管会同志说，他的任务就是去报到，其他事情由组织办理。

这时有客人点名要他做的“三套鸭”，朱殿荣赶紧备料，亲自动手……他一边在灶台上忙活，心里一边想，到北京饭店干什么呢？大锅“咕嘟咕嘟”往外冒热气，里面的“三套鸭”快炖好了。朱殿荣忽然觉得厨房少了一个人，随口问传菜伙计：“包师傅今天没来吗？”传菜伙计一边把灶台上的几盘菜放到托盘里，一边回答：“包师傅好像生病了，请假没来。”朱殿荣没再往下问，看传菜伙计端着托盘走出厨房，心里嘀咕：我如果不在，杨军长中毒的事也就没法追查真相了。为了追查事情的真相，他还真有点不愿意离开。

玉华台厨师包春阳早上跟田掌柜请假，说感冒了要到医院去看病。田掌柜准假，还吩咐他看完病好好休息。玉华台有几个名厨，手艺好，有绝活，深受客人青睐，包春阳就是其中一个。对这样的名厨，田掌柜不但给的工钱高，其他要求也尽量满足。不然名厨甩脸子走人，想聘请他们的餐馆、酒楼有的是。尤其做淮扬菜的名厨，在北平很受欢迎。

包春阳离开玉华台饭庄，没有去医院，他去了北平的八大胡同。

八大胡同是烟花柳巷的代名词，在北平市西珠市口大街以北、铁树斜街以南。八大胡同指的是百顺胡同、胭脂胡同、韩家潭（后改名韩家胡同）、陕西巷、石头胡同、王广福斜街（后改名棕树斜街）、朱家胡同、李纱帽胡同（后改名大力胡同、小力胡同）。八条胡同的妓院多是一等二等妓院，妓女的“档次”比较高，所以出名。

这里开始并不是开妓院的地方，是进京戏班所在地。清朝实行“旗民分城居住”政策，八旗住在北京内城，汉人迁至前门以外。八大胡同最初是为戏班子提供的到京城的住处。当时的戏园子集中在廊房二条和廊房四条，演员们进京后，选在八大胡同一带居住，徽班进京下榻在八大胡同的百顺胡同。此后四喜、春台等戏班子相继来京，居住在八大胡同的韩家潭。所以老北京有句俗语：“人不辞路，虎不辞山，唱戏的不离百顺、韩家潭。”可见八大胡同与戏曲活动的紧密关联。

那么，八大胡同怎么和烟花柳巷联系到一起了呢？

清朝时，禁宿娼而不禁狎优伶，于是梨园界男色大兴，找“相公”（男性娼妓）成了上层社会的时髦风气，慢慢发展成同性间相互爱慕的关系。八大胡同是戏班子集中居住地，许多达官显贵就到这里找“相公”。清朝没落，戏班子逐渐从八大胡同迁走，这里成为妓院主要集中的场所。

八大胡同离内城较近，官员们出城享乐方便。这里有火车站，南来北往的旅客多。前门外大街是京城繁华的商业街，有钱的男人逛完街，顺便来妓院寻欢作乐。这一带戏园子、茶馆、酒楼集中，吃喝玩乐形成规模。时间长了，八大胡同出了名。到八大胡同逛窑子（妓院）的男人多是达官显贵，巨贾富商。这里的妓女不但有姿色，还有些才艺，名妓赛金花、小凤仙都在这里待过。

清朝初年，朝廷把东城的灯市挪到前门一带。为维护皇权的尊严，戏园、茶楼、妓院只准许开设在城外，促进了前门大街的繁荣。大街两侧陆续形成许多专业集市：鲜鱼市、果子市、粮食市、珠宝市、瓜子市……附近胡同内随之出现许多作坊、货栈、旅店、会馆、戏园，是北平最热闹、消费最高的商业区。做买卖的、谈生意的、跑官买官的、吃官司疏通关节的、黑吃黑要摆平求和的……聚集在这里进行沟通、交易、谈判、收礼，造成畸形繁华，在繁华之下掩盖着种种罪恶和黑暗。

包春阳去八大胡同不是逛窑子找妓女，而是去一家银饰作坊取自己定做的银镯子。这家银饰作坊坐落在百顺胡同。如果看到包春阳走进百顺胡同，有人会以为他去逛窑子，其实不是。当然，有时他自己会故意含糊其词，让人误以为他来这里逛窑子。

走进银饰作坊，坐在房间里埋头制作银饰品的银匠抬头看看。

“我来取银手镯的，做好了吗？”包春阳问。

“老板在里面，你去拿吧！”银匠用手往身后的门指了一下，继续低头干活儿。包春阳走过去敲门，里面有人说：“请进！”包春阳走进屋子，随手把房门关上。

走进银器作坊的里房，包春阳看到戴着眼镜文质彬彬的京西木器厂厂长胡运发正低头看账本。“胡掌柜！”包春阳叫了一声。胡运发抬头淡淡地说：“来了，坐吧。”用手指了一下旁边的马扎，包春阳坐到马扎上：“我来取给女儿定做的手镯。”胡运发从身边一只小箱子里拿出一个红纸包递给包春阳，接过红纸包，包春阳打开，里面是一对银手镯，有荷花图案。“你还真有心，给女儿定做的生日手镯不错啊。”胡运发看着包春阳，说话不紧不慢。

包春阳女儿包慧妮今年十五岁，五岁时母亲出车祸去世了。包春阳本想续弦帮自己照顾孩子，一直没找到合适的，又害怕后妈虐待孩子，拖来拖去就没再续弦。看了一眼胡运发，包春阳解释：“慧妮喜欢荷花，我才选这个图案。孩子没娘了，我这个当爹的就得多操点心……”包春阳把红纸包揣到怀里，胡运发没说话，低头一边打算盘一边看账本。“胡组长，最近有什么任务吗？”包春阳和胡运发同在保密局北平站第五行动大队第三小组，胡运发是小组长，包春阳是副组长。

“方副站长说，最近要进行一次破坏行动。”胡运发抬头看了包春阳一眼，“说你不用参加了，嘿嘿……”他知道包春阳另有任务，具体什么任务他不知道。

执行破坏行动让包春阳有点害怕。从解放军和平进入北平，这座古城发生的变化实在太大了，可以用天翻地覆来形容。老百姓拥护共产党，只要共产党发出号召他们都积极响应。前几天开展的反特活动，从市里到区里到街道层层动员，很快家喻户晓。包春阳以为这是政府的事情，老百姓不会关心。哪知道很快就掀起了检举高潮，其中有件事尤其叫他心惊胆战。

有个特务秘密电台的报务员，他把发报用的天线藏在烟囱里，从外面看不到这根天线。春天倒春寒有时天气反常，烟囱堵了。这个特务因为掏烟囱，把平时隐藏的天线拽出来了，放回去的时候因粗心大意露出了一点天线头。

第二天早晨，隔壁邻居大叔起来遛弯，经过他家时，看到了烟囱里露出的天线头，立刻引起警觉。马上到附近派出所报告，派出所的警察跟随大叔到这个特务家里检查，蒙在鼓里的特务被堵在了被窝里……

“把敌人埋葬在人民战争的汪洋大海之中”，这是包春阳经常在广播里听到的一句话，早先他不以为意。通过这个特务落网，他深有体会，也从内心感到了恐惧。有这样一个深得民心的政府，国民党与共产党作对肯定凶多吉少！这让他更加盼望早点回台湾，在北平的日子太难熬了。

被选入特别行动小组不知是福是祸。从好的方面说，任务完成可以带着女儿回台湾，他早就盼望撤离，总算等到了机会。从坏的方面说，这个特别任务不是那么容易完成的，想想一些特务落网的下场，他心惊肉跳，万一被共产党逮住，女儿怎么办？想到这里就心慌意乱，忐忑不安。

银器作坊联络站是保密局北平站精心挑选的。前面的屋子是银器作坊，便于来往人员联络，后院是胡运发的家，他在京西木器厂当厂长。他表弟也是潜伏特务，开银器作坊作掩护。国民党在大陆全面溃败，部分骨干特务撤退到台湾。包春阳向保密局北平站打报告，请求撤退到台湾，理由是有孩子，留在北平做地下工作不方便。包春阳的报告没有得到批准，保密局回复的理由很简单：包春阳隐蔽得很好，适宜继续潜伏，有孩子在身边有利于掩护身份，不容易引起怀疑，要求继续潜伏不动。上面为了安抚包春阳，把他的军衔从少校晋升为中校。包春阳心里苦闷，这种华而不实的东西对自己没什么用处。

申请没被批准，包春阳非常失望。这些年无论是做军统局特务还是保密局特务，他都兢兢业业，出色完成任务，按他的贡献，撤回台湾是没问题的。他要求也不高，回台湾争取个闲职，平平安安把女儿养大，尽到当父亲的责任，就心满意足了。留在北平就是在刀尖上过日子，哪有心情教育孩子。说不定哪天就被共产党抓走了，女儿谁管？想到这里，包春阳的心就紧缩成一团，对前程失去了信心。可是，不做出成绩就不会受重用，撤回台湾更遥遥无期了。为了撤回台湾必须要好好表现，他想一鸣惊人地完成这次特别任务，以此为筹码请求撤回台湾。想想最近接连有特务落网，包春阳心慌不已，禁不住唉声叹气。

他实在不愿意过这种担惊受怕的日子，尤其是走在大街上，看到人们精神焕发的样子，包春阳知道共产党给北平带来了什么变化：共产党让北平人民充满了对幸福的憧憬。与共产党作对不是死路一条吗？看到包春阳发呆，胡运发问："老包，你想什么呢？""啊，"包春阳回过神来，"没想什么啊，这两天好像挺平静。"他极力掩饰自己。胡运发淡淡地说："别看这几天平静，大战之前的平静预示着更激烈的厮杀。"胡运发的口气里有一股杀气，让包春阳不寒而栗。

从银器作坊出来，包春阳去了一家蛋糕店。给女儿的生日蛋糕是提前三天订好的。蛋糕店老板和他认识，平时还有些往来。包春阳走进蛋糕店跟店伙计说："我来取生日蛋糕。"说着，他把取蛋糕的木牌递给伙计。接过包春阳递来的蛋糕木牌，伙计看看上面的号码，回身从柜台里面拿出一只蛋糕盒："包师傅，您慢走！""谢谢！"包春阳接过蛋糕盒，向门外走去。

回到家里，女儿包慧妮还没有回来。包春阳把蛋糕盒打开，拿出蛋糕放到桌子上。蛋糕上用红奶油写着“生日快乐”几个字，他想象着女儿看到蛋糕高兴的样子。今天他要下厨给女儿做几个她喜欢吃的菜。鱼香肉丝和九转大肠女儿百吃不厌，只要他有时间，就会做给女儿吃。鱼香肉丝从选料到烹饪都不太费劲，比较容易做。九转大肠就不同了，在鲁菜里很有名，做起来比较麻烦：清水里加少量碱面清洗猪大肠，然后把猪大肠翻过来，用醋和少许盐里外涂抹揉搓，除去黏液污物。再用清水漂洗干净，放入开水中，加葱、姜、酒焖烧，捞出切成三厘米长的段。炒锅倒入猪油烧七成热，下猪大肠炸至红色捞出。锅内留油，放葱、姜、蒜末炸出香味，加醋、酱油、白糖、清汤、精盐、绍酒等调料，放入肠段移至微火上，烧至汤汁收紧，放胡椒面、肉桂面、砂仁面，淋上花椒油，颠翻均匀盛入盘内，撒上香菜才做成。

尽管九转大肠做起来很麻烦，但为了饱女儿的口福，包春阳还是不厌其烦地做这道菜。每次看到女儿吃得心满意足时，他心里充满自豪感，多了一份温馨。

包春阳在厨房里忙着做九转大肠时，包慧妮回来了。活泼的包慧妮放下书包，看到桌上的生日蛋糕，禁不住拍手叫起来：“爸，您买的蛋糕真好！”包春阳端着刚出锅的九转大肠走出来，包慧妮闻到香气，嗅嗅鼻子：“又做九转大肠啊，您太棒了！”包春阳放下手里的盘子：“慧妮，你今天十五岁了，就要成大人了，好好庆祝一下！”包慧妮拍手说：“谢谢爸爸！”

包春阳和包慧妮坐下，包春阳把切蛋糕的小刀递给女儿。包慧妮拿起小刀把蛋糕切下一大块递给包春阳，甜甜地笑：“爸，谢谢您！”一句话叫包春阳心里感到很温暖，他心里冒出一个念头，为了女儿，自己做什么都可以。包春阳接过蛋糕：“慧妮，你也吃啊。”包慧妮切下一块蛋糕放到嘴里，包春阳看着一脸幸福的女儿，问：“好吃吗？”包慧妮点头：“好吃。”包春阳的眼里是满满的慈祥：“祝你生日快乐！”“谢谢爸爸！”包慧妮双手合在一起，对着包春阳致谢，包春阳鼻子有点发酸。

女儿长得越来越像她妈妈，包春阳回头看看挂在墙上的相框，里面有妻子的照片。“爸，您看什么，吃饭啊。”女儿叫包春阳。他回过头来：“学校最近组织什么活动了？”提到这个话题，包慧妮可高兴了：“迎接新中国成立，政府号召要整理环境。学校的老师同学不光打扫校园卫生，对周围的街道也都进行大清扫，街道大叔大婶都夸奖我们呢！”“好，好啊。”包春阳连声称赞。包慧妮又说：“我们还排练文艺节目，准备参加会演。新中国多叫人向往啊，共产党毛主席领导我们翻身解放了，开始没有压迫没有剥削的新生活，多好啊！爸，您说是不是？”

看到包慧妮热情洋溢的样子，包春阳都被她的情绪感染了，不由得伸出大拇指。他的内心禁不住被感动了，共产党到底使了什么魔法，叫老百姓心甘情愿地跟他们走，他们到底有什么能耐呢？“爸，你们玉华台没有活动吗？”包慧妮看到包春阳有点发怔，问他。“啊，”包春阳回过神来，“我们还没布置呢，应该有活动吧。”包慧妮拿起蛋糕吃一口：“没安排活动是怕特务破坏吧？我们老师说，要提高警惕，防止国民党特务搞破坏。爸，您说特务为什么这么可恶呢，他们与人民作对不是死路一条吗？”

面对女儿的问话，包春阳有点尴尬，不知怎么回答才好，只好掩饰自己的窘态，指着桌子上的九转大肠：“你吃菜啊，凉了就不好吃了。”包慧妮拿起筷子，从盘子里夹起一块九转大肠放到嘴里，真香啊，禁不住称赞：“九转大肠太好吃了，您说狗特务为什么老是捣乱呢？”包春阳不想再谈这个，赶紧转移话题：“你不是喜欢听故事吗？我给你讲讲九转大肠的故事。”“好啊！”包慧妮一边吃九转大肠，一边听包春阳讲九转大肠的来历。

清朝光绪年间，济南有个大商人叫杜九龄，崇拜“九九归真”之说，在济南开了家大酒楼叫“九华楼”，生意一直不温不火，很是郁闷。他和大厨于厨子说：“得想办法做出其他酒楼没有的菜，咱们才能赢过别人！”于大厨把厨子们召集到一起，布置大家做新菜。可一直没做出让客人叫好的菜来。

杜九龄一个朋友给孩子做满月，请他去喝满月酒。喝酒时，朋友和他说："我新开的肉铺不挣钱，你帮我盘出去。"喝完满月酒，杜九龄跟朋友去看肉铺，生意十分清淡。刚杀的猪摆放在肉案子上，旁边挂着一套猪下水。杜九龄掏出碎银子说："不能白来，帮你开个张吧！"朋友叫伙计给杜九龄割了一大块猪肉，又把那套猪下水送给杜九龄，让他拿回去叫厨子做菜卖几个钱。

杜九龄把猪下水带回九华楼，叫来于大厨，说："我喜欢吃肥肠，有人觉得肥肠埋汰，你把它收拾干净了，做个菜给我吃。"于大厨拎着猪下水去了厨房，上灶试验七八次，终于做出一种红烧大肠，色、香、味、形俱佳，赶紧请杜九龄品尝。杜九龄看到盘子里油亮金灿的肥肠，夹起一块放到嘴里，连连点头，风卷残云地把一盘肥肠全吃了。

第二天，杜九龄把几位朋友请到九华楼，用红烧肥肠招待朋友，引起一片赞扬，大家没想到猪肥肠会这么好吃。杜九龄拱手抱拳，请朋友给这道菜起个名字。有人知道他信佛，对"九"字迷信，就说："大肠弯弯曲曲像九曲黄河，就叫'九转大肠'吧！"这个菜名很合杜九龄的心意，"九转大肠"传开了。杜九龄结交的都是生意人，天南海北的都有，他们成了义务宣传员。"九转大肠"很快传到各大城市，不光在山东是名菜，北平的许多酒楼、饭庄的菜谱上也能看到这个菜。

包春阳讲得津津有味，包慧妮听得入迷。没想到一个九转大肠会有好听的故事，她为父亲自豪，伸出双手的大拇指："您太棒了！"得到女儿的认同和夸奖，包春阳感到心满意足……

邻居家的公鸡第一次打鸣的时候姚琪山就醒了，翻来覆去再也合不上眼，心里有事，怎么也睡不着。老伴被他闹腾醒了，嘴里嘟囔着："你怎么啦，翻来覆去的？又不是请你回皇宫当御厨，瞎折腾什么啊？"翻过身，老伴不搭理他了。老伴说对了一半，确实不是请他回皇宫当御厨，皇帝早就没了，紫禁城成了故宫博物院，当御厨是别想了。可当过御厨也是一种炫耀的资本，偌大个中国，能给皇帝当御厨的有几个？说万里挑一都不过分。就凭这个，姚琪山从皇宫御膳房里出来，北平很多大酒楼、大饭庄都抢着请他去当头厨，他就算坐在那儿什么也不干，也是大酒楼、大饭庄的金字招牌。

御膳房的御厨都是厨艺高手。要经过三年打杂，两年切菜、配菜，再经三年跟御厨打下手，最后出徒才能做御厨，算一算前后要八年的时间，难怪当上御厨趾高气扬。姚琪山当御厨之前是曲阜孔府里的厨子。山东济宁知府由孔子后人出任，别看只是个地方官，凭孔子后人的名分却能见到皇帝，一般知府没这个特殊待遇。

姚琪山当御厨后，因为厨艺高超，人品好，干什么都喜欢动脑子，很快就在御膳房站稳脚跟。虽然在孔府里当厨子也不是一般厨子能干的，可比起御厨还是有不小差距。在御膳房当御厨，姚琪山大开眼界。御膳房不仅是做饭做菜讲究，光是设置的部门孔府就没法比。御膳房里设六个局：一是荤菜局，专做烹、炒、炸、熘、蒸、炖各种山珍海味、鸡鸭鱼肉等荤菜；二是素菜局，专用豆腐、面筋等素菜做各种炒菜、炸菜、熘菜等；三是饭局，专做饭、粥、馒头、花卷、烙饼、面条等各种主食；四是点心局，专做早点、午后点心，还有夜宵所用各种蒸、煮、炸、烙点心；五是饽饽局，专做酥皮饽饽、酥盒子、小炸食等；六是茶点局，负责皇帝的饮品。

刚到御膳房的时候，姚琪山向一个老御厨请教：这么多御厨干活，谁做了什么菜，谁做了什么点心，记得住吗？老御厨说，这事不用御厨操心，有专门负责监膳的太监做记录。到时候不管是受赏还是被罚，都会准确找到御厨本人。姚琪山又问：御膳房有一百四十多个御厨，能做多少道菜啊？老御厨告诉他，点心能做四百多种，菜品能做四千多种，还有各种菜汤两百多种。

老御厨告诉姚琪山，御膳房的厨子主要是三个流派：满人厨子，都是旗人，手艺不一定好，人数不多，但高傲得很，依仗的本钱是自己的老根和皇上是一条血脉的。对这些旗人御厨，汉族御厨都小心提防，不在他们面前多说话，因为他们经常在背后告密，事实上他们也有监视汉人御厨的任务。另外两种御厨分南派和北派，包括了八大菜系。北派厨子主要来自山东、东北、陕西和山西，外加四川；南派厨子主要来自湖南、江苏、浙江、安徽、广东和福建。两派御厨各有绝活，谁也不敢小看谁。

御厨平时住在宫外。给皇帝和皇族做早餐的御厨要在御膳房值班，住在值房里。皇帝每天用膳的时间是早膳七点、午膳十二点、晚膳下午五点，午后的加餐约在两点，晚上的加餐约在晚上七点。每次吃饭六十六道菜到一百二十道菜不等，外加点心，还有时令鲜果、干果。按照满族人的祖宗家法，每样菜“不许过三匙”，这样做是谨慎小心，免遭毒害。

御厨都是终身为皇帝服务，直到年老才会被批准离开御膳房告老还乡。姚琪山从进到御膳房起，就想在这里干一辈子，把其他御厨的技艺学到手，使自己成为厨艺集大成的大厨。没想到人算不如天算，清朝最后一个皇帝溥仪下台，宣告一个王朝结束，御厨们树倒猢狲散，各自出宫找活路。北京许多大酒楼、大饭店争聘姚琪山当大厨，深思熟虑之后，姚琪山选定仿膳楼做落脚处。这家饭庄以仿制御膳菜品为主打，自己的厨艺有用武之地。与姚琪山不同，御膳房的尚膳副高耀君同样厨艺高超，有很多大酒楼、大饭庄聘请他去当首席大厨，但都被高耀君回绝了。他恪守御膳房的御膳不得外传的宫廷规矩，虽然清朝结束了，规矩不能破坏。所以他宁可在家闲着，也不出来当大厨。

在仿膳楼，姚琪山的超群厨艺很快显山露水，得到客人们高度认可。有的南方美食家千里迢迢到北平仿膳楼，就是为了能吃到姚琪山亲自做的御膳菜……有人把姚琪山说成是仿膳楼的“镇店之宝”，更有许多酒楼、饭庄想“挖墙脚”，高价聘请姚琪山到他们那里当首席大厨。姚琪山哪都不去，他和身边的青年厨子说，人活一辈子，不仅仅为了升官发财，重要的是做自己喜欢做的事儿。他喜欢做御膳，在御膳房当御厨的日子是他这辈子最骄傲的经历。这仿膳楼即使有个“仿”字，也还是与御膳有关系。姚琪山觉得自己还是没有御厨名分的“御厨”，他看重这个。不做御膳，他觉得自己的魂儿就没有了安放的地方。

北平和平解放，姚琪山觉得浑身都有使不完的劲儿。他原来以为自己在御膳房当过御厨，共产党不会待见他。没想到经北平餐饮联合会筹备小组推选，他和仿膳楼刘老板一起当选为理事，这在过去是想都不敢想的事。和徐志扬的几次交往，让他看到中国共产党真正为人民着想，给人民办事，老百姓才打心眼里拥护。他看到了一片新天地，愿意为新中国做贡献。

一天中午，忙完一天当中比较紧张的工作时段后，他坐在后厨专门给自己准备的一张小桌子旁边。大徒弟把刚炒好的三个菜端上桌，一个回锅肉，一个红烧鲫鱼，还有一个清炒芹菜。二徒弟打开一瓶二锅头，恭恭敬敬地把酒倒进陶瓷酒杯。他喜欢这样的酒杯，觉得用它喝二锅头别有滋味。每当他喝酒高兴的时候，就会把自己的厨艺传授给徒弟，就是某个宫廷菜的具体做法。徒弟有不懂的地方，赶紧趁这个机会请教。姚琪山喝酒的时候，一般人不敢打扰，有事要等他喝完酒再说。

喝完一杯酒，吃了几口菜，姚琪山点点头，表示对徒弟做的菜认可。两个徒弟早就想好了问题，看到姚琪山高兴，准备向他请教。拿酒瓶的二徒弟给空酒杯倒上酒，姚琪山没有端起酒杯，这是暗示两个徒弟，可以向他请教了。二徒弟放下酒瓶，刚要开口，仿膳楼刘老板走进来，跟姚琪山打招呼："姚大厨，能不能稍等一会儿再吃？"仿膳楼的人都知道，姚琪山喝酒的时候最讨厌别人打扰。"啥意思？"姚琪山抬头看了刘老板一眼，意思是说，没看见我喝酒吗？刘老板急忙解释："有点急事，区军管会来人找你，有要紧事说。"他一边说一边赔笑，有点神秘的样子，"不知道找你干什么，问了，他们没说。""哦，"姚琪山用手转了转酒杯，"军管会的找我干什么啊？"刘老板揣测道："是不是餐饮联合会的事呢？"姚琪山放下陶瓷酒杯："不可能是餐饮联合会的事，他们有事还不得把你也找上啊？走，看看去。"姚琪山对解放军印象很好，军管会的人不会平白无故来找自己。

"师傅您去看看，菜要是凉了，回来我们再回锅热一热。"大徒弟的意思是先去办事，回来不耽误喝酒。姚琪山点点头，起身跟刘老板走了。

在仿膳楼饭庄后院小客厅里，姚琪山见到了区军管会的两个工作人员，他们客气地通知姚琪山明天上午到北京饭店宴会科报到，接受新工作。听到这个通知，姚琪山有点发蒙，去北京饭店报到显然是为某个宴会服务，是什么宴会呢？怎么不说清楚呢，吃饭的事还有什么保密的啊？姚琪山看着两个工作人员，问："这个宴会科归你们管啊？""不归我们管。"一个瘦瘦的工作人员回答。姚琪山又问："是给谁准备宴会啊？多大规模啊？我需要去多少天啊？"两个工作人员互相看看，还是那个瘦瘦的工作人员回答："姚大厨，您问的这些事，我们还真不知道，我们就是来通知您，您去了就知道了。一定要按时报到啊！"嘱咐完姚琪山，军管会的两个工作人员走了。

"通知没头没脑的，还没见过这样的事呢，葫芦里卖的什么药啊？"姚琪山转头问刘老板，"您帮我想想，是什么样的宴会呢？""我也弄不明白，应该是大宴会吧？"刘老板见多识广，这会儿也有点蒙，"人家不说了吗，您去了就知道了。不管多大的宴会也就是吃饭的事，您怕什么啊？"姚琪山也没心情喝酒了，心里一直琢磨这个事。

晚上是仿膳楼最忙的时候，刘老板对姚琪山说："姚大厨，您明天要去北京饭店报到，今晚就别忙活了，回家准备准备。"姚琪山坚持把今晚的工作做完，心想，明天报到接受新任务，也不告诉到底是做什么，只能说明这个宴会重要啊。姚琪山当御厨见过大世面，可还是想不出自己面对的新任务是什么。以往晚上收工后，他都在仿膳楼饭庄吃完饭回家，今天他提前收工，没吃饭就匆匆忙忙地回家了。

回到家里，姚琪山跟老伴说："明天不去仿膳楼了。"老伴一惊，问他："是被掌柜的辞退了，还是另选高枝找到新东家了？"姚琪山告诉老伴："都不是，要到一个新单位报到，有新工作。""还干老本行吗？"老伴问。姚琪山"扑哧"笑了："我就是个厨子，不做饭做菜，你说我还会干什么？"说完，姚琪山去厨房给自己炒了两个菜，本想喝杯二锅头，害怕早上起不来耽误事，把酒瓶又放下了。

吃完饭，上床睡觉，姚琪山还在琢磨明天去报到的事。

到底要举办一个什么样的宴会呢？

11

第十一章

门卫给徐志扬打电话，说有一个叫朱殿荣的来找他。徐志扬非常高兴，早就盼朱殿荣能早点来，帮助自己做些工作。他告诉门卫，让朱殿荣进来。

听到敲门声，徐志扬忙说："请进！"办公室的门推开了，朱殿荣走进来，看到徐志扬以为走错了："徐同志，我是不是走错门了？""没有，就是到这里报到的。"徐志扬上前很热情地和他握手，"快请坐！"见到徐志扬，朱殿荣心里踏实了，拿出报到通知递给徐志扬。"好好，先喝口水。"徐志扬把报到通知放到文件夹里，回身拿起暖水瓶倒了一杯水递给朱殿荣。

心情急迫的朱殿荣问："组织上调我来做什么？"徐志扬说："我们是为开国宴会做筹备工作。"听到"开国宴会"四个字，朱殿荣立即掂量出了它的分量。这是一份光荣的任务，也是一项艰巨的任务啊！他很兴奋，能被选中参加这么重要的工作，是组织对自己莫大的信任啊！他一时间竟然不知道说什么好了。

打开办公桌的抽屉，徐志扬从里面拿出几份文件，内容都是关于做好开国宴会工作的。他把文件递给朱殿荣："时间很紧，客气话就不说了。今天下午召集工作会议，宴会用什么菜你有什么想法？"朱殿荣谦虚地说："我不是很了解情况，乱发言不好吧？"徐志扬笑了："我们之间就不用客气了，开诚布公有什么说什么。""国宴用菜我觉得还是淮扬菜好，不是因为我是淮扬菜厨师才这么说的。"朱殿荣先不论自己的身份，站在一个厨师的角度提出了自己的想法。

中国最早的菜系是四个：川菜、鲁菜、粤菜、淮菜。这个淮就是淮扬菜系。这四个菜系后来发展出八大菜系，就是山东的鲁菜、广东的粤菜、四川的川菜、湖南的湘菜、浙江的杭帮菜、江苏的淮扬菜、安徽的徽菜、福建的闽菜。不管是八大菜系还是四大菜系，在民间比较受欢迎的是淮扬菜。说到这里，朱殿荣停下了。"徐科长，我是不是有点班门弄斧啊？"他觉得自己在徐志扬面前有点夸夸其谈，好像在卖弄似的。徐志扬忙说："没有，没有。说真的，我对菜系不太了解，你正好给我补一课。"朱殿荣是个实在人，见徐志扬说得这么诚恳，心里没有了负担。徐志扬虚心请教："淮扬菜为什么受欢迎？它代表的不就是淮安和扬州两个地方吗？有什么特别之处啊？"

朱殿荣细说淮扬菜受欢迎的原因。

淮扬菜发展得益于隋炀帝下江南，此行带来的北方烹饪技术融合江南本土鲜美食材，经过淮扬厨子精心烹制，做出来的淮扬菜口味南北皆宜。到唐朝时，淮安、扬州因为大运河的关系富甲天下，淮扬菜得到极大发展。南来北往的客商不断把淮扬菜带到全国各地，淮扬菜逐渐形成了独特的菜系风格，影响深远。各地在淮扬菜的基础上结合本地实际不断演绎发展，促使淮扬菜名气也越来越大。有一些地方名吃其实与淮扬菜没什么关系，为了沾淮扬菜的光，也要说是从淮扬菜发展起来的，使得淮扬菜在餐饮界占据了重要地位。淮扬菜最大特点是融合了南北口味，多数人都能接受。比如说扬州炒饭，全国各地都有，最能说明问题。

西汉时，淮安汉赋大家枚乘的《七发》中描述当时淮安豪宴中的菜谱，以煎、熬、炙、烩等多种烹调法，以五味调和为标准，其中有这样一段话："犓牛之腴，菜以笋蒲。肥狗之和，冒以山肤。楚苗之食，安胡之饭，抟之不解，一啜而散。于是使伊尹煎熬，易牙调和。熊蹯之臑，芍药之酱。薄耆之炙，鲜鲤之鲙。秋黄之苏，白露之茹。兰英之酒，酌以涤口。山梁之餐，豢豹之胎。小饭大歠，如汤沃雪。此亦天下之至美也……"

淮扬菜系形成于明清，尤以清朝为盛。自古至清中期，淮安、扬州都是全国有名的大都市，历史上与苏州、杭州并称运河沿线"四大都市"。淮安、扬州的饮食文化自成体系，并影响了周边的镇江、盐城、南京等地方菜系。

参加开国大典的有各地的代表，口味差异很大，上哪个菜系都不好调节众人口味。综合看，淮扬菜能解决这个问题。这也是典礼局第一次讨论国宴用菜的时候多数人的倾向。

听完朱殿荣刚才对淮扬菜的介绍，徐志扬问，选淮扬菜做国宴主菜，下一步做什么？

稍加考虑，朱殿荣说出了自己的意见。淮扬菜做国宴主菜，先要选定厨艺好的厨师。不管做什么菜，厨师占据非常重要的位置，他们是主角。淮扬菜的厨师在淮安、扬州有特殊的社会地位。淮安一向有“二难”之说，所谓“二难”，就是“秀才”和“厨子”，这两项职业都要经过千难万苦才能功成名就。书读好了可成为秀才，经过乡试、会试、殿试三级考试，中进士入仕做官。厨艺精了可成为名厨，获得很好的收入，过上殷实的日子。扬州有“三把刀”之说，很是推崇厨师这个职业。扬州雕版印刷闻名全国，技艺高超的雕版匠人在社会上很受尊敬，而厨师的地位不比雕版匠人差。

对于穷苦人家而言，孩子走仕途比较艰难，拜师学厨是更为现实的职业选择。在古代淮安地区，形成了崇尚厨艺的社会风气，加上地理位置重要，出现了很多名厨。又因淮扬菜地位特殊，学习做厨子是件很荣耀的事，淮扬菜厨子的社会地位一直比较高。

徐志扬当过厨师，深知一个好厨师的作用，问朱殿荣，淮扬菜厨师该怎么选调？朱殿荣不假思索，张口就说：“北平做淮扬菜最好的是玉华台，而玉华台做淮扬菜最好的厨师有三个：一个是我，一个是孙宝强，还有一个是包春阳。我是不是太不谦虚了？”朱殿荣有点不好意思，尽管说的都是实话。“没有，没有。”徐志扬打消他的顾虑，“朱师傅绰号‘朱一刀’不就说明一切了嘛！”朱殿荣往下说：“玉华台还有七八个厨师也不错，别的饭店也有几个出色的淮扬菜厨师。给这么大的宴会做菜，没有十几个好厨师恐怕不成。他们轻车熟路得心应手，各自都有拿手的绝活，不会出现问题。”

通过与朱殿荣的深入交流，徐志扬心里有底了。关于一些具体细节，他又和朱殿荣一起进行研究，记录了工作要点。这些初步的工作方案，徐志扬打算找时间向余心清汇报，请领导做下一步工作指示，尽快解决厨师选调和食品材料这些后续问题。

定菜系，选厨师，厨师到位再讨论宴会菜谱，有菜谱才能决定用什么样的食材……这些工作环节都是一环扣一环，哪个环节都不能疏忽。参加开国大典的代表有六百位左右，这么多人参加的宴会，不仅涉及厨师，还有厨房杂工、餐饮用具、食材储备等一系列问题，都要提前做准备。朱殿荣还提出一个问题，北京饭店以前以做西餐为主，做中餐的话厨房需要改造，算一算时间挺紧张了……

下午，相关人员在北京饭店会议室开会，研究开国第一宴有关问题。

走进小会议室，姚琪山看到了御膳房的尚膳副高耀君，他是宫廷御膳房二号人物，姚琪山赶紧抱拳施礼，用高耀君在御膳房时的头衔称呼："尚膳副，您来了，久违久违！"这是表示自己对高耀君的尊重。高耀君赶紧回礼，他对姚琪山也高看一眼。除了高耀君之外，姚琪山还认识另外两个北京名厨，他们在餐饮界都是大名鼎鼎。

几分钟之后，徐志扬和宴会科的工作人员小王走了进来，小王宣布开会。徐志扬先介绍情况。听完介绍，姚琪山才知道自己来报到的这个宴会科不是北京饭店的，是国宴筹备组的。徐志扬告诉参会者，他们的身份是国宴顾问。"我要特别强调保密纪律，"徐志扬严肃地说，"大家不能透露自己的顾问身份，不能和别人透露相关工作内容，能做到吧？"大家不约而同："能做到。"姚琪山非常高兴，给国宴当顾问是多大的荣耀啊，一定要尽心尽力做好自己的工作。筹备国宴意味着新中国就要成立了，人民自己当家做主的新国家是中国人多少年梦寐以求的啊！大家心情都非常激动，溢于言表。

"召集各位来开会，想征求一下大家意见，国宴采用什么菜系，使用什么食材，请仔细思考写出理由。"徐志扬开门见山。面对几张竖格信纸，每个名厨都很认真，没有急于写下自己的想法。给国宴出谋划策必须谨慎认真，如果自己的建议被采纳，将来在后辈面前可就有夸耀的了。

每个名厨认真思考后，一笔一画地在竖格信纸上写下自己推荐菜系的理由，以及建议使用的食材……

下午两点钟，小王把几个国宴顾问带到小餐厅。

小餐厅里有一张大餐桌，周围放着椅子，小王请顾问们坐下。徐志扬从门外进来，向大家打招呼："各位大厨的建议我们看了，虽然建议不同，但多数人建议用淮扬菜，与我们研究的方案不谋而合。今天下午请大家品尝几个菜，发表一下自己的意见。"

半杯茶的工夫，服务员端上了一盘红烧肉放到餐桌上。

高耀君看着红烧肉说："这是东坡肉啊，是杭帮菜，也是传统名菜。不是说做淮扬菜吗？这个菜是浙江菜系啊！"徐志扬解释说："虽然采用淮扬菜，个别菜还是有所调换，采用与淮扬菜相近的菜也是一种考虑，比如杭帮菜。高大厨，听说东坡肉还有传说呢。""那是。"高耀君拿起筷子夹了一块东坡肉放进嘴里，说起了东坡肉的故事。

苏东坡因为反对一些大臣主张的改革，被扣上"保守派"的帽子，不受皇帝待见，被贬职到黄州。有一次，他做红烧肉请一个秀才吃饭，秀才吃完赞不绝口，问他是怎么做的。苏东坡把做红烧肉时放的作料和制作方法记录下来，写成"炖肉十三字诀"交给秀才，让他照着做。

后来，苏东坡重新被朝廷起用，派到杭州担任知府。在杭州，苏东坡带领老百姓疏通西湖，做了许多对地方有益的事，受到老百姓拥戴。老百姓知道苏东坡喜欢吃肉，过年的时候，自发地给他送来了许多猪肉。吃不了会坏掉，怎么办呢？苏东坡想了一个法子，找来几个厨子，拿出他在黄州写的"炖肉十三字诀"，叫厨子们照这个方法炖猪肉。猪肉炖好后，苏东坡把知府衙门的衙役们叫来，让他们抬着装肉的大筐，挨家挨户送肉。杭州的老百姓把苏东坡送来的肉叫作"东坡肉"，"东坡肉"很快在杭州民间流行起来。

"东坡肉"的传说不是谁都知道的。高耀君饮食知识渊博，不是徒有其名。他做事用心，记性还好，在御膳房里是出了名的。

有一次，皇帝心血来潮，想到御膳房看看御厨是怎么做菜的。听说皇帝驾到，御膳房赶紧做准备，生怕出现纰漏。

皇帝来到御膳房，看到御厨上灶炒菜，随口问了一句："这个菜是《饮膳正要》上的吗？"御膳房的尚膳正急忙禀报："回皇上的话，御膳房所做菜肴，除了新创制的菜品，其余都是《饮膳正要》记载的。”“啊，”皇帝点点头，忽然说：“你们把《饮膳正要》里的三百个菜名报给朕听听。”御厨们傻眼了。有的御厨平日里就负责做自己拿手的那几个菜，不关心别的，即使看过《饮膳正要》也是一掠而过，哪里记得住菜名。

御膳房里鸦雀无声，一根针掉到地上都能听到。

如果没人能报出三百个菜名，御厨们的脸就丢大了。

当时高耀君只是普通御厨，他曾经读过《饮膳正要》，而且用心记了。看见尚膳正脑门都冒汗了，高耀君往前站一步：“尚膳正，我想给皇上报菜名。”尚膳正好像抓到了救命稻草，连说：“好，好，快报给皇上听。”高耀君不慌不忙，张口就来：“鱼翅螃蟹羹、鱼肚煨火腿、鲨鱼皮鸡汁羹、血粉汤、鲍鱼烩珍珠菜、淡菜虾子汤、鲫鱼舌烩熊掌……”

高耀君从容不迫，把菜名一一报来，有的御厨在心里暗暗帮他数着。报到第三百个菜名，一个御厨朝高耀君伸出三根手指，意思是到“三百”了，皇上不就让报三百个菜名吗？可是，皇帝没说停，谁敢说不用报菜名了。高耀君不能停下，还得继续往下报菜名。

御厨们为高耀君捏了把汗。接着往下报，他还能背出菜名来吗？

皇帝看着高耀君，意思是让他接着报菜名。

高耀君不含糊，平心静气报菜名：“米糟猩唇、猪脑豹胎、蒸驼峰、梨片拌蒸果子狸、蒸鹿尾、兔脯奶房签、鹅肫掌羹、糟蒸鲥鱼……”所有御厨在心里帮着他计数。到了九百，皇帝摆摆手让他停下，说了一句“御膳房里有能人”。御前太监高喊：“皇上回宫，起驾——”

看到皇帝走出御膳房，高耀君抬手擦擦头上的汗水，他的内衣早已湿透了，紧贴着后脊梁……

没多久，高耀君被直接提拔为御膳房的尚膳副，御厨们对他都高看一眼。论辈分论资格，他都比不过早到御膳房的那些老御厨，可御厨们服从他领导，因为他有能力，厨艺也是一流的。在御膳房干久了，免不了沾染不好的习惯，高耀君也一样，渐渐故步自封，看不起新来的御厨。姚琪山是皇帝钦点的御厨，高耀君就想为难他，给了他两样食材，大虾和白菜，让姚琪山做个新菜。

没想到，姚琪山不但做出了新式样的大虾烧白菜，还得到皇帝的赏赐。高耀君从他身上看到了自己年轻时的影子，有意栽培他，姚琪山很快成为庖长。姚琪山很尊重高耀君，不管什么场合，只要高耀君在，姚琪山一定请他在先。高耀君虽然有点自命不凡，但对姚琪山还是另眼看待，两个人有些惺惺相惜。

听高耀君讲完“东坡肉”的来历，徐志扬很是感慨：“这个故事说明，老百姓不仅仅是喜欢‘东坡肉’，更是通过这个菜表达对苏东坡的爱戴，不然‘东坡肉’也成不了中国名菜。”姚琪山也赞成：“做好国宴菜不是一件容易的事，既要好吃还要有文化。”

正说着，服务员端上一盆文思豆腐，放到桌子上。大家拿起自己面前的羹匙，把文思豆腐舀到小碗里，立时飘出一股香气。朱殿荣走进来，腰间系着围裙，他用围裙擦擦手，向姚琪山抱拳：“姚大厨，您来了！”姚琪山一边还礼一边指身边的高耀君：“这是原来御膳房的尚膳副高大厨。”朱殿荣听说过高耀君，一直没见过本人，他走到高耀君面前，抱拳行礼：“高大厨，久闻大名。”

徐志扬给大家一一介绍，指了指盆里的豆腐：“这个菜是朱师傅做的，各位看看怎么样？”姚琪山舀一勺文思豆腐送到嘴里，品了品，称赞道：“朱大厨的刀工在座的都了解，不愧是朱一刀，见功夫。”高耀君慢声细语地开口：“给我们说说这文思豆腐是怎么来的。”听到高耀君点将，朱殿荣讲述了文思豆腐的来历。

文思豆腐是淮扬名菜。当年乾隆皇帝到江南巡视，不想在行宫住，让江苏巡抚给他找个清净的地方，江苏巡抚便把乾隆皇帝安排在一座寺庙里。这天吃晚饭时，侍卫给乾隆皇帝端来一盆汤菜，里面是一整块豆腐。乾隆皇帝看到是块豆腐，很不开心，强忍着没发火。他拿起汤匙放到盆里搅动，豆腐散开后细如发丝，乾隆皇帝惊呆了，他从来没有见过切得这么细的豆腐，也没见过这样做豆腐的。忙问身边的江苏巡抚，这个菜是谁做的。江苏巡抚回答，是庙里一个叫文思的和尚特意为皇上做的。罕见的刀工让乾隆皇帝很是赞赏，马上传文思和尚给予重赏。这个菜因此一炮走红，名扬大江南北。

这时，服务员端了一只大盘子进来，盘子里装的是拆烩鲢鱼头。

这道菜徐志扬曾经做过，知道它是扬州著名的“三头”之一，另外两个是扒烧整猪头和蟹粉狮子头。它们是淮扬菜系的当家菜，知名度很高。民间有个说法：“鲢鱼吃头，青鱼吃尾，鸭子吃大腿。”鲢鱼肉质松，水分多，比较粗疏，不如鲤、鲫、青、鳜等鱼，厨师一般不用它单独烧菜。鲢鱼头却另当别论，它胶质多，肉肥茸，是很好的烹饪原料。扬州厨师利用鲢鱼头的这个特性，采用特殊烹饪方法，做出风味独特的拆烩鲢鱼头，与扒烧整猪头和蟹粉狮子头并称“扬州三头”，影响很大。

这道菜做得很地道，几个国宴顾问都赞扬。

徐志扬看了看大家：“今天请大家来不是饱口福的，是与国宴用菜有关。各位品尝了淮扬菜口味，感觉如何，请多提意见建议。”

大家互相看了看，请高耀君第一个发言，这好像是一个习惯，总是推举德高望重的厨师打第一炮。高耀君笑着说：“有人想用四川菜上国宴，太辣了，多数代表受不了。”大家哄堂大笑。高耀君顿一下，接着说：“淮扬菜从古到今都受欢迎，这就不用我多说了。上到皇帝下到老百姓都喜欢，我们就顺从民意好了。这几个菜的味道大家也都品尝了，真是不错。”姚琪山举起手：“徐科长，我说几句行吗？”徐志扬赶紧让他发言：“姚大厨，您客气什么，有什么说什么。”“这不是有高大厨嘛，不能抢在他头里啊。”姚琪山还是按照御膳房的那套规矩论资排辈，引起大家一片笑声。高耀君挥了一下手，让他赶紧发言。

笑声过后，姚琪山接着说：“鄙人在御膳房做过御厨，溥仪皇帝被赶出紫禁城，我也丢了饭碗。后来在仿膳楼当厨子混口饭吃。现在人民当家做主了，我特别高兴。过去侍候皇上，那叫一个不容易。皇上每天明着吃三顿饭，下午和晚上还要加餐，特别是晚上这顿饭要求非常高……”大家又笑起来，有人说：“姚大厨，您跑题了。今天讨论的不是给皇上做饭的事，不是御膳，讨论的是开国第一宴，是国宴用菜。”

姚琪山挠了挠头，自己也不好意思了：“老习惯不好改，一张嘴就说皇上。好好，下面我说说这国宴的事。一个国家最大的事是什么，改朝换代啊！哪朝哪代的开国大典都是最隆重的……”坐在他旁边的高耀君提醒他：“又跑题了，赶紧说国宴用菜的事！”姚琪山“哦”了一声：“下面就说国宴用菜的事。从秦朝到清朝，不管哪个朝代的皇帝登基，更换国号，开国第一宴都不能含糊。远的我就不说了，只说大清朝的开国宴席，据说是一天三宴，上了三百多道菜，那是多大的排场啊！”他的话引起高耀君的共鸣，他马上配合姚琪山：“后来清朝又举办过元日宴、千叟宴，都是中国历史上有名的大宴席。咱们新中国的开国第一宴总不能比清朝差吧？你们说，是不是？”

他们的话引得多数顾问点头附和，认为有道理。中国共产党打下江山，第一次坐天下不容易，不能叫人小瞧了啊。特别是跑到台湾的国民党，肯定想看笑话，还有不怀好意的美国、日本等一些国家也在暗中捣乱搞鬼。为了给他们看，中国共产党办的开国国宴也不能小里小气。

大家群情激昂，纷纷支持姚琪山。看着大家情绪激动，徐志扬赶紧拉回正题：“姚大厨，您别说清朝，说现在，您对国宴菜品有什么高见？”姚琪山说出自己的想法：“这么高规格的国家大宴，我觉得应该上满汉全席。上山八珍、海八珍、禽八珍、草八珍，什么飞龙、天鹅、燕窝、鱼翅、大乌参、鲍鱼、驼峰、熊掌、猴头、驴窝菌……”这些菜谱都装在他肚子里，张口就能来，御厨还真有两下子。趁着姚琪山喘口气的工夫，高耀君补充：“上一百三十四道热菜、四十八道冷荤，还有各种点心、果品。让全世界都瞧瞧咱们中国共产党建国是什么气派，见识见识中国厨师的手艺！”姚琪山拍巴掌：“这可是咱们厨师的面子啊！”

“哗——”大家鼓掌，这话说得有劲、提气，新中国开国宴会就该这么办。高耀君说：“这个面子不仅仅是厨师的面子，更是国家的面子、民族的面子，是老百姓的面子，是共产党的面子！开国大典啊，建立新中国的第一顿饭太寒酸了，让人家笑话啊！来的都是毛主席、朱总司令的客人，得让这些代表吃得满意才行。”话音落地，现场气氛活跃起来。顾问们的意见一边倒：几百年才赶上的开国宴会，要大阵仗、大气派。顾问们的想法不能说不对，出发点是好的，可实现起来太难了。周恩来对开国宴会专门做过指示，不能铺张浪费，不搞奢侈豪华。勤俭节约是原则。

等大家议论过后，徐志扬谈了自己的想法：“姚大厨说的满汉全席咱们置办不起。请大家按照勤俭节约的思路考虑国宴问题，制订一个切实可行的方案。还是从淮扬菜下手，按照这个想法思考菜谱。”听徐志扬这样说，姚琪山有点不好意思：“我没别的意思，就是想给共产党争个脸。别叫人看不起‘土八路’。上淮扬菜我没意见，但也不能少于六十六道菜，民间说法六六大顺。为照顾不同代表的口味，可适当调整，加点鲁菜、粤菜。至于菜谱设计，我们集思广益出主意。”

几个顾问赞同姚琪山的意见。看一时难以统一思想，徐志扬让大家回去后认真思考，原则是不要奢华，要根据实际切实可行，下次会议拿出制订国宴菜谱的意见。

12

第十二章

临近中午，典礼局办公室给徐志扬打来电话，通知下午三点向局长余心清汇报国宴筹备情况。

徐志扬提前半个小时到达了典礼局，接待徐志扬的还是第一次来报到时见到的那个女秘书，两个人已经熟悉了。女秘书告诉徐志扬，余心清因临时接待新加坡来的华侨，要晚一会儿才能听他的工作汇报，请徐志扬在接待室等一会儿。

会客室里，余心清正在接待新加坡来的客人陈志超。陈志超是新加坡爱国华侨，南洋餐饮集团总经理。作为东南亚一带餐饮界的领军企业，南洋餐饮集团大名鼎鼎，它的连锁餐饮店在东南亚、北美、欧洲都很有影响。陈志超这次是代表集团董事长——也就是他父亲——回国来的。陈志超此次回国，一是为表达自己和父亲的爱国之心，向北平市政府捐一笔款项；再就是拜会典礼局局长余心清，完成父亲交办的另外一件事情。

“余局长，您工作繁忙，我就不多打搅了，把家父的意思和您说一下。”陈志超开门见山，说明见余心清的目的。“你们父子的爱国行为我非常赞赏，南洋餐饮集团带了个好头，必定带动更多的爱国人士有所表现，了不起啊！”余心清用称赞的口气说，请陈志超喝茶。“家父对开国大典之后举办的开国宴会很关心，也想贡献点力量。”陈志超说，“如果不是身体不好，父亲这次是想和我一起回来的。”“感谢你们啊！”余心清很高兴，“陈先生这次回国已经为新中国成立做贡献了，我们非常感谢，请代我向令尊表示敬意。”“为了新中国贡献力量是应该的。”陈志超态度诚恳，“我们做餐饮，在这方面经验丰富。父亲说，如果开国宴会有用得到我们的地方，我们一定尽最大努力。”

陈志超的话让余心清心里很感动，广大华侨心系祖国，愿意为建设新中国贡献力量，让人敬佩。他告诉陈志超，开国宴会的筹备工作已经开始，各方面都在积极筹备，暂时不需要帮助。陈志超告诉余心清，新中国就要成立了，海外华侨有祖国撑腰了，他父亲高兴得都睡不着觉。这次回国，受父亲委托特意带了一批鱼翅回来，是为新中国开国宴会准备的，请余心清收下他们的一片心意……

余心清向陈志超和他父亲表示感谢，海外华侨这么关心新中国，这样热爱中国共产党，典礼局一定不辜负爱国华侨期望，把国宴筹备工作做好……余心清看看手表，他约好听徐志扬汇报工作，已经过时间了。

“余局长工作忙，就不耽误您的时间了。”陈志超站起身，“还有一个小事想请您帮忙，不知当说不当说。”“没关系的，有事情就说好了。”“是这样的，我有一位德国朋友叫西恩，是研究中国烹饪的博士。最近他正在写博士论文，是关于中国筷子的……”“这个有意思啊，中国餐饮文化博大精深，随便找一个项目就够研究半辈子的。”余心清饶有兴趣。陈志超说：“西恩有一些初步研究成果，这次跟我回来，想请有关专家、学者帮忙，为他的研究提供一些实证。想麻烦余局长……”“不麻烦，不麻烦。”余心清很热心地说，“好事情嘛，外国人研究中国筷子，想想都有意思。研究出成果，外国人在外国推广中国筷子，也是了不起的事嘛，应该支持。赶巧了，我让国宴筹备组的徐志扬同志来汇报工作，等他汇报完了，我介绍你们认识，让他帮你朋友做这个事情。”

“谢谢，太感谢了！”陈志超忙不迭地说。余心清请陈先生再待上一会儿，汇报结束后让徐志扬过来。

走进办公室，余心清看到徐志扬在等他。看到余心清，他急忙站起来。余心清还没说话，办公桌上的电话响起来。“我接个电话，你坐。”余心清把电话拿起来，是秘书打来的，请示陈志超的行程安排。“一定要安排好陈先生的行程，起码让他到附近几个地方看看，要注意安全，做好安全保护工作。他还没走，一会儿我还有事情找他，你先招待好客人。”余心清放下电话，走到徐志扬跟前，坐到沙发上，直奔谈话主题：“我昨天晚上去周副主席那里，把国宴准备情况向他做了汇报。国宴菜谱你们是怎么讨论的？”

“我们研究讨论了几次，”徐志扬从口袋里拿出一份汇报材料，“大家持两种意见，一种主张勤俭节约，一种主张排场大一些气派一些。”余心清把汇报材料拿过来，仔细阅读。大家持两种意见是可以预料的，主张第二种意见的人数要多一些。建立新中国是中国人民的梦想，具有标志意义的开国第一宴讲点排场情有可原，也不能说这个主张有什么不对。只是感觉菜谱上六十六个菜有点多了，他也拿不准，打算向领导汇报后再说。

工作汇报完，徐志扬想走，被余心清叫住了。“你先别走，我把来自新加坡的客人介绍给你认识。他有个德国朋友研究中国筷子，写博士论文，有些问题想请教中国专家学者，你帮助一下。”

“好，好啊！”徐志扬忙答应。德国人研究中国筷子他还是第一次听说。这个忙一定要帮，自己也跟着学习学习。其实徐志扬心里挺纳闷，就是一双筷子嘛，有什么好研究的。开国第一宴也要用筷子，这倒是一个很好的学习机会……

傍晚，来仿膳楼吃饭的人挺多，街道狭窄，门前没停车的地方。陈志超坐的轿车是父亲一位老朋友的，他让司机把轿车停到另一条马路上，距离仿膳楼差不多一里地，他和徐志扬从轿车上下来，步行去仿膳楼。

陈志超坚持请徐志扬吃顿饭，他有请客的理由：不仅仅是吃饭啊，还要介绍徐志扬和西恩认识，其实是替西恩请客。陈志超说的有道理，徐志扬犯难了，拒绝不太好，陈志超是从新加坡远道来的客人，去吧又违反工作纪律，徐志扬拿不定主意了。看到徐志扬犹犹豫豫，陈志超说要给余心清打电话说这件事，相信余心清会给这个面子。

“我给余局长打电话好了。”经陈志超提醒，徐志扬决定自己跟余心清打电话请示怎么办。电话打通，徐志扬向余心清汇报请客吃饭的事，余心清痛快地说：“请客吃饭要看是什么情形，什么场合，为了什么。你这是工作嘛，去好了。”余心清批准了，徐志扬心里的石头落了地。陈志超让徐志扬选合适的餐馆，徐志扬想，仿膳楼最能代表中国传统饮食，和西恩在仿膳楼见面比较好。他问在仿膳楼行不行，陈志超欣然同意。

两个人走进仿膳楼，陈志超赞叹环境好，在国外很少见到。大堂里的内饰是按照宫廷样式设计的，古香古色十分典雅，墙壁上画着宫廷画，每个细节都很讲究。陈志超意识到，徐志扬选这里吃饭是有考虑的。大堂里负责招待的伙计一口纯正的京腔对客人迎来送往，他们穿着清朝服装，头上还留着大辫子，不知道是不是真的，给人穿越时代的感觉，好像回到了清朝。“有意思，有意思。”陈志超连连说，非常开心。陈志超本来要找个雅间，虽然会清静一些，但肯定不会有大堂里的这种氛围。陈志超试探着问：“徐科长，咱们找个雅间吧？”“不不不，”徐志扬摆手，“大堂里不是很好吗，多热闹啊！”“好，就在大堂里，恭敬不如从命。”陈志超借坡下驴。正好有几位客人吃完走了，把靠窗户的位置腾了出来，伙计把他们引过去坐下。

另外一个眉清目秀的小伙计端来一壶茶水，给两个茶碗里倒好茶水，从外套前襟的口袋里拿出一本线装菜谱，蓝色封皮，“仿膳楼菜谱”五个白字很醒目。这样的菜谱陈志超还是第一次见，长了见识。打开线装的菜谱，里面写着竖向的蝇头小楷，字迹工工整整，不细看还以为是印刷的，实际全部是手写的。陈志超心里禁不住惊叹，中国餐饮文化真是博大精深，这种手写的菜谱，除了中国，别的地方是绝对看不到的。还没等到点菜，他的内心已经被深深震撼了。

想不到的事情还在后边。小伙计拿出一支毛笔、一支铅笔，笑着问：“请问二位，您是毛笔写菜谱点菜呢，还是铅笔写菜谱？”陈志超往旁边看了看，有人拿着毛笔在一张画着红线的竖格纸上认认真真写菜谱，像个老实的小学生。他管理两三千人的餐饮集团，因为谈生意请客吃饭多少次记都记不清，从没有产生这样一种敬畏之心，禁不住说：“毛笔写，毛笔写！”小伙计拿出一只小墨盒放到桌子上：“请慢写，不着急。”说完，转身招呼别的客人去了。酒楼、饭店很少这样请客人写菜谱，徐志扬想起梁少博说的话：吃饭有时不只是享用一顿饭，更是领会一种文化。让吃饭成为一种文化，必须有深厚的传统，这也只有中国的餐饮可以做到吧。

仿膳楼让客人写菜谱，一是显示自己的独特风格，以此吸引客人前来就餐；二是在中午、晚上客人集中的时段，手写菜谱，可以把为客人做菜的时间错开，不至于让客人因等菜时间长而烦躁。这一举措收到了比较好的效果，而这种方式也只有在仿膳楼才不显得突兀。仿膳楼的这种经营策略让其他酒楼、饭庄眼馋，这就是经营特色，有特色和没特色在经济效益上差别很大。

“徐科长，菜谱你写吧。看看喜欢吃什么。”陈志超拿起毛笔，客气地招呼徐志扬。“你写，你写！”徐志扬把小砚台往陈志超面前推了推，“是不是挺有意思？”“太有意思了。”陈志超用毛笔蘸了墨汁，“你喜欢吃什么？”“什么都可以，你随便。够吃就好，别浪费了！”徐志扬让陈志超不要点太多的菜，吃不了可惜。“那我就写了。”陈志超趴在桌子上，开始认真地在纸上写菜谱。他知道自己毛笔字写得不好，之所以不怕人笑话，完全是因为这有一种仪式感，请客吃饭竟会有这种仪式感，是他没有想到的。回到新加坡后，一定要详细地向父亲汇报……

有人站在桌子前看陈志超用毛笔写菜谱，他抬头一看，眼前站着一米八个子、黄头发、鹰钩鼻子、蓝眼珠的西恩。“志超，你这是干什么？”西恩说一口流利的汉语，有点外国腔，还挺好听的。

陈志超连忙起身，说：“给二位介绍一下，这位是我朋友西恩，这位是徐志扬先生，帮你研究筷子的。”说完，他又坐下了：“请稍等一下，菜谱马上就写完了。”陈志超继续拿着毛笔写菜谱，毛笔字写得歪歪扭扭，他却有一种崇高感与自豪感。作为海外华侨，他还会写毛笔字已经很不错了。西恩伸出了大拇指鼓励：“不错，不错。没想到你还能写毛笔字。”

招呼小伙计过来把毛笔写的菜谱拿走，三个人一边喝茶等着上菜，一边聊天。过了一会儿，第一道菜黄浦雪鱼上桌了。西恩想喝啤酒，没有，只好跟着喝白酒，呛得他连连捏鼻子：“中国酒太辣了！”徐志扬呵呵笑：“你还真说对了，在我们老家管白酒叫辣酒。”三人伸出筷子，各自夹了一块鱼肉放到自己面前的小盘里。西恩招呼小伙计，再拿一双筷子来。“咱们用公筷好不好？”他很谨慎，害怕徐志扬和陈志超不高兴。陈志超在外国习惯了分餐，觉得没什么，看了看徐志扬。徐志扬明白他们的意思，立刻说：“好啊！”他的脑海里浮现出开国第一宴的场景：是不是也需要有公筷？以前自己还真没有想过这个问题。开国第一宴是样板，在就餐文明上也要起示范作用。

小伙计拿来一双雕花筷子，上面有“仿膳楼”三个篆字。徐志扬脑海又是一闪：开国第一宴的筷子要不要雕花呢？陈志超拿起公筷，给每个人面前的小盘子里夹了一块鱼肉。三个人边吃边聊，徐志扬说："西恩先生，你专门研究筷子？""嗯嗯。"西恩嘴里嚼着鱼肉点头。陈志超拿起自己手里的筷子看了看，故意说："不就是两根小木棍吗，有什么好研究的？"西恩把鱼肉咽下肚子，拿着筷子比画："这里面学问可大了。""你快说说！"陈志超和徐志扬一样很感兴趣，想听西恩说一说有关筷子的研究。徐志扬想，开国第一宴得用筷子啊，如果有什么说法的话，自己好有个准备，免得闹出笑话。无论什么时候，徐志扬第一个想到的就是工作，把工作做好是自己的本职，胜过一切。

中国在唐代以前是分餐的，合餐制的风行与家具进步分不开。唐代之前没有高脚桌子，椅子也很矮，人们吃饭席地而坐，所以没法合餐。家具不断发展进步，到了唐代有了高椅大桌，用餐时人们可以把脚落地了，不但用餐方式舒适，活动范围也大了，用餐时才实行合餐。用餐时桌上摆满大盆小盏，每人面前各有一副匙箸配套的餐具，餐具有小勺、汤匙，配上筷子，当时筷子还不叫筷子，叫"箸"。说到这里，西恩故意卖乖："这就是我博士论文研究的课题——中国筷子。"西恩的讲述吊起了徐志扬和陈志超的胃口，别看中国人天天用筷子，知道它来龙去脉的人还真不多。

这时候，伙计又端来两个菜，一个是罐煨鲢鱼头汤，一个是御带虾仁。陈志超打开瓦罐的盖子，拿起汤勺把里面的鱼头汤舀到白瓷碗里，放到西恩面前。接着他要给徐志扬舀鱼头汤，徐志扬忙说："我自己来，陈先生别客气！""一样，一样。"陈志超一边说，一边把鱼头汤舀到碗里，放到徐志扬面前。徐志扬舀了一勺鱼头汤放进嘴里尝了尝："好喝，好喝！"陈志超拿起公筷，伸进瓦罐夹出一块鲢鱼头："别光喝汤，尝尝鱼头怎么样？"接着，给西恩也夹了一块鲢鱼头。

西恩用手敲了一下瓦罐，笑着说："中国古代最早的餐具只有勺子和匙，筷子是后来才有的。""你说说筷子是怎么来的？"陈志超问。西恩手拿筷子晃了晃："因为做饭做菜的炊具发展了，才产生了筷子。"他指了一下盛鱼头汤的瓦罐："中国古代的时候，做饭做菜都用鼎啊釜啊之类的炊具，使用勺子、叉子基本就可以满足进餐的需求。冶金术尚未发明的时候，餐匙的制作以兽骨为原料，分为匕形、勺形两种：匕形餐匙为长条状，末端有比较薄的边口；勺形餐匙则明显做出了勺和柄。伴随生产的进步，出现了各种各样的炊具，这时仅有勺子和叉子就不行了。比如说大瓦罐，用勺子和叉子取里面的食物很不方便，需要使用筷子；又如吃滚烫的炒菜，用别的餐具很不方便，用筷子就能发挥它灵巧的作用。因为炊具的发展，催生了筷子问世。”“真是一门学问啊！”陈志超很感慨。

“真是一门学问，”徐志扬想起了什么，“听梁少博教授说，宋代合餐已大行其道了。举办宴会还设置了白席人这种特殊职位，由他安排餐席座次、负责劝酒。”“对对，”西恩表示同意，“白席人正是合餐制的产物，他的主要职责是统一就餐人的行动，掌握宴饮速度，维持宴会秩序。”“就跟现在每张桌面上有主持人一样呗，引导大家什么时候喝酒，什么时候吃菜。”陈志超的插话，得到西恩的认同：“就是这样的。我研究中国筷子，越研究越觉得中国饮食文化了不起，我梦想当个中国美食家。”

西恩的话把徐志扬和陈志超逗笑了，徐志扬一边笑一边问：“还有一个事儿我没弄明白，筷子最早叫‘箸’，后来怎么叫‘筷子’呢？”西恩用筷子夹起小盘里的御带虾仁放到嘴里，嚼碎了咽下肚，才解释原因：“箸”改叫“筷子”是明朝的事。沿海渔民使用筷子，觉得叫“箸”很别扭，“箸”谐音就是“住”——停下不动。而渔民希望自己开的船能快点，捕到更多的鱼。于是，他们不叫“箸”，改叫“筷子”。“筷子”是两个字，读起来要比一个字的“箸”顺口。从沿海传到内地，“筷子”这个名称很快流行，“箸”的名字退出历史舞台。大致经过，在明代学者陆容的著作《菽园杂记》里有详细记载。

快吃完饭了，三个人谈兴正浓，意犹未尽。给客人服务的小伙计有时候从旁边经过都禁不住停下听上几句。联想到开国第一宴，徐志扬请教西恩：中国历史上的开国宴会用的筷子有什么说法没有？比方说，样式啦，花色啦，长短啦……西恩想了想，表现得很谨慎：“这个我没有研究，手里没有资料，有一些筷子的常识可以提供给你参考。一种说法是，筷子长度是七寸六，代表人有七情六欲；一种说法是，隋唐的筷子长度是28厘米，直径0.3厘米。做筷子的材料大多数是竹木，皇亲贵胄用金银做的筷子，也有象牙等高级材料做的。至于开国宴会用什么样的筷子，还没有专门的记载。”

随后，西恩提出了自己的想法：开国宴会是开天辟地的大事件，制作有纪念意义的筷子当然好。英国1688年确立君主立宪制的时候，特意制作了一批纪念银酒杯，现在已经成了古董。重大纪念日选择制作一些有纪念意义的物品是很有意义的，和做纪念章有异曲同工之妙。徐志扬想，这个建议可以考虑。

一瓶酒喝完了，吃饭临近末了，西恩说：“徐先生，您提到的梁少博教授是不是专门研究中国饮食文化的？”徐志扬点头。西恩接着说：“能不能介绍我和他认识一下？”“我就是这么想的，”徐志扬说，“余局长让我帮助你完成博士论文，我就想到梁教授了。你好好和他交流，对你的研究绝对有帮助。”“我们定个时间去见梁教授好不好？”西恩征求徐志扬的意见。“我先给梁教授打电话联系一下，看他有没有时间，然后再通知你，好不好？”“好好。”西恩从自己背包里取出论文稿递给徐志扬，封面上印着“中国筷子史话”。

接过论文稿，徐志扬想，一双筷子都有这么大的学问，中国传统饮食里值得研究的东西有多少啊！他向西恩表示回去后一定好好拜读，增长饮食文化知识……

13

第十三章

余心清本来准备昨天下午四点钟到周恩来那里汇报工作，因为周恩来工作太忙，汇报时间被推迟到晚上。

晚上八点半钟，周恩来安排听取余心清汇报工作。

余心清走进周恩来办公室，刚坐下，一个秘书走进来与周恩来低声说了几句话。周恩来问余心清："你吃饭没有？""我吃过了。"余心清答。周恩来回头和秘书说："那就准备我一个人的晚饭吧。"

晚上八点半了，周恩来竟然忙得连晚饭都没吃，余心清有些心疼，周副主席日理万机，不按时吃饭怎么行啊！工作人员把周恩来的晚饭端进来，放到茶几上。周恩来和余心清说："你吃过了，我就自己吃了，不和你客气了。""周副主席，您快吃吧，不然都凉了。您不按时吃饭可不行！"余心清看了一眼放在茶几上的饭菜：一碗白米饭，一盘炒豆角，一盘红烧茄子，还有一个凉菜和一碗鸡蛋汤。没想到周恩来的晚饭竟这么简单，余心清禁不住问："周副主席，这顿饭这么简单啊？""这还少吗？三菜一汤，不错了！"周恩来抬头看了看余心清，端起饭碗，"想想老百姓现在吃什么啊，有的地方闹饥荒，吃不饱啊！想想全国还有没解放的地方，老百姓连饭都吃不上。我们有米饭，有鸡蛋汤，不错了！你别闲着，把工作汇报一下。"

余心清从公文包里拿出汇报材料，把工作进展情况向周恩来做汇报。

关于国宴菜谱，主菜是淮扬菜，准备六十六个主菜。周恩来停住手里的筷子，皱着眉头问："为什么要六十六个菜，什么理由呢？"余心清说："民间有六六大顺的说法，取这个数吉利，这是国宴筹备组讨论的意见。毕竟是新中国的开国第一宴，不能太寒酸了。"

"没有反对意见吗？"周恩来一边吃饭一边问。

"关于如何办国宴，大家有不同意见。"余心清详细汇报了有关国宴的讨论情况，把两派的不同意见进行了汇报：一派主张勤俭节约，一派主张开天辟地的大事情要有排场。周恩来认真地听着，没发表意见。吃完饭，工作人员给周恩来倒了一杯茶水，把碗和盘子收拾走了。

端起茶杯，周恩来喝了口茶水，问："你是什么意思呢？"余心清实话实说："六十六个菜有点多，可适当减一减，新中国的开国第一宴不同以往的宴会。""六十六个菜不是有点多，是实在多啊！"周恩来主张鲜明，"想讲排场的人把对象弄错了。我们是全心全意为人民服务的共产党，不是封建王朝，不是太平天国，不是国民党。眼睛不能只盯着怎么办国宴，要开阔一些才行。要抓一下政治学习，让大家知道，我们的国宴和之前的清朝啊国民政府啊，在本质上有什么区别。我们是全心全意为人民服务的，他们是为一个王朝或者为一个独裁政府服务，举办的宴会怎么能一样呢？"

听完周恩来这番话，余心清感到自己有很多地方做得不好，做得不足，对国宴的意义理解不深刻，缺乏政治敏锐性，没有把开国第一宴的主要意义凸显出来。"建议你们学习一下这本书。"周恩来起身走到办公桌前，拿起一本《甲申三百年祭》递给余心清，"毛主席提倡我们要好好看看这本书，深刻总结李自成进北京后的经验教训。别看李自成进北京已经过去几百年了，留下的教训能给我们很多启迪，其中一条就是万万不可骄傲自大，奢侈挥霍。你们研究的这个国宴菜谱很不合适，和毛主席提倡的勤俭节约精神有很大差距。"周恩来说话时很严肃，他对国宴菜谱是很重视的。

余心清想听到毛主席的有关指示，周恩来向他传达。毛主席说，开国第一宴不能讲排场，好面子，不能浪费人民的血汗。我们是为人民服务的政府，不是花钱败家的政府！我们是共产党人，不是封建王朝，也不能像国民党那样，只要是重要一点的宴会，就上山珍海味。花钱很多，又不实惠。一定要考虑中国现在的国情，要考虑老百姓的感受！不能因为一次国宴，叫老百姓指着我们的脊梁骨说，这些人是败家子！毛主席对他个人生活要求也一样，说饭菜只要做得干净就行，不要买贵的东西。没有进北平前，毛主席在香山办公，有一天吃饭，生活管理员拿来两条黄瓜，受到毛主席严厉批评。说现在是冬天，买两条黄瓜的钱在夏天能买两筐蔬菜了，够吃十顿的。吃饭要大众化，不能搞特殊！

说到这里，周恩来很感慨："主席处处以身作则啊，他每顿饭的标准和我们一样，不过就是多一盘炸辣椒，湖南人喜欢吃辣的。毛主席身上体现了廉洁、艰苦朴素的风范，永远值得我们学习啊！”周恩来用手拍了一下汇报材料，继续说：“主席的这些指示一定要落到实处，要认真研究，做好方案，不要小看吃饭的问题，反对铺张浪费，提倡勤俭节约一直是我们党的优秀传统，不能打下江山就改变了我们的一贯作风，主席给我们做出了榜样。不要忘了南泥湾精神，不要忘了延安精神！”

余心清掂量出周恩来这些话的分量。他知道，中国还没有完全解放，少部分地区还在国民党手里。在大西南和西北，前方战士还在浴血奋战，财政情况紧张。这个时候制订这样一个国宴菜谱的确不合适，自己考虑不够周全，应该检讨。国宴筹备组讨论菜谱时只着眼国宴本身，没有结合目前具体环境和形势，眼光还是短浅了。

“主席高瞻远瞩，比我们看问题深刻。你们提的这份菜谱不符合主席的指示精神，还要下功夫调整。”看余心清低头不语，周恩来语重心长地说，“从小处看，开国宴会只是一次宴会；从大处看，开国宴会反映的是共产党人能不能保持艰苦奋斗作风、能不能发扬延安精神，这就不是小问题了。人民群众凭什么拥护共产党，他们不是看我们喊什么口号，而是看共产党都做了什么。他们对共产党的感受是从一些小事情认识的，是从具体事物上感觉的。从这个层面上说，这顿饭的意义就不同寻常了。这不是唱高调，不是说大道理，不能忽视开国第一宴的分量。”周恩来在办公室里走了几步，又说：“正因为如此，主席才这样关心。”余心清没想到毛主席对国宴筹备工作会这么关心和重视。像周恩来说的，这不是一次普通的宴会，它是一个风向标，检验中国共产党人在取得全国胜利之后，是不是一如既往地保持朴素的本色，是不是还能艰苦奋斗。不夸张地说，这是中国共产党人宣告红色政权成立面对的第一张考卷。

“心清同志，回去后要把毛主席的指示原原本本地传达给大家，让同志们明白一个道理，花人民的钱必须精打细算，不能大手大脚。用普通的食材做出好吃的饭菜才符合我们的要求。”周恩来在办公室里走了几步，双手交叉抱在胸前，“开国第一宴不要和过去的封建王朝比，不要和国民党政府相比。我们要走自己的路，举办一个人民赞成、代表满意、外国朋友称赞的开国宴会。”周恩来的话像重锤敲在余心清心上，现在这个国宴菜谱必须进行大力调整，他感到了肩上的担子沉甸甸的。这不是一次普通宴会，要把每分钱都花在刀刃上，不能大手大脚铺张浪费。中国共产党是全心全意为人民服务的，勤俭节约永远是光荣传统，必须发扬光大。

从周恩来的办公室出来，夜空已是星斗满天。余心清回头看，周恩来办公室的灯光还亮着。他心里十分感慨：什么是全心全意为人民服务，什么是废寝忘食，看看周恩来办公室的灯光就知道了。

早上，包春阳准备好早餐，招呼包慧妮吃饭。包慧妮从自己的房间里走过来，从桌子上的盘子里抓起两个包子准备带走。包春阳拦住：“吃了饭再走，着急忙慌的干什么啊？”包慧妮冲他一笑：“今天起来有点晚了，我得赶紧走。”话音刚落，听到外面有同学喊：“慧妮，快走啊！”包慧妮答应着走出房门。

包春阳跟出去，看到墙根放了一把铁锹，包慧妮拿上铁锹往大门外面走。“你拿铁锹干什么啊？”包春阳问。包慧妮往外走，没回头：“我们响应叶剑英市长号召，到天安门广场清理垃圾。”包春阳“扑哧”笑了：“开什么玩笑，天安门广场上的垃圾不是一天两天堆起来的。日本人占领北平没有清理掉，民国政府想清理也没清理掉。共产党来了，说清理就清理了，那是一句话的事儿吗？那可是垃圾山啊！老百姓都说，这是瞎子闹眼睛——没治了。”“爸，我相信共产党能把它清理掉。”包慧妮走到了大门口，包春阳在她身后大声说：“为啥？我不信！”包慧妮站住，转回头：“共产党发动人民群众就没有办不好的事！”

门外几个学生扛着铁锹挎着箩筐兴高采烈地喊：“慧妮，快走啦，还磨蹭什么啊？”“哎，来了，来了！”包慧妮高高兴兴地和几个同学一起走了，走出挺远，还能听到他们唱《解放区的天是明朗的天》。

包春阳不由得陷入沉思。

天安门广场变成垃圾场是从日军占领北平开始的。开始还只是在角落里，后来一点一点往广场中心发展，垃圾越来越多。周围的城墙也没能幸免，附近居民开始是围着城墙根倒垃圾，后来越倒越多，越倒越高，几乎堆到了城墙半腰，无人管，管不了，也无人清理。

日本投降后，北平的老百姓以为国民政府能把城墙根和天安门广场的垃圾清理了，还天安门广场本来面目。没想到适得其反，政府不但没有清理原来的垃圾，新垃圾还越来越多。到最后，垃圾一直堆到天安门门楼前。从远处看，垃圾像一座座小山连绵不断。日本人、国民党都清理不了天安门广场的垃圾，共产党能清理得了吗？包春阳根本不相信，觉得就是做个样子罢了。

对天安门广场的垃圾问题，北平市市长、军管会主任叶剑英很重视，他亲自到天安门广场查看。看着广场上满满的垃圾，叶剑英心情沉重，对身边一起来的副市长说：这是历史欠账，我们不能袖手旁观。共产党如果连天安门广场的垃圾都清理不了，还能管理好北平吗？还能取信于民吗？虽然中共中央还没有确定北平作为新中国的首都，叶剑英却想着要提前做好准备。等到宣布北平作为新中国的首都了，很多事情才开始做，这样就被动了，环境治理要提前，越早越好。

从天安门广场回到市政府，叶剑英当天晚上召集各区政府的区长、军管会主任到市政府开会，研究清理垃圾问题。会议最后做出决定：各自动员辖区群众自愿到天安门广场清理垃圾。为避免人多拥挤，清理垃圾分为七天，各区领受自己的清理任务，保证在规定时间内完成，还北平市民一个干干净净的天安门广场。

北平所有报纸都报道了这条消息。《北平解放报》还特意加了编者按："北平市政府一定能还北平市民一个安全、整洁的环境……一个全心全意为人民服务的政府说话是算数的，他们的信心来自人民群众的大力支持，过去是这样，现在是这样，将来也是这样。"

西方一家通讯社用半信半疑的口气进行了报道，在结尾这样说："垃圾问题积重难返，中国共产党能不能在北平市民中树立威信，这是一个很好的观察窗口，短期内不可能做到。"

对清理北平市的垃圾问题，包春阳不抱什么希望，这只不过是共产党的宣传而已，哄骗北平市老百姓。他拿出一包香烟，抽出一支叼在嘴上，点着香烟吸了一口。从女儿身上他看到了共产党的巨大影响，不由得对共产党表示佩服，人家是真给老百姓办实事啊！得民心者得天下，国民党永远回不来了。

酒楼、饭店晚上营业到很晚，第二天早上很晚才上班，不耽误中午营业就行。玉华台饭庄也是如此，上午十点半厨师到饭庄。包春阳抽完烟回到屋子里想再睡一会儿，忽然听到院子外有人喊他的名字："包师傅，有您的电话！"包春阳家住的这条胡同叫花匠胡同，以前有很多花匠住在这里。胡同口有个大众澡堂，装了一部电话。澡堂子为了挣钱，电话除了自用，还对外服务。谁用电话每次收一百元（旧币）；再就是传呼找人，给附近居民提供服务。外面有人打电话来，说明要找附近的某人，澡堂接电话的人就会去跑腿找人，找到人接电话，一次收一百元（旧币）。今天外面打电话找包春阳。

一路快步小跑来到澡堂，包春阳看到电话的话筒放在桌子上，急忙拿起话筒，话筒里面传来玉华台田掌柜的声音："包师傅吗？""是，田掌柜，有事吗？"包春阳心里纳闷，田掌柜很少打电话找自己啊，有什么要紧事呢？话筒传来田掌柜的声音："军管会来人找你，马上来一趟！"包春阳脑门的冷汗渗了出来，手都哆嗦了。难道是要抓自己吗？不像啊，要逮自己这不是打草惊蛇吗？军管会找自己干什么呢？他试探着问："田掌柜，军管会找我有事啊？""你一个厨子，找你还能有什么事，就是做饭的事呗。"包春阳长出一口气，抹了一下脑门上的冷汗……

今天来看牙病的患者不多，一个患者补完后槽牙走后，曹飞翔想歇一歇。这时，诊所门被推开，包春阳拿着一张报纸进来。曹飞翔一愣，包春阳连招呼都不打直接到诊所来找他，按规定是不允许的。但也有例外，像他和包春阳现在的情况，组长批准他们配合行动，两人可以联系。但事前没打招呼就直接到诊所来，这样的情形很少见。

看到曹飞翔诧异的神色，包春阳一屁股坐到诊椅上，掩饰不住的兴奋：“牙疼，你给看看。”曹飞翔戴上口罩，让包春阳张开嘴，查看他的牙齿。“我进国宴小组了！”包春阳喜形于色，“最后一批进去的，好悬啊。”曹飞翔禁不住喜笑颜开，这的确是好消息，如果包春阳进不到国宴筹备组，之前做的所有准备都付之东流了。

“恭喜！”曹飞翔表示祝贺，“报告方副站长了吗？”“报告了，方副站长特高兴！”包春阳很激动，“共党国宴确定以淮扬菜为主，我们玉华台的名厨这次都被征调到国宴筹备组国宴科，不然也轮不到我，老天爷长眼啊！”曹飞翔心里特别高兴，包春阳征调到国宴科，投毒任务等于完成了一半。

包春阳告诉曹飞翔，国宴菜谱还没通过。曹飞翔问为什么，包春阳解释，周恩来说不符合勤俭节约原则。曹飞翔冷笑：“共党就是他妈的穷命，干什么都穷算计。开国第一宴啊，就像人过满月一样，一辈子不就一次吗，还节约什么啊？穷鬼过惯穷日子，有钱也不会花。”包春阳摇摇头，表示不同意曹飞翔的观点：“共党不是有钱不会花，人家是把钱花在刀刃上。这就是共党和国民党最大的不同，也是人家为什么能打下江山的原因。”

这句话引起曹飞翔很大反感：这不是长共产党志气，灭自己威风吗？他不高兴了：“这些丧气话在我这里说说就算了，不要在别人面前说！”包春阳觉得曹飞翔也是好心提醒自己，不再说什么了，转移话题：“毒药准备得怎么样了？”曹飞翔一副胸有成竹的样子：“台湾说最近把毒药送来，美国情报局提供的。嘿嘿，为了破坏共党的开国第一宴，美国人也是下大功夫了。”

拿着治疗牙齿的器械，曹飞翔仔细看了看包春阳的坏牙齿，摇摇头说：“老包，你这两颗牙真不行了，得补上，不然旁边的好牙也都连带坏了。”包春阳坐起来：“下次来你给补上吧，不然吃东西总是往牙缝里掉，太烦人了！”曹飞翔拿过牙钻，让包春阳在椅子上躺下，先给坏牙钻洞，然后上杀神经药，这样包春阳下次来就诊的时候就能把牙齿补上了。

揉揉腮帮子，包春阳对自己的牙齿显得没信心：“牙疼不是病，疼起来要了命，再疼怎么办？”“吃点止痛药。”曹飞翔走到药柜前，从里面拿出一只装止痛药的小瓶子，递给包春阳，嘱咐道：“一次两片，疼的时候吃，好使。”包春阳接过小瓶子装进口袋，提醒曹飞翔：“时间挺紧，毒药必须早点准备。”“你放心，耽误不了！”曹飞翔很有信心，“这么重要的行动，当一辈子特务能遇到几回？保证万无一失！”

包春阳心里还有一个疑团，面色疑惑地问：“曹飞翔，你觉没觉得有件事有点奇怪？”曹飞翔关好药柜，转过头：“什么事有点奇怪啊？”包春阳用手指一下自己，又指了指曹飞翔：“方副站长安排我们执行投毒任务，这只要我俩加上他就够了。他当指挥，我俩行动，像上次给杨军长投毒，不就是吗？”曹飞翔没明白他说的意思，示意包春阳继续说。“我奇怪的是，为什么要加上于连奇，他是搞爆破的，掺进来什么意思呢？”包春阳提醒曹飞翔。对啊，投毒与爆破是两回事，为什么把于连奇吸收到特别行动小组呢？曹飞翔也感觉有点奇怪了。

在军统当特务多年，曹飞翔对军统死心塌地、忠心耿耿，有些事情即使他怀疑，也不会轻易表露出来。“咱们别瞎猜，方副站长有他的想法，不要我们操心。”曹飞翔知道保密局的规矩，不该问的别打听，多一事不如少一事。

保密局的规矩包春阳当然知道，他心里疑团解不开，本来是想让曹飞翔帮助分析一下是什么原因，曹飞翔的态度叫他有点失望。曹飞翔是个聪明人，只是他对上级唯命是从，从来不会提出自己的看法，或者说他有疑问有看法也不会提出来，绝不多嘴。

军统头目戴笠活着时对曹飞翔很器重，当年在越南河内刺杀汪精卫，戴笠亲自批准曹飞翔参加。当时的特别行动组有十八个特务，称作军统“十八罗汉”，参加行动的都是戴笠看中的骨干分子。曹飞翔在十八个特务中最年轻，被很多人认为前途无量。

抗战时，军统局有不成文的规定，不允许特务在内部恋爱结婚。曹飞翔与一个女特务恋爱，犯了大忌。放在别的特务身上会受到严厉处分，曹飞翔仅仅是被戴笠降职发配到天津站。戴笠飞机失事死后，军统局进行大改组，基层人员做了调整。曹飞翔从天津站调到北平站，军衔恢复为中校。毛人凤希望他在北平能做出一番事业，他对毛人凤很感激，表示一定要为党国效忠。

看到曹飞翔的态度，包春阳不再说什么了，心里甚至有点后悔：有疑问自己知道就算了，说出来干什么啊？虽然和曹飞翔一起执行过任务，两个人还到不了互相交心的程度。那天一起吃饭接受特别任务，包春阳心里一直被这个疑团困扰，特别行动小组加入一个爆破专家，爆炸目标是什么呢？

年轻的姑娘都喜欢美，喜欢把自己打扮得漂漂亮亮。尤其是年轻女孩子扎堆的地方，互相攀比得更厉害。谁穿的衣服样式漂亮，不久这种衣服就会流行起来。北京饭店的服务员清一色的年轻姑娘，个个长得水灵灵的，当初她们都是被精挑细选来的，在北京饭店做服务员好像就比别的饭店的高出一头，底气十足。

在这群年轻姑娘当中，唐娜是出类拔萃的。二十五岁的年纪风华正茂，初中毕业有文化，长得又漂亮，水汪汪的大眼睛忽闪忽闪好像会说话。平日里不像有的女人多嘴多舌叽叽喳喳，她说话有分寸，从来不因为说话得罪人。国宴宴会科和保卫科入驻北京饭店办公，女服务员都很好奇，背后不是打听就是议论。北京饭店是个经常搞典礼的地方，不知道这次是什么典礼，有这么大的阵仗。

典礼筹备组在北京饭店办公的人员个个精明强干，办事干净利落，连走路都带着一阵风，明显带着军人作风。他们很少与北京饭店的人接触，埋头做自己的事情，这些人多少有点神秘感。唐娜对在背后议论国宴筹备组的事好像漠不关心，她关心的是谁穿的衣服比自己好看啊，谁买的化妆品是名牌啊。同伴说她没心没肺，她只是笑，不多说什么。

一天休班，唐娜逛街回来，沿着大街往前走，想坐电车回家。走过一条街，往右拐就是电车站。远处，电车开过来，看来是赶不上了。这时，唐娜看到对面有人骑着自行车过来，骑的速度还挺快。唐娜的心都要蹦出来了，没想到自己想寻找的机会这么快就来了！

唐娜飞快地朝马路跑过去，看样子是想抢在骑自行车人的前面跑到对面马路上。骑自行车的人没防备，看到猛窜过来的唐娜，想刹车却来不及了，“咣当”与唐娜撞到一起。她手里的鞋盒子甩出去挺远，骑自行车的人也摔倒在地上。“哎哟！”两个人几乎同时叫出来。

骑自行车的是国宴筹备组内务科科长吕泽海，他看到唐娜被撞倒在地上，顾不得自己手掌擦破皮，急忙爬起来走到唐娜跟前：“真对不起！要不要紧啊？”唐娜没爬起来：“哎呀，疼啊！”吕泽海伸手把唐娜搀扶起来。一个路人过来，把掉在地上的鞋盒子捡起来交给吕泽海，批评道：“骑自行车小心点，把人撞坏了不是闹着玩的。”“是，是。”吕泽海把鞋盒子接过来，转头问唐娜，“能走不？”唐娜迈小步走了一步，几乎歪倒，吕泽海急忙扶住：“怎么样？行不行啊？”唐娜的表情显得很痛苦：“不能走啊！唉……”吕泽海感到手足无措，心里责怪自己，忙说：“到医院看看吧。”唐娜摇摇头：“算了，太麻烦。”吕泽海不放心，觉得还是去医院检查为好，坚持要带唐娜去医院。看到吕泽海这般坚持，唐娜顺水推舟同意到医院去看看。

把倒在地上的自行车扶起来，吕泽海检查了一下，自行车没问题，让唐娜坐到自行车后座上。他把鞋盒子交给唐娜，看到唐娜漂亮的面容，心里禁不住动了一下。“坐稳了。”吕泽海提醒唐娜，骑上自行车带她去医院。

到了医院，吕泽海扶着唐娜到骨科看医生。

看到唐娜痛苦的表情，骨科医生以为伤得很重，撸起裤腿看了看，只是擦破了皮，上点外伤药就可以了。骨科医生叫唐娜扶着桌子走几步，唐娜说不敢走。骨科医生叫她坐下，搬起她的腿放到自己的腿上，然后用手一边捏一边问：“疼吗？”“疼。”唐娜回答。骨科医生摇头：“骨头没事啊，按理说不会这么疼的。”站在旁边的吕泽海问：“不会落下什么毛病吧？”骨科医生说：“没伤到骨头，上点药几天就好了。

让护士给处置一下，没事。”骨科医生这么说，吕泽海放心了，他看着唐娜，有点怜香惜玉。

从医院里出来，吕泽海手里拎着一包药。两个人一起走下医院楼门前的台阶，唐娜抱歉地说：“忙活半天了，还没问问您贵姓，在哪里工作，真不好意思。”“没什么，没什么。”吕泽海连声说，“我叫吕泽海，在北京饭店工作。”“是吗，我也在北京饭店工作啊。”唐娜高兴地叫起来，“太巧了吧？”吕泽海没想到会这么巧，在一个饭店上班都不认识。一是北京饭店太大，三四百人不可能都认识，另外他的工作性质与北京饭店的员工不同，彼此之间没有交集，不认识也正常。

“你在北京饭店工作多长时间了，我好像没见过你啊？”唐娜不再用“您”称呼吕泽海，试图拉近两个人的距离。“才去不久，我不属于北京饭店，只在那里办公，我是国宴筹备组内务科的。”吕泽海无意中说出了自己的单位。唐娜有点不好意思：“吕同志，你那么忙还陪我跑医院，太麻烦了。”吕泽海说：“没事，陪你来医院看看就放心了，有点外伤不要紧，就怕伤筋动骨。”“是啊，伤筋动骨一百天嘛，很耽误事的。”唐娜很感激的样子，“吕同志，你真是个热心人。你有事先走吧，我叫辆黄包车回去。”吕泽海看看手表：“我还真有点事，就不陪你了，自己走行吧？”“有什么不行的，我都这么大的人了。你放心好了。”唐娜两只水汪汪的大眼睛瞟了瞟吕泽海，让他心里酥酥的。“黄包车——”唐娜扬手招呼不远处的一辆黄包车，车夫拉着黄包车跑了过来。

“小心，小心！”吕泽海搀扶唐娜上黄包车，两人的手有意无意握在了一起，吕泽海有被电流电到的感觉。“再见！”唐娜笑盈盈地朝吕泽海挥手，坐上黄包车先走了。

看着远去的黄包车，吕泽海站在原地回味刚才发生的一切，忽然想到，怎么没给她付车钱啊。他摇摇头，推起自行车走了几步，才觉察自己犯傻，怎么不骑上走啊？脑子里鬼使神差还想着唐娜那张漂亮的脸蛋……

调到典礼局工作对吕泽海来说是一件大好事。因为工作关系和一些资本家结识，交往越来越多，他已经在不知不觉中失去了本色。在程玉堂的诱导下，他向往过体面的生活、摆脱“土包子”形象，跟钱小姐也是打得火热，不分你我。违背原则为几个资本家说情办事，他感觉有些不妙。世上没有不透风的墙，这样下去早晚会被组织发现的，不会有好果子吃。但现状让他难以摆脱，吕泽海陷入深深的苦恼之中，只能在表面上表现积极，工作起早贪黑，心里却很害怕自己的事情暴露。就在这时，组织调他到典礼局工作，这真是让他喜出望外：终于有借口摆脱目前的处境了，真是天上掉馅饼。他在心里告诫自己，到了新单位，重打鼓另开张……

到了典礼局，吕泽海发现自己的穿着有点扎眼，身边的人都穿制服和中山装，偶尔有穿西装的，也是因为出席一些重要场合的需要。他悄悄地把西装脱下来，换上普通制服。不能太招摇了，到一个新单位，开始还是要低调一些为好。

14

第十四章

参加国宴筹备工作的厨师分批报到，全部到齐了。

在确定最后几位厨师名单时，朱殿荣对名单上的包春阳犹豫不定。他对包春阳有怀疑，但没有真凭实据，不能证明包春阳肯定有问题。包春阳如果真的一清二白，乱怀疑人家是不应该的，不能冤枉好人啊！包春阳的厨艺确实出类拔萃，这样的厨师进不了国宴筹备组说不过去。朱殿荣没有暴露地下党员身份，就是要继续调查杨军长遇害的黑手，几个怀疑对象中有包春阳。自己离开玉华台对包春阳也就无法调查了，让他在身边更有利调查。吃一堑长一智，包春阳想再故伎重演是不可能的……

国宴厨师在北京饭店吃午饭和晚饭，需要交点伙食费，这引起少数厨师不满。他们在北平餐饮界都是名厨，是饭店里的“台柱子”，老板害怕他们被别的饭店“挖”走，不光给的工资高，在饭店吃饭都免费，还有特别待遇——想吃什么自己做什么，这是行业不成文的规定。现在吃饭得交伙食费，尽管是象征性的，有些人也不太愿意，还规定伙食是两菜一汤，更是从心里往外不高兴了。

这天，厨师孙宝强发牢骚，和几个厨师说：“从古有句俗语‘饿不死的厨子，穿不完的裁缝’，听说过没有？”旁边一个厨师凑趣：“听说过啊，意思是不管什么时候，都饿不死厨子，裁缝都会有衣服穿。”“是啊，”孙宝强接着说，“现在倒好，吃得还不如从前在饭店。按理说，我们现在的身份等于是御膳房的御厨，待遇应该是最高的，对我们的吃喝不能这么节约吧？”几个厨师赞成，规矩没必要这么严格。

晚上，要吃饭的时候，孙宝强和几个从玉华台来的厨师说：“我做一个又便宜又好吃的菜，你们想不想吃？”“孙师傅，你想做什么菜啊？”有厨师问。孙宝强端起一碗热水：“开水白菜。”“就是白水煮白菜啊，这个肯定省钱！”包春阳打趣地说，引起一片哄笑。

过了一会儿，开饭时间到了。孙宝强端来一盆汤放到桌子上：“请各位尝尝开水白菜！”他先从盆里舀出一碗菜汤，又招呼别人喝菜汤。盆里的汤有一点微黄，看得见里面是翠绿的白菜叶。“你还真做开水白菜啊！”一个厨师动手舀出一碗菜汤喝了一口，立刻叫起来：“真好喝啊，你们快尝尝！”对开水白菜不太感兴趣的厨师围过来，从盆里舀出菜汤品尝。大家都是名厨，菜汤一入口就觉得这个“开水白菜”不同寻常，大家纷纷夸赞。

“好喝，赶上海鲜了。”

“孙师傅，你这是露了一手啊！”

“这个开水白菜是怎么做的？”

“怎么做的啊？”

“不是纯开水啊！”

“白菜怎么加工的？”

大家正七嘴八舌议论的时候，徐志扬从外面走进来，他是来招呼大家开会的。刚进来，一个厨师给他送上一碗开水白菜：“徐科长，您尝尝这个开水白菜，好喝不？”徐志扬接过碗，先看了看菜汤的颜色，然后喝了一口：“这个汤怎么来的？”旁边的厨师说：“孙师傅自己做的开水白菜，又节约又好喝，手艺了不得！”徐志扬放下菜汤碗：“恐怕不会就是开水白菜这么简单吧？”孙宝强笑了：“徐科长，你觉得不是开水煮白菜啊？”多数厨师不知道徐志扬的经历，觉得他就是领导，对做饭做菜是个外行。

“开水白菜的汤是经过加工的鸡汤过滤出来的。”徐志扬指着盛开水白菜的盆，看了看孙宝强，“对吧？”孙宝强心里佩服，点了点头。徐志扬又说：“这还不算，你加了自己调制的作料，这种作料肯定是独门绝技，不外传的！”周围厨师一片惊叹，没想到徐志扬有这么好的鉴别能力，这让他们刮目相看。“孙师傅，做这个菜汤为什么没有报告？”徐志扬话锋一转，神色严肃起来。厨师们谁都没想到，徐志扬会责问孙宝强，心里还挺同情他的，不就是擅自做个开水白菜吗，有什么了不起啊？

徐志扬看出了厨师们的心思，严肃地说：“我们规定不允许厨师给自己做菜就必须执行！现在有二十位厨师，如果大家都像孙师傅这样擅自给自己做菜，要做二十个菜，吃得了吗？是不是浪费，是不是不应该啊？”

徐志扬看着大家，有几个厨师原本对不允许自己做饭做菜是有意见的，经他这样说，认为这个规定是正确的。“还有，这个开水白菜表面看是开水和白菜，其实没那么简单。”徐志扬拿着勺子舀起一点菜汤，“这个开水白菜确实显示出孙师傅的厨艺，但缺不了特制的作料，没有独家配制的作料，开水白菜不会这么好吃。”孙宝强很佩服地点头，本来以为徐志扬的业务技能不会有多过硬，这会儿才知道典礼局安排他负责国宴工作，是经过慎重考虑的。

“可是，”徐志扬加重语气强调自己的话，“如果这个作料有问题怎么办？”孙宝强着急了，急忙给自己辩解：“徐科长，我亲手配制的作料怎么会有问题呢？这话太重了吧？”徐志扬的话重重地撞击朱殿荣的心，他不由得想起杨军长中毒的事，心里自责，刚才看到孙宝强做开水白菜的时候就应该制止。不允许厨师自己擅自做饭菜是有道理的，这个问题必须引起重视！

在场的厨师神色严肃，神情不像刚才那么轻松了。徐志扬恳切地说：“孙师傅，你别急，我现在是假设。但是，真要出了问题呢？你们都是北平的名厨，是国宴厨师。如果出问题，后果很严重啊！”徐志扬的一席话让厨师们警醒了，这不是小事，现在自己身负重任，万万不可麻痹大意。“我再强调一次，坚决不允许自己给自己做饭做菜，坚决不允许擅自带自己制作的作料、配料进来！从今天开始，如果再违反纪律，一律不能参加以后的工作，请互相监督，请各位师傅自觉！”

这番话的分量很重，厨师们仔细想想，徐志扬说的确实有道理，这是对大家负责，是对国宴负责。朱殿荣举手表态，一定遵守组织纪律，严格要求自己。其他厨师纷纷表态，坚决按照要求做。孙宝强开始还有点不服气，觉得徐志扬小题大做，不就是私自做个汤菜吗？再想想，如果自己带的作料真出现了问题，后果非常严重，不是自己能承担得起的。大家发言完毕，孙宝强最后表态，诚恳接受徐志扬的批评，诚恳向大家做检讨，保证今后不再违反，说完，给大家鞠躬表示歉意。

第一次制订的国宴菜谱被否定，余心清和徐志扬进行了一次长谈。余心清把自己在周恩来那里看到的、听到的，特别是毛主席关于开国第一宴的指示，原原本本传达给了徐志扬，嘱咐一定要把毛主席和周恩来的指示精神传达给大家，一定要把艰苦奋斗作风发扬好，把延安精神发扬光大。

本来想召集大家在会议室开会，徐志扬临时改变主意，就在小餐厅里开会。他觉得这样大家更有切身体会，效果会更好。

先传达毛主席和周恩来的指示精神，统一思想认识，把毛主席和周恩来的指示精神落到实处，按照勤俭节约方针把国宴筹备做好。之后，每个人结合自己的理解谈了心得体会。开国第一宴是一个风向标，中国共产党提倡勤俭节约、反对铺张奢侈的优良传统，要在开国第一宴上体现出来。

这是国宴厨师报到后，第一次集中学习，收到了很好的学习动员效果。之后，徐志扬带领厨师们重新研究国宴菜谱。这次讨论国宴菜谱，必须换个思路，要节约简朴，用普通食材做出不普通的饭菜。

“怎么才能体现厨师的技艺，不是高档食材做高档菜才能体现的。”徐志扬说，“今天的讨论要有新思路、新想法，制订少而精、小而好的国宴菜谱，把周副主席提出的要求落到实处。”徐志扬说完，姚琪山率先发言：“徐科长，菜太多了不行，那往下减多少才行啊？给我们一个基本思路也好进行讨论。”其他人赞成姚琪山的意见。徐志扬个人的意见是，主菜不超过八个。因为是桌餐，不能让桌面显得空荡，请厨师们再仔细考虑，拿出切实可行的国宴菜谱。

第二天，厨师们和国宴顾问再次集中，研究讨论国宴菜谱。这次大家的意见比较统一：热菜八个，凉菜四个，点心四个。在这么小的范围内确定国宴主菜不是容易的事，要好好开动脑筋。徐志扬了解国宴筹备组顾问和厨师的厨艺水平，只要肯下功夫，一定会拿出一个令人满意的国宴菜谱。

围绕这个思路进行讨论，场面很热烈也很激烈，大家甚至为了一个菜争论得面红耳赤。姚琪山亮明自己的观点，既然国宴主菜只能上八个，可以想别的办法达到多上几个菜的目的，显示中国菜的无穷奥妙。他的观点得到一些厨师的赞同，开国第一宴不能光想着节省，也得显示一下中国饮食文化的博大精深，这也是中华传统文化的一部分。一朝一代，开国第一宴毕竟只有一次啊！

有厨师向姚琪山请教：“姚大厨，依您说怎么能多做几个菜出来？”姚琪山胸有成竹：“中国菜和西餐不同，中国菜能像变魔术似的，一个变成俩，俩变成仨啊。比方说三套鸭……”提到三套鸭，在场的人明白姚琪山说的多上几个菜是什么意思了，有人说这个办法好。姚琪山说：“朱大厨做‘三套鸭’最拿手，请他讲讲‘三套鸭’的故事。”

朱殿荣被姚琪山点名，不好推辞，将“三套鸭”的来历讲了一遍。

乾隆皇帝把自己的女儿嫁给了孔子的第七十二代孙孔宪培，为迎娶公主，孔家上下忙活了好几个月。孔宪培父亲平时喜欢吃的三套鸭是孔府的家传菜，因做工精细用料讲究，对厨艺要求高，老百姓很少做，孔宪培父亲要求婚宴必须上这个菜，展示孔府菜的过人之处。

结婚场面隆重热烈，结婚大典过后，婚宴开始。家仆们开始上菜，三套鸭端了上来。这个菜别处很少见，许多人不知道这个菜，求教孔宪培父亲。孔宪培父亲本想说叫“三套鸭”，又想，今天是皇帝嫁公主到孔家，说菜名叫“三套鸭”未免俗气，与孔家文化传统不符，灵机一动说：“各位贵客，我家为迎娶公主特意做了这个菜，名叫‘鸾凤同巢’！”宾客听到这个菜名，一片叫好，多喜庆啊！从此，“三套鸭”这个菜流传开了，许多达官显贵人家的儿子娶亲，都做这个菜。

“鸾凤同巢”的菜名并没流传下来，一是有点牵强附会，二是和这个菜的用料、形状都不贴切。后来，三套鸭流传到扬州，老百姓觉得还是叫“三套鸭”好，“鸾凤同巢”的菜名渐渐被淡忘。三套鸭经过扬州厨子改良，只用鸡和鸭，这样符合“鸾凤同巢”的原意。扬州厨师做三套鸭的风味与山东厨师做的有很大不同，在江浙一带更受欢迎。要见识厨师的厨艺，还是要做没有改良的三套鸭，流传下来的也是三套鸭的老做法。

姚琪山说：“三套鸭这个菜听名字是一个菜，其实是鸡、鸭、鸽三个菜，这样的名菜端到国宴餐桌上不是很好吗？”其实从他内心来说，就是想争取在国宴上能出一个鲁菜。开国第一宴的菜谱将来肯定流传于世，说到国宴上的鲁菜是谁做的，是谁主张上的，那他多有面子啊。一个厨师能争取到这份光荣，这辈子够荣耀的。

姚琪山开头，厨师们纷纷发表意见，谁不想让自己的家乡菜在国宴上露脸啊！这下热闹了，谁都能说出几个名菜的典故传说，都有自己的理由，甚至为一个菜争辩起来……

厨师们的想法有其道理，但不能各行其是。最后还是集中讨论淮扬菜系的菜，其他菜系暂时不考虑，这才把讨论议题拉回来，大家集中精力研究淮扬菜。为了照顾代表们的不同口味，徐志扬想到陈志超捐赠鱼翅的事，让厨师们在讨论菜谱时，把鱼翅考虑进去。

在反复的讨论中大家逐步达成共识，朱殿荣把菜谱整理了出来：八个热菜是红烧鱼翅、烧四宝、干焖大虾、烧鸡块、菜心鲜蘑、灌汤黄鱼、鸡汁干丝、蟹粉狮子头；四个凉菜是五香鱼、油淋鸡、炝黄瓜、肴肉；两个咸点心是菜肉烧卖和春卷，两个甜点心是豆沙包和千层油糕。

这个国宴菜谱得到厨师们认可，以淮扬菜为主，又能显示厨师的技艺，大家鼓掌通过。高耀君发表意见说："我建议加一个红烧肉。"有厨师不理解，问为什么。高耀君反问："咱们的江山是谁领导打下的？""毛主席啊！"大家异口同声。"毛主席喜欢吃什么肉？"高耀君又问。"红烧肉啊！"几个厨师不约而同。"这就对了嘛。毛主席喜欢吃红烧肉，咱们应不应该把红烧肉加上？这不仅是咱们的一片心意，也是老百姓的一片心意啊！"高耀君这番话得到热烈响应，大家一致同意把红烧肉加进菜谱。这样一来菜谱里就是九个热菜，民间有"九九归一"的说法，九也是一个吉利数字。

初步拟定的国宴菜谱有灌汤黄鱼，这是一个见厨艺功夫的菜。之所以同意灌汤黄鱼列入国宴菜谱，是因为厨师们觉得国宴上要有一个菜能体现厨艺水平，体现中国菜的博大精深。灌汤黄鱼徐志扬听说过，具体怎么做不清楚。高耀君提议，请姚琪山到厨房做灌汤黄鱼，大家也乐见姚琪山的厨艺，一致赞成。

来到厨房，姚琪山让厨工准备一根竹条，长约二十厘米，宽约两厘米。他拿来一条大约三十厘米长的新鲜大黄鱼，用手把黄鱼嘴捏开，从鱼嘴里把竹条伸进去，然后手握竹条在鱼肚子里不停地搅动。高耀君在旁边解说："竹条搅动的目的是把黄鱼的骨头从鱼肉里剔出来，手的感觉必须到位，弄不好把鱼皮刺破就前功尽弃了。"大家看到姚琪山的左手握住黄鱼尾巴，右手握住竹条轻轻往下戳，边戳边说："这是最关键的，把鱼骨头在鱼尾处断掉才能完整地取出来，鱼尾巴的皮比较薄，一定要小心，弄不好就破了。"只见他边说边用竹条戳断黄鱼骨头，把整条黄鱼骨头从鱼嘴里拽了出来，厨师们热烈鼓掌。

接着，姚琪山拿起水舀子往黄鱼嘴里倒水，只听"咕噜噜"响，水灌进黄鱼肚子。他把黄鱼拎起来，只见黄鱼肚子被水灌得鼓鼓的，却滴水不漏，又引来一片掌声。姚琪山把黄鱼肚子里的水倒出来，把准备好的几根和黄鱼一般长短的大葱从鱼嘴里塞进黄鱼肚子。"要保证黄鱼肚子不能塌陷，这种形状一直要保持到灌汤的时候。"做好汤汁，姚琪山拔出黄鱼肚子里的大葱，拎起黄鱼，把一只漏斗插进黄鱼嘴里，往黄鱼肚子里灌汤。灌好汤汁再塞住鱼嘴，把整条黄鱼进行清蒸……

对新制订的国宴菜谱，徐志扬信心满满，当余心清打电话问准备得怎么样的时候，他几乎要拍着胸脯说没问题。

没想到，向余心清汇报时，余心清马上提出了问题，让徐志扬有点措手不及。余心清看国宴菜谱有灌汤黄鱼，让徐志扬把这个菜的做法说一下。徐志扬把灌汤黄鱼的制作过程详细地进行了描述，说灌汤黄鱼一是体现厨师高超的厨艺，另一个是鱼嫩汤鲜，满足代表们的口味。

听完徐志扬对灌汤黄鱼制作过程的叙述，余心清拿起国宴菜谱又看了一遍，说："灌汤黄鱼一定要新鲜的黄鱼是不是？""是。不新鲜的黄鱼剔不成鱼骨。"徐志扬回答。余心清说："国宴用料要提前进库检验、封存，这么多黄鱼封存后能不能保鲜不说，就说采购、运输吧，多花不少钱啊！这条就不符合勤俭节约精神，是不是？"徐志扬想，自己没想到菜肴背后的问题，考虑得确实不够周全。

两个人又进行了讨论，决定在国宴菜谱里去掉灌汤黄鱼，菜谱里依旧是八个热菜、四个凉菜、四个点心，呈报给周恩来审批。余心清的精打细算给徐志扬留下了深刻印象，筹备好开国第一宴真不是想象中那么简单的。

15

第十五章

下午，余心清去周恩来办公室汇报工作。

值班秘书把余心清引进周恩来办公室，周恩来正在批阅文件，没抬头，对余心清说："你稍等，我把这个文件处理完。"看着面庞消瘦的周恩来，余心清觉得很心疼。周恩来是中共中央书记处书记，中央军委副主席，在筹备新中国建国的日子里，工作实在太忙了，需要处理的事情太多了。他紧张的工作节奏，雷厉风行的工作作风，还带着战争年代的印记，保持着以往的传统，在他身边工作的年轻人有时都跟不上他的工作节奏。"有这样一位好领导带领我们工作，尽管很累很苦，我们还是学到了很多东西，这是多幸福的事啊！"余心清心里默默地这样想。

过一会儿，周恩来放下手里的文件，又从一个文件袋里取出一份呈报文件，是典礼局呈送的关于国宴筹备情况的报告。周恩来拿着呈报文件走过来，余心清赶忙站起来，周恩来摆手叫他坐下。周恩来坐到对面沙发上，把文件放到茶几上："典礼局的呈报我看了，你们这次下了功夫。国宴菜谱呈报给主席，听取了主席的意见。主席说，他是一家之言，供你们参考。"

周恩来向余心清传达毛主席的意见，把红烧鱼翅去掉，理由是出席开国大典的代表有一部分是少数民族，饭菜制作、口味都与汉族代表不同，要照顾他们，用鱼翅给他们做道菜，派专门厨师做。剩余的鱼翅留给北京饭店招待外宾，新中国成立了，会有很多外国友人与我们交往，他们会喜欢这个菜。

听到周恩来的传达，余心清没想到日理万机的毛主席会这么细致，想得这样周到。周恩来继续传达毛主席的意见："主席的第二个建议是去掉红烧肉。"周恩来看了看余心清，知道余心清会反对。果然，余心清马上表示不同意："周副主席，这一条我保留意见，或者说，我代表国宴筹备组的同志保留意见。""为什么？说说理由。"周恩来让余心清说理由。"这个菜是大家充分讨论才加上的。它不仅仅是一个菜，更是我们对毛主席的敬仰和爱戴。"余心清有点激动。

周恩来理解国宴筹备组的厨师和顾问们的心情，其实他也想保留这个红烧肉，但是毛主席坚决不同意。周恩来说："我理解你们，我和你们的心情是一样的，为了这个菜我还特意跟主席汇报过，让主席理解大家的心意，倾听民声。""毛主席为什么还反对啊，不是说要民主吗？"余心清很不甘心地说。周恩来看了看余心清，说："主席说，开国第一宴菜谱仅仅是一个开头，以后新中国还要有建国十年国宴、三十年国宴、五十年国宴、一百年国宴，这些国宴参考的标准是什么？那个时候，中国人民的生活水平绝对不是现在这个样子了，一定是很富裕了。生活水平提高了，是不是就可以大手大脚啊？是不是国宴就要体现领袖意识啊，特意表达对领袖的情感啊？"周恩来模仿当时的情形，学着毛主席的样子手叉腰间，挥舞着手臂。"要不得！"周恩来加重语气，"主席高瞻远瞩，他说我们开国第一宴是开始，也是标杆，节约简朴要放在第一位。必须请同志们严格要求，不能以领袖的个人喜好来决定国宴菜谱，要把眼光放长远。"

毛主席的话叫余心清心服口服，大家敬佩毛主席，说毛主席伟大，过去没有切身体会，通过筹备国宴他深深体会到了毛主席的伟人胸襟与不同寻常的战略目光。周恩来告诉余心清，毛主席建议去掉红烧肉，加上"东坡肉"。不仅仅是照顾多数代表喜欢吃肉的习惯，也体现中国传统饮食文化。"东坡肉"是苏东坡为老百姓做好事，老百姓爱戴他的一个标志。中国共产党人要以史为鉴，当苏东坡那样的官，为老百姓着想，为老百姓做实事、做好事。周恩来语重心长地说："苏东坡不在了，杭州苏堤还在。苏东坡在杭州做官时，疏浚西湖，利用浚挖的淤泥构筑湖堤，杭州人民为纪念苏东坡治理西湖的功绩，把它命名为'苏堤'。我们要像他一样，让人民在心里筑一道对共产党信任的'苏堤'，一饭一菜都要体现出来。"

对国宴菜谱，周恩来提出自己的意见。热菜确定八个，这样符合民间传统习俗。可以有大虾这道菜，但不要干焖大虾，要有创新，做菜不要墨守成规，不要淮扬菜原来是什么样就做成什么样。"照本宣科体现不出厨师的厨艺水平，要有新想法，有新突破。"周恩来说，"有些厨师不是迷信御膳房的膳谱吗？御膳房的膳谱也是不断加入新内容才成为饮食经典的。希望开国第一宴过后，你们创新的菜也能在餐饮界引起反响，为开国第一宴争光，也为国宴厨师自己争光。”国宴菜谱基本通过，周恩来指出了国宴菜品的制作方向，余心清有种拨云见日的感觉，他一定要把周恩来副主席的意见传达给国宴厨师们，一定要认真落实。

国宴菜品的一些具体细节，周恩来都考虑了：肉食尽量去掉骨头。吃菜的时候，怎么从嘴里把骨头取出来？吃出来的骨头往哪里放？国宴不是在自己家吃饭，怎么吃都无所谓，国宴现场有记者拍照，有摄影师拍纪录片。典礼局要制定一个国宴礼仪规范，要想到就餐时的体面问题。

周恩来拿起呈报文件，指着国宴菜谱列出的红烧鸡块，问余心清准备用哪里产的鸡。余心清汇报说，备选了几种鸡，多数人倾向北京油鸡。这种鸡肉质好，产地在附近，备料相对容易。周恩来同意，又问国宴上菜程序是怎么安排的。余心清回答，凉菜和点心先准备好，参加开国大典的代表进入宴会厅后随时可以上。“不错。”周恩来表示满意，“热菜怎么办呢？六百多人同时进餐，热菜不可能先做好了放在厨房里等着吧？”这个问题把余心清问住了，国宴筹备组的人没想过这个问题。之前大家关心的是国宴菜谱，其他问题还没考虑。

关于大型宴会的上菜问题，周恩来举出例子。

清朝乾隆皇帝举办过千叟宴，请一千多位六十岁以上的老人在皇宫吃饭，这是中国历史上规模最大的宴会之一。吏部尚书向乾隆皇帝提出一个问题：这么多上年纪的老人赴宴，光进场就需要不少时间，进场后再等乾隆皇帝驾到，皇帝来了还有一套礼节程序要进行，这些都做完了才能上菜进餐，热乎的饭菜恐怕都变成凉菜了，老人还吃得下吗？强吃下去也得病啊！乾隆皇帝认为有道理，召集大臣出主意。经过讨论，决定上火锅，菜什么时候吃也不会凉。

“清朝皇帝都能想到的问题，我们不能忽视。热菜怎么上要好好想一想。”周恩来强调完，余心清立刻表态：“周副主席，我们一定认真研究，拿出最佳方案，做出既不铺张浪费，又好吃热乎的菜，您放心！”余心清的工作能力，周恩来了解。他有能力、有魄力，做什么工作都是一板一眼，很少出现纰漏。当初组建典礼局，周恩来第一个想到的人就是余心清。周恩来又问："国宴喝什么酒，你们是怎么想的？"关于国宴用酒，国宴筹备小组讨论过。有人提出，红军长征时在贵州四渡赤水，摆脱了国民党军队围追堵截，一些店铺拿茅台酒欢迎红军，红军官兵没舍得喝，用这些茅台酒消毒洗伤口，起到了很好的医疗效果。茅台酒名声大振，影响越来越大，国宴酒多数人提议用茅台酒。

"大多数人倾向茅台酒。"余心清明确回答。周恩来想了想，说："你们的想法不错，可是有个问题可能没考虑。贵州全境现在还没解放，茅台酒厂的生产能力也比较低，即使能够生产出来，贵州的交通条件很差，能不能及时运到？万一路途中有闪失，出现问题运不到怎么办？"

这个问题说到要害上，周恩来运筹帷幄胸怀大局，做事兼顾各个方面，高屋建瓴的眼光和气魄不是常人能及的。政治协商会议筹备会议召开后，筹备成立了政务院，周恩来作为政务院负责人，百忙之中还把国宴具体事宜想得这么周到细致，太让余心清敬佩了。余心清见过周恩来用餐，知道毛主席饮食也很简单，心中无限感慨。毛主席和周副主席为我们做出了榜样，一定要把毛主席和周副主席的指示传达给典礼局的每个同志，把毛主席和周副主席勤俭节约办好国宴的指示落实到位。

关于国宴用酒，周恩来让国宴筹备组考虑是不是可以用山西汾酒和竹叶青酒。《周礼》上记载古代酿酒六法，"秫稻必齐，曲蘖必时，湛馇必洁，水泉必香，陶器必良，火齐必得"，说的是黄酒酿造。宋代时，发明了蒸馏设备，中国开始有蒸馏酒。白酒是由黄酒演变和发展而来。明清以后，北方白酒工艺发展很快，逐步代替了黄酒。汾酒产于山西省汾阳杏花村，早在一千四百多年前，此地已有"汾清"酒，它是汾酒的前身。

北齐武成帝写给河南康舒王孝瑜的信中说"吾饮汾清二杯，劝汝于邺酌两杯"，宋代《北山酒经》记载"唐时汾州产干酿酒"，《酒名记》有"宋代汾州甘露堂最有名"的说法，说的都是汾酒。开国第一宴用历史名酒，能提升中国名酒的地位和影响，让人们更好地认识中国悠久的酒文化。另外汾酒和竹叶青的生产一直比较稳定，能够保证质量和产量。

山西全境解放后开展了肃清敌特、清扫土匪行动，除少数隐蔽较深的敌特分子和逃亡土匪外，大部分破坏隐患已被消除，形势稳定，这对国宴酒的运输比较有利。

距离新中国成立的日子一天天临近了，许多筹备工作周恩来都要亲自过问，需要处理的大事要事太多了。对开国大典和开国宴会，他在百忙之中抽时间听取汇报，亲自安排。周恩来鞠躬尽瘁、身先士卒，让余心清十分佩服，也很感慨：新中国有这样杰出的领导人，任何困难都挡不住我们前进的步伐。毛主席、周副主席受到人民爱戴，是因为他们和人民心连心，时时处处心里装着老百姓啊！

国宴筹备组召开会议，研究部署相关工作。余心清放下手头工作，特意来参加。吕泽海先汇报内务科工作：六百多位代表就餐，北京饭店现在没有这么大的地方，准备把三个西餐厅打通连在一起，初步测量能放下六十多张餐桌。余心清插话："光放下桌子还不行，要考虑通道问题，通道不能太窄，通行不方便的话，六百多人入场时就乱套了。""这个问题已经考虑了，现在留出的通道宽度应该没问题。"吕泽海安排做过测量。余心清刨根问底："应该没问题，是不是还有问题？"吕泽海挠挠头："我回头再落实一下。""有时一点小疏漏都可能引起大问题。"余心清提醒，"我们做工作一定要丁是丁，卯是卯，不能出半点差错。还有国家领导人的坐席位置问题，主坐席的餐桌放在什么地方也要认真考虑。"

宴会的坐席位置是有讲究的，主餐桌是放在餐厅中间还是放在餐厅前面，要根据场地情况做出安排。主餐桌和次餐桌的位置和距离，不能太远也不能太近，既要突出主餐桌，又要让主次餐桌之间相互呼应，方便领导和代表们谈话交流。到底怎么安排，要到餐厅实地考察。

接着讨论国宴上菜的问题。大型宴会上菜不是一件简单事，准备不充分也会出问题。徐志扬汇报具体方案：国宴上菜先上冷菜、点心，后上热菜、酒水，然后上主食和汤，最后上时令水果。余心清叮嘱，国宴上菜不仅要先后有序，上菜的频率也要计算好时间。每上一道菜间隔多长时间也需要精确计算，冷菜可以先做好，热菜必须做好之后尽快上桌。服务员上菜进出的通道要设计好，进餐厅和出餐厅时的路线都要做到精确。

“一定要考虑周到，这可是开国第一宴啊！”余心清加重语气，“每个细节都要考虑到，不能临时抱佛脚。”他又问：“吕泽海，餐桌准备得怎么样了？”吕泽海汇报准备情况：“北京饭店原来以西餐为主，餐桌普遍比较小，而且方桌多，圆桌少。现在六百多人就餐，餐桌不够。”“差多少？”余心清问。吕泽海答：“正桌六十六张，预备四张，我们现在只有三十张餐桌符合标准。”

“还差四十张准备怎么解决？”

“按照标准新做四十张餐桌。”

“这些新餐桌国宴用完以后，能利用的有多少？”

“北京饭店可以留一部分使用……”

“一部分是多少，说准确。”

“能留下二十张吧。”

“就是说，还有二十张餐桌派不上用场。”

“是。”

余心清站起来，看着大家说：“周副主席说，办国宴必须精打细算过紧日子，一分钱要掰成两半花。既然有二十张餐桌国宴过后要闲置，就不要做新的了。想想有什么办法解决。”吕泽海心里没底，不知如何解决这个问题，刚想张嘴，工作人员小王进来，走到余心清身边耳语了几句。“周副主席让我马上去开会，你们继续讨论。每个细节都要认真考虑，认真落实。像打仗一样，就要到决战关头了，一定得瞪起眼睛才行！”余心清说完，走出会议室。

余心清走后，大家继续讨论餐桌问题。

中国古时吃饭没有餐桌，在地上铺竹席，古人席地而坐吃饭。铺在地上的垫子不止一层，阶层越高的人铺的竹席或者其他的垫子越多。紧挨着地面的一层称为筵，筵上面的称席，先设者为筵，后加者为席，天子之席五层，诸侯三层，大夫两层，考究的席以帛缀边，有严格的等级之别。现代所说的筵席、酒席、席位皆由此而来。“下筵上席”的铺设形式在以席地而坐为主的古代生活方式中占据重要地位。

中国古人分餐进食，面前摆一张低矮小食案，案上放轻巧的食具，重而大的器具直接放在席子外的地上。“筵席”是中国古代分餐制的一个写照。《后汉书》中记载隐士梁鸿与妻子孟氏的故事，说每当梁鸿从外面做工回来，孟氏已为他准备好了食物，并将食案举至额前捧到丈夫面前，以示对丈夫的敬重。成语“举案齐眉”成了夫妻相敬如宾的佳话。

后来有了矮脚桌子和椅子，依旧沿用分餐制。中国古代合餐制是从唐代开始的，原因是家具的制作发展有了新趋势。高脚桌子和椅子的出现颠覆了席地而坐的就餐方式，垂足坐姿取代席地而坐，成为标准的坐姿。用高椅大桌进餐，在唐代已不是稀罕事。家具的变革引起社会生活变化，也影响了饮食方式的变化。分餐向合餐转变，没有家具变革是不可能完成的。

中国古代的分餐制转变为合餐制，并不是一下就转变成现代这样，存在一段过渡期。在晚唐五代之际，表面上场面热烈的合餐方式已成潮流，但只是一种有合餐气氛的分餐制。人们虽然围坐在一起了，但食物还是一人一份，还没有出现后来那样多人同在一个盘子里吃菜，在一个大碗里喝汤的场景。

宋朝以后，真正的合餐制——具有现代意义的合餐方式——出现在酒楼、饭馆里。著名画家张择端在《清明上河图》里有所表现，证实了宋朝时期合餐已成为主流。宋朝的冶金技术得到很大发展，开始生产铁锅。铁锅的普及，让各种各样的炒菜、汤菜的品质得到提升，用餐方式进一步导向合餐制，成为主流。商业和农业比较发达，粮食有富余，用粮食酿酒的作坊越来越多，催生了酒肆餐馆。宋代的餐饮业比起之前任何一个朝代都繁荣，从宫廷到官府以至民间饮酒大行其道，形成一种社会风气，“餐桌文化”和“酒席文化”应运而生。不管是官员还是普通百姓，家里遇上红白喜事都会在酒楼或家中置办酒席，这也是中国古代民众饮食文化的一次重要改革。

伴随酿酒业的发达，茶业也跟着繁荣发展，标志之一是饮茶用具种类繁多，民间大兴“斗茶”之风。这种“斗茶”比的不是谁的茶叶好喝，而是“斗”谁的茶壶、茶碗更好。紫砂壶得宠就是从这时开始的。

因为合餐制需要就餐者围桌而坐，就产生了宴席安排座次的问题，还产生了在宴席中劝酒劝菜的“白席人”。后来演变为每张餐桌要有主持人（东道主），引导就餐人统一行动，比如一起举杯喝酒、向某位宾客敬酒等。

合餐制出现后，自认为高人一等的统治者、贵族阶层对餐桌和椅子也讲究起来，对用料和制作提出更高要求。皇宫内的餐桌用檀香木制作，有的皇子皇孙还要在餐桌上雕刻图案，镶嵌金银，以显示自己的高贵身份。对家具材料的考究、制作技艺的精益求精到明代达到高潮，明代家具是中国古典家具的高峰。

新中国的开国第一宴所用餐桌和座椅，典礼局内有人提出应该高档一点，遭到余心清反对。他强调国宴必须节约的原则，国宴餐桌不能超出预支，须量力而行。

吕泽海觉得勤俭节约像个紧箍咒，把自己的手脚束缚住了。自己又不是孙悟空，凭空能变出桌子来吗？有人支持他，觉得他说的不是没道理，不就是二十张餐桌吗，做新的也没什么，节约也不差做餐桌那点钱。吕泽海征求徐志扬意见：“能不能和余局长说说，餐桌全做新的算了。”

徐志扬想过这个问题，节约原则是不能变的，所以没有同意：“咱们还是多动脑子，想想办法。”吕泽海双手一摊：“怎么动脑子啊，巧妇难为无米之炊，我是想不出办法了。”“我还真帮你想了。”徐志扬用手轻轻拍拍桌子，“餐桌上面是不是要蒙台布啊？”“台布统一制作的。”吕泽海回答。徐志扬说出自己想的主意：“只要餐桌规格一样，刷新漆，蒙上台布，新旧餐桌使用是一样的！”大家恍然大悟，按照这个思路不做新餐桌也不是不可以，能够省下一笔钱。

会议一直持续到很晚才结束。

这次会议让大家对发扬延安作风，自力更生、艰苦奋斗有了进一步认识和理解。开国第一宴尽管是前所未有的一次大型宴会，但不能铺张浪费讲排场，勤俭节约是必须遵守的原则，在每个细节上都要体现出来。

16

第十六章

京西木器厂是一家中型企业，但在业界名气不小。有几个木匠是从宫廷内务府造办处出来的，名气大手艺好，给木器厂赢得了名声，也招来了不少生意。吕泽海比较了几家木器厂之后，决定把二十张餐桌订单交给京西木器厂。为落实到位，吕泽海亲自到京西木器厂考察。

见到厂长胡运发，吕泽海没亮出自己的真实身份，只说自己要开饭店，订二十张餐桌。胡运发带吕泽海去看木料，走在路上时对吕泽海说："在我这里订木器都是先看料，合适你下订单，不合适另外再找别的木器厂，不伤和气。我们对自己绝对有信心！"

说话工夫，胡运发和吕泽海走到了木料场，他把吕泽海带到其中一堆木料前，说："做餐桌用榉木比较好，你看可以吧？"吕泽海从木料堆里拿一根榉木，仔细看了看，木质不错，不知道生产时间上能不能保证。"木料可以，生产时间能保证吗？九月二十三日交货，能提前就更好了。"吕泽海放下手里的榉木，问胡运发。"上漆方面有特殊要求吗？"胡运发问。吕泽海说："一会儿派人给你送张桌子来，就按照这张桌子上的颜色配漆，一定要保证和样品桌子的漆色一致。"胡运发肯定地说："那是没问题的，放心好了。如果您同意在我们这里做的话，回办公室详细谈谈。"

两个人回到木器厂办公室，胡运发翻了翻桌子上的生产记录本，上面详细记录着每天的生产任务。他告诉吕泽海："提前交货恐怕不行，九月二十三日交货应该没问题的！"吕泽海拿出带来的餐桌定做合同，递到胡运发手里："这是具体要求，你看看。"胡运发接过合同，从头到尾仔细看了一遍，表示认可。"要先交百分之三十定金。"胡运发把餐桌合同放下说，定金数比一般木器厂高出百分之十，以显示京西木器厂与众不同，这样反而得到了客户的认可。一分钱一分货，多数人是这么认为的。

离开京西木器厂，吕泽海顺便到商店买牙膏和香皂。出商店大门时，遇到唐娜。她穿一条蓝印花连衣裙，朴素淡雅，脸蛋红扑扑的显得格外好看。见到吕泽海，唐娜好像有点意外，赶紧打招呼："吕科长，是你啊！"吕泽海有点没想到，这太巧了。"你来买东西啊？"唐娜问。吕泽海点头："买牙膏和香皂，你没上班啊？""一个伙伴和我换班了，今天我休息。你最近好像很忙啊，见一面都挺难的。"自从和吕泽海认识，两个人有了交往。唐娜在北京饭店从来不去找吕泽海，这叫吕泽海非常满意。国宴筹备组有规定，除正常工作接触外，禁止与北京饭店的员工密切来往。

"吕科长，今晚还有事吗？"唐娜开口问，两只大眼睛盯着吕泽海。"啊，"吕泽海有点迟疑，不知道怎么回答，眼睛的余光看到唐娜火热的眼神直直地看着自己，"没，没什么事。"唐娜很高兴："我请你吃西餐吧。"西餐对吕泽海来说还挺新鲜，他点头了。唐娜高兴地拉住吕泽海的手，过电的感觉刹那间涌遍他全身，吕泽海不由自主地"嗯"了一声。

大西洋西餐厅是德国人开的，到了晚上这里熙熙攘攘很热闹。门童站在门口，看到客人主动打招呼："小姐您好，欢迎光临！""欢迎先生，里面请！"彬彬有礼，服务周到。

客人进门，马上有引导服务员上前，询问客人有没有预订，如果没有，想找什么座位。门童给吕泽海和唐娜开门，做了个"请进"的手势。门里的服务员看到他们进来，迎了上去："二位好，请问有预订吗？"唐娜说："预订19号。""请。"

服务员引导唐娜、吕泽海来到角落里一张西餐桌前，请他们入座。

"请问二位用点什么？"服务员递上西餐餐单。唐娜把餐单交给吕泽海："喜欢吃什么，自己点。"吕泽海尴尬地笑了："我不懂这些洋玩意儿，你点，我吃。"唐娜看看餐单，告诉服务员："鹅肝酱、甜点、咖啡、法国红酒各两份。""我不会喝酒。"吕泽海急忙说。唐娜妩媚地笑了："我不信一个上过战场、杀鬼子眼都不眨的英雄不会喝酒，骗人。""真的不会喝。"吕泽海很认真地说。"就当陪我好了。"唐娜笑得很迷人，吕泽海没有抵挡住她勾人的眼神，心想，怪不得组织不允许和北京饭店的女服务员交往，也许有道理吧。

想归想，做归做，吕泽海觉得自己是个老革命，经过战场考验，一个毛丫头还能怎么样，不就是陪她喝杯酒嘛！况且还有和钱小姐打交道的经验，也能派上用场。他和钱小姐之间是很暧昧的，从公用局调走的时候，他特意嘱咐过同事，不要告诉其他人自己新任职的单位，害怕坏人找麻烦。因为军管会人员往往是特务的刺杀目标，大家一般不会泄露同事的去处，吕泽海到典礼局任职，一切重新开始，他为自己庆幸。

两个人正聊天，服务员送来了鹅肝酱、甜点、咖啡、法国红酒。吕泽海没想到西餐送餐会这么快："西餐比中餐快多了啊！"唐娜嘴巴一翘："西餐不炒不煎不炸，当然省事，不像中国菜做起来很麻烦。""可中国菜好吃啊！"吕泽海反驳。唐娜很高兴："我就喜欢吕科长的爽快，做事麻利。"服务员倒上两杯酒，唐娜举起酒杯："敬你！"唐娜含情脉脉地看着吕泽海，他有点不知所措，慌忙举起酒杯："好，干杯！"唐娜噘起小嘴："不可以干杯的，这可是上等的法国红酒，慢慢尝，一次一点……"唐娜做示范，吕泽海学着唐娜的样子，他心里有点自卑，在唐娜面前自己还是一个土包子。如果没有调职，自己已经有点都市人的模样了。"唐娜，你别笑话我……"他有点不好意思。唐娜没在意："你叫我小娜，我当你是我的哥哥。"唐娜话说得甜腻腻麻酥酥的，真好听，像有一只小耙子在心里挠痒痒，有这么个妹妹真好啊……

"啊，小娜，"吕泽海顺理成章地改口，"让你破费请我吃饭，多不好意思……"唐娜显得很豪爽："这有什么啊，我喜欢军人，特别是你这样经过枪林弹雨的军人，是我心里最崇拜的英雄。"这番话说得吕泽海面红耳赤："我可不是什么英雄，比不了你这样的文化人。"

为什么崇拜英雄，唐娜告诉吕泽海原因：1943年夏天，她在南京金陵女子学校读书，因为身体不好，休学来到苏北一个小镇，在男朋友家养病。在他家住的时候，遇到日本鬼子轰炸，屋子都炸平了。她被埋在废墟里，多亏路过的新四军战士把她从废墟下面救出来……

说到这里，她动了感情，禁不住流下眼泪。吕泽海赶紧劝她别难过，事情毕竟过去了。记得唐娜说自己是初中毕业，金陵女子学校好像是大学。唐娜轻描淡写："因为中途退学了，不好意思说上过大学，就说是初中生呗。""你可真谦虚。"吕泽海禁不住夸奖。唐娜反倒夸奖他："你上过战场，杀过鬼子，立过功，和新四军战士是一样的人。所以我崇拜你，你是大英雄！”

几句话说得吕泽海好激动，被一个美女崇拜感觉真好。“不敢说自己是英雄，杀鬼子倒是真的。你男朋友后来做什么呢？”“后来，我们一起到北平工作。他秘密加入了地下党的外围组织。在一次求民主、反内战的游行示威中被警察开枪打死了，他才二十多岁啊！我非常想念他，为了麻痹自己，我学会了抽烟……”唐娜抽泣擦泪，拿起一支香烟点着。

对唐娜的遭遇，吕泽海十分同情，要革命就会有牺牲，每个活着的人都不能忘记这些烈士。“你男朋友没了，有谁证明你这半年里在苏北小镇养病啊……”吕泽海问。唐娜长叹：“没人给我做证，可我问心无愧。这会影响我什么吗？影响我追求革命，追求进步吗？”“不是什么大不了的事，但可能会影响你入党，如果能找到证人最好……”吕泽海在这方面还是有经验的，他提醒唐娜，最好找到证人证实。

不知不觉喝了一瓶红酒，吕泽海觉得脑袋发涨，有点恶心，不能再喝了。唐娜也不勉强：“喝点咖啡，吃点东西就好了。”吕泽海站起来问服务员厕所在哪儿，服务员让他跟自己走。

看吕泽海走了，唐娜又小心地往四周看看，他们的位置在角落里没人注意。唐娜打开小皮包，迅速地从烟盒里拿出一支香烟，对着自己面前的咖啡杯把香烟里的粉末捻到咖啡里。她把自己的咖啡杯与吕泽海的咖啡杯调换，然后若无其事地点上了香烟。

吕泽海上完厕所回来了。“我们把咖啡喝完就走吧！”唐娜提议。吕泽海还想再待一会儿，唐娜提出要走，他也不好意思说留下。吕泽海端起自己面前的咖啡杯，在唐娜的注视下把咖啡喝完了。唐娜叫服务员过来结账，然后拿起外套穿上。

吕泽海觉得头有点晕，心里想，还真是不能喝酒，喝红酒都这样，喝白酒更出丑了。唐娜挽住他的胳膊：“今晚你不会白来的！”吕泽海没明白唐娜的意思，有点踉跄地往门外走……

两个人坐了一辆黄包车到唐娜家。下车的时候，吕泽海已经晕乎乎地分不清东西南北了，只记得进屋的时候，好像看到墙上贴着一张“打过长江去解放全中国”的宣传画。

吕泽海仰面倒在床上，唐娜拿条毛巾给吕泽海擦脸。她把手里的毛巾扔到水盆里，开始脱外衣，然后是内衣、胸罩、裤头……唐娜走到屋子墙角，那里放着一只柜子。打开柜子，里面放了几瓶洋酒，还有一架照相机……

海客饭庄有一间密室，保密局北平站特别行动小组的秘密电台设在这里。于连奇走进密室，看到老六正在调试发报机。看到于连奇进来，老六点了点头算打招呼了。老六在无线电技术方面是个高手，他跟随于连奇六七年，对于连奇忠心耿耿。走到老六跟前，于连奇看了看桌子上的密码本：“最近要特别小心，外面风声太紧了。昨天，我们的一部电台又被共党破获了，还损失了三个弟兄。照这样下去，没几天我们的电台就都完蛋了。妈的，天天提心吊胆简直没法活了。”

老六摘下头上戴的耳机，安慰于连奇：“于掌柜，别那么悲观，只要多加小心，不会出问题的。”于连奇拍下老六肩头：“有你在我就放心了，方副站长嘴上不说，心里还是很满意你的。”老六晃晃脑袋，意思是自己没那么好。于连奇鼓励他好好干：“只要努力，前途是有的，不会总在大陆待着。我要接待方副站长，你忙吧。”“需要我做什么吗？”“你过一会儿上去，别人服务我不放心。我准备了好烟，方副站长酒量不太行，烟瘾倒是蛮大的。”于连奇说完，转身走出门。像这样的事情，按规定是不该告诉老六的，于连奇对老六非常信任，很多事情他都会和老六说，有时候还让老六帮自己出主意。

“咣当”，密室的门关上了。老六想到前几天发出的密电：“准备就绪，请发货。”这个“货”指的是什么呢？联想到前些日子，自己开车送于连奇去鑫盛公司，故意问他去干什么。于连奇说，方建义请吃饭。老六感到奇怪，吃饭怎么不在海客饭庄啊？什么都是现成的，跑到鑫盛公司吃的哪门子饭呢？这里面一定大有文章。是不是策划什么行动呢？苦思冥想，没有找到答案。让保密局发“货”，是什么“货”呢？今天方建义来是送货吗？按理不该由副站长干送货这个活儿啊，他来干什么呢？

过了一会儿，老六从密室里出来走进厨房，看厨师准备得怎么样了。

一个厨师站在灶台旁边，手里颠着炒勺，灶台里的炉火映红了厨师的脸庞。旁边的案台上放着准备好的食材，还有几盘已经炒好的菜。看到老六进来，厨师指了指装炒菜的盘子："六哥，快把炒好的菜端上去，于掌柜吩咐了，这个活儿让你来。""好。"老六答应一声，拿过一只托盘，把几盘菜放到托盘里，端着走出了厨房。

老六上二楼，走到尽头的雅间，轻轻敲门。听到于连奇在里面说："进！"老六推开门走进去，看到方建义坐在正对着门的椅子上，正从香烟盒里抽出一支烟放到嘴里。老六放下托盘，从口袋里摸出打火机给方建义点烟，然后把托盘里的菜摆放到餐桌上："方副站长，您慢用。想吃什么您说话，我叫厨师做。""好，你去吧。"方建义一边抽烟一边说。老六走出雅间把门关上了。方建义指了指门，于连奇明白他的意思，轻手轻脚走到门口，猛地拉开门，看外面是不是有人偷听。

门外没人，走廊里空空荡荡的。

"方副站长，老六绝对可靠，是党国忠臣。"于连奇回到座位上说，他对方建义戒备老六有点不满意。"我不是怀疑老六，我是害怕别人……"方建义回应于连奇的话，表示自己对老六没有看法。"我考验他好几次了，绝对经得起考验。"于连奇用肯定的语气说。方建义面无表情，用手掸了下落在衣服上的烟灰："干我们这行的，做事还是小心点好。尤其这次行动，只许成功不许失败。每一步都如履薄冰啊！"

于连奇拿起酒壶给方建义的酒杯里倒酒，又帮方建义夹菜："方副站长，您的意思我明白。"方建义吃口菜，端起酒杯喝了一口，打开公文包，从里面拿出一只香烟盒放到桌子上。于连奇没明白，桌上有盒香烟了，又拿盒香烟是什么意思呢？

拿起另外一只香烟盒，方建义诡异地一笑："我带的这盒烟装的是炸药，给你试验用的。"于连奇从方建义手里拿过香烟盒，感觉很轻，他提出疑问："我真搞不懂了，咱们不是投毒吗，还试验炸药干什么？"方建义弹了弹烟灰："我今天来是告诉你，破坏共党的开国宴会还有第二套方案。"于连奇惊讶地张大嘴巴，有点不相信自己的耳朵："不投毒了？"方建义左手伸出三根手指："投毒只要我和包春阳、曹飞翔三个人就够了，要你这个爆破专家做什么？"

这个问题于连奇也想过，最后得出的结论是，特别行动多一个人多份力量，自己毕竟是军统老特工，经验丰富，没有再想别的。现在才知道另有蹊跷，这件事不像自己想的那么简单。

看到于连奇疑惑的目光，方建义笑着解释："我们常说万无一失，这次行动怎么保证万无一失啊？一旦投毒失败，还有后续破坏行动。螳螂捕蝉，黄雀在后，共党做梦也不会想到我们会有这么一手！"于连奇把香烟盒拿起来："这招太厉害了，防不胜防啊！这一定能让共党的开国宴会一败涂地，叫他们见识见识我们保密局的厉害！"于连奇很兴奋，终于明白方建义让自己参加特别行动小组的原因了。

"不是我厉害啊！"方建义拿起筷子，夹起盘子里的一片鱼肉，"是毛局长深谋远虑啊！让你参加特别行动小组，开始我都不知道毛局长葫芦里卖什么药。"方建义得意地把鱼肉放进嘴里嚼着，端起酒杯自顾自地喝。"姜还是老的辣啊，不服不行！"于连奇佩服地点头，说话小心翼翼，"这次行动安排我做什么？"方建义指着香烟盒："这是美国情报局提供的高爆炸药，你找个地方先试验一下，看看效果。过几天有人会和你联系，送执行任务的炸药过来，到时候你要配合好。"于连奇心里疑惑，有人送炸药，我配合什么呢？

"我们的计划一投毒，二爆炸，总有一个会成功。"方建义伸出两根手指，显得信心十足。于连奇知道投毒有包春阳做内线，但若执行爆炸计划，炸药怎么带进国宴宴会厅？带进去安装在什么地方？爆炸方式是即时引爆还是定时引爆？如果采用即时引爆方式，执行引爆任务的人怎么脱身？恐怕是有去无回了。想到这里，他不禁打了个寒战，冷汗不由得流了下来。

看于连奇不说话，脑门还渗出冷汗，方建义伸手拍拍于连奇肩膀：

“为了党国的伟大事业，我们个人牺牲再多也值得啊！”“啊，值得，值得，”于连奇擦下脑门上的冷汗，“嘿嘿”干笑，“我也是这么想的。”“不过，”方建义仿佛猜透了他的心思，颇有点安慰的意味，“你跟我多年，是我铁杆兄弟，不能叫你白白送死的。我一定会助你全身而退，放心吧。”方建义给于连奇吃了“定心丸”，让他不要有顾虑。“方副站长，我们怎么能把炸药放进共党的宴会厅呢？”于连奇提出问题。“既然制订了爆炸计划，就有办法把炸药送进去。送进去的办法神仙都想不到……”方建义显得信心十足，像有绝对把握。

于连奇禁不住拍巴掌：“保密局真有高人啊！”“那是，别忘了保密局的老底子是军统，藏龙卧虎啊！”方建义把手里的香烟放进烟灰缸里掐灭，举起酒杯。他的兴致很高，忍不住“嘿嘿”冷笑，阴冷的笑声叫人浑身起鸡皮疙瘩。

17

第十七章

九月中旬，北平的天气已开始凉爽，在北京饭店小会议室里开会的人却热情高涨。余心清因事没来参加会议，徐志扬代他传达周恩来指示。国宴筹备组全体人员个个摩拳擦掌，要努力落实好周副主席指示，圆满完成国宴各项任务。

经过讨论研究，国宴筹备小组确定了国宴新菜谱，八个热菜：烧四宝、大虾、红烧鸡块、菜心鲜蘑、红扒鸭、鸡汁干丝、蟹粉狮子头、东坡肉；四个凉菜：五香鱼、油淋鸡、炝黄瓜、肴肉；两个咸点心：菜肉烧卖和春卷；两个甜点心：豆沙包和千层油糕；一个菜汤：燕菜汤；主食是八宝饭。

主要菜品以淮扬菜为主，搭配其他菜系的名菜，比如东坡肉。徐志扬拿粉笔工工整整地把菜谱写到黑板上，写完后他回过身看着大家："同志们，这是我们最后确定的国宴菜谱，如获批准，国宴就正式进入准备阶段了！"话音未落，大家热烈鼓掌。不要小看这份菜谱，因为它的特殊性，在新中国餐饮史上必将占有重要地位，在场参加制订国宴菜谱的人都觉得自己有特殊的荣耀。

掌声平息，徐志扬继续说："对国宴制作，周副主席反复强调勤俭节约的原则。毛主席在七届二中全会上提出'两个务必'，务必使同志们继续地保持谦虚、谨慎、不骄、不躁的作风，务必使同志们继续地保持艰苦奋斗的作风，就是要求我们发扬艰苦奋斗的作风，勤俭建国。开国第一宴用料并不奢华，但要制作精良、有特色，要精致而简朴，口味醇和而清新，食材简单却要做得好吃。"高耀君问："徐科长，你说的好吃是什么标准？""高大厨的问题提得好，"徐志扬抬手指一指黑板上的国宴菜谱，"国宴以淮扬菜为主，味道要有点变化，让代表们都爱吃。打比方说，像'佛跳墙'是福建菜，口味特点是酒味较重，比较甜，其他地方的人不一定能喜欢。做'佛跳墙'就应该减少酒味和甜味，但做的时候还是严格按照福建'佛跳墙'的做法来，做出来的'佛跳墙'才能满足大多数人的口味。多数人接受，喜欢吃，就是好吃的标准。"

厨师们互相看了看，明白了徐志扬的意思。徐志扬接着说："我们正式进入国宴准备阶段，大家选一位总厨师长，今后工作由总厨师长统一协调调度。”会场气氛一下热烈起来。每个厨师都跃跃欲试。这是新中国的开国第一宴，谁都想争个头彩。

包春阳被选调进国宴筹备组工作，很少在公开场合发言。他在军统特务培训班接受培训时，其中一项是关于这方面的内容。指导教官再三强调，尽量少讲话是做特务工作的基本素质，“言多必失”是绝对有道理的。军统特务在社会公开活动时，个人履历都有造假的成分，在个人经历中也有许多“水分”，如果不注意，很可能因为说话过多露出马脚。为避免失误，特务执行任务时很少说话。国宴厨师基本是玉华台的厨师，包春阳平时和他们说的大多是玉华台的事情，其他的事很少提及。

越不被注意越好，这是包春阳当特务的生存原则。平日里他对谁都一团和气，给大家的印象很好。如果能当上总厨师长，对执行任务是非常有利的，这次事关重大，一直不抛头露面的包春阳决定出来竞争。

几个厨师谁都想表现自己的厨艺，竞选总厨师长。姚琪山说出自己的建议：“既然是民主竞选，就让各位师傅把自己的厨艺绝技使出来，当厨师还是要看上灶本事。”高耀君赞成：“姚大厨说得对，我提议以打擂的形式选总厨师长，免得互不服气。”高耀君说出了很多厨师的心里话。很多饭庄酒楼都采用打擂方式推选首席大厨，这成了一种行业规则。

经过商议，决定了竞选办法：先比刀工，确定头三名，然后再比烧菜厨艺，胜利者为总厨师长。

徐志扬在黑板上写了“大虾”两个字，画了一个圈，大家没明白是什么意思。徐志扬手指黑板上画的圈：“给各位解释一下，原来我们想做干焖大虾，周副主席的意见是，能不能来点创新，做不一样的大虾。这就是为什么在菜谱上只写大虾，没指定是什么菜系的大虾。不一定是淮扬菜的做法，各位师傅可以想想怎么做更好吃，与以往不同。”

刚才还有厨师提出来，国宴菜谱的大虾应该明确怎么做，徐志扬说出这番话后，厨师们恍然大悟，原来是这个意思。

“今天比赛进入第二轮的师傅要做的菜就是大虾，看谁的创新能力强，做得好。”徐志扬又敲了敲黑板，“各位都是厨艺高手，大虾做出来味道好不好，尝尝就有数。现在去厨房。”

厨师纷纷起身，都想在今天的厨艺比试中把自己的绝活亮出来。孙宝强很想借机会展示一下自己的厨艺，上次擅自做“开水白菜”被批评后，他就很想找个机会证明一下自己。

厨房里，几个厨工已安放好了砧板和进行比赛用的食材。

“按照咱们约定的，第一项就比试刀工！”徐志扬招呼第一批竞选的厨师做好准备。厨师们轮流上场。不愧是名厨，刀工技艺叫人看得眼花缭乱。厨房的几个厨工都看傻眼了，头一次见这么多的厨师在一起比刀工，这哪儿是切菜啊，比大姑娘绣花还细致，入选国宴筹备组的厨师真是个顶个的棒。

几位国宴顾问是裁判，他们经验丰富，眼力也非常了得。当厨师和当中医大夫一样，越老越值钱。

比赛到最后，剩下三个人：朱殿荣、孙宝强和包春阳。

孙宝强走到砧板跟前，一个厨工问：“孙师傅，您要哪样菜啊？”孙宝强指了指土豆。厨工把一只大土豆递给他，孙宝强没接，指指最小的土豆。当厨师的都知道，土豆切丝越大越好，越小越不好切，在手里拿不住。孙宝强要厨工拿来的土豆，只有鸡蛋大小，这无疑是给自己增加切丝难度。

拿起小土豆，孙宝强看都没看，拿起一把菜刀“唰唰”削土豆皮。眨眼工夫土豆皮从土豆上剥落下来，竟是一整条！

厨师们一片赞叹：“太厉害了！”

接着，孙宝强把小土豆放到砧板上切了四刀，土豆成了一个四方块，不到乒乓球大小。不知道他想做什么，大家眼睛盯着他手里的菜刀。“嚓嚓嚓”，只听均匀的切土豆声，没看清他是怎么下刀的。

小土豆切完了。孙宝强用手一抹，小土豆平摊在砧板上。厨师们才看清楚，他不是切丝，切的是一个个只有高粱米大小的土豆块。每个土豆块几乎都一般大小！

“哗——”

掌声一片，是对孙宝强刀工的赞赏和肯定。

“好功夫！”姚琪山禁不住赞叹，这样的刀工是很少见到的。

刀工精细是厨师的基本功，也是做菜的重要环节。刀工为什么重要呢？因为根据菜肴烹调需要，将原料切配成形，使之大小一致、长短相等、粗细一样、厚薄均匀，外行人以为这仅仅是为了使菜肴便于调味，整齐美观，其实最重要的是避免成菜生熟不齐、老嫩不一。比方说，水煮牛肉和干煸牛肉丝，它们的特点分别是细嫩和酥香化渣。如果厨师切肉丝、切肉片的时候，长短、粗细、厚薄不一致，烹制时就会火候难辨、生熟难分。因为一样的火候，肉片薄的已经炒熟了，肉片厚的还没熟；加大火候，厚肉片炒熟了，薄肉片却太“烂”了。刀工不过关，厨师的上灶功夫再高超，也做不出质高味美的好菜。

轮到包春阳出场，他拿起一块猪肉先在手上掂一掂，然后放在砧板上切成小肉丁，看不出有什么特殊的地方。接下来发生的事让大家目瞪口呆：他把这些小肉丁放到自己的右手上，左手抄起菜刀开始在手掌上剁肉馅！

他不是左撇子，左手持刀剁右手上的肉，没几个人敢这么做。

太出乎意料了！

厨师们大气不敢出，生怕影响到他。

菜刀在包春阳手上不停地挥动，几乎听不到什么声音。手上的肉丁被剁成肉泥，包春阳用刀刮去手上剁好的肉馅，向大家伸出手掌，完好无损！

厨师们又鼓掌又叫好，他们知道，这手技艺没多年的勤学苦练是练不出来的。玉华台来的厨师也是头一次见包春阳的刀工，惊讶不已。徐志扬禁不住问：“包师傅，你这绝活得练多少年啊？”包春阳一边在水盆里洗手一边说：“这叫硬功软切，练了六年。”他的话引起厨师们一片惊叹，有人当场表示，要和包春阳学这手绝技。

只剩朱殿荣一个人了。

厨工端来一盆清水，里面有块豆腐。朱殿荣拿一条毛巾蒙住自己的双眼，请姚琪山检查有没有蒙好。姚琪山走到朱殿荣面前仔细检查，点头认可。朱殿荣从盆里捞出豆腐，把豆腐放在砧板上，抄起一把大号菜刀在水盆里沾了沾水，这是今天第一次有人用大号菜刀。朱殿荣开始切豆腐，刀刃紧贴豆腐起落，速度之快都看不清是怎么下刀的。他横着把豆腐切成片，然后顺着把豆腐切成丝，几乎听不到菜刀切到砧板上的声音，说明对刀刃起落掌握得恰到好处。难就难在他是蒙着眼睛的，稍有不慎就会切到手。

砧板上的豆腐切完了，还是一块完整的豆腐，没散。

朱殿荣解开扎在眼睛上的毛巾，把豆腐放进水盆里，用手轻搅，水盆里的豆腐丝像头发那么细，展开像菊花。

没有人说话，大家心里无不惊叹朱殿荣的刀工了得。

一个厨工拿来一根针，朱殿荣把一根豆腐丝拿起来，对准针眼穿过去！

引起厨师们一片惊叹。

见到这个情景，高耀君走过来握住朱殿荣的手："朱一刀，真是名不虚传啊！各位，你们说，今天头三名是谁？"大家没说话，把朱殿荣、包春阳和孙宝强推到前面来。他们三个当之无愧。

前面比刀工是自由命题，由厨师自己个人发挥。接着做大虾这个菜是命题作文。原料是大虾，怎么制作看厨师各自的本事。为公平起见，制作大虾在三个灶台同时开始。

包春阳做的是水晶虾仁。

孙宝强做的是红烧大虾。

只有朱殿荣做的大虾别出心裁。先把菠菜剁成细末，然后放到纱布里挤压，让菠菜汁透过纱布过滤到下面的盆里。然后把大虾放进盆里，将大虾染成绿色，这个菜取名叫"翡翠虾仁"。

三种不同的大虾制作好了，厨师们开始依次品尝。厨师觉得哪个菜的色、香、味、形俱佳，就把自己的筷子放在哪道菜的盘子面前。

翡翠虾仁的盘子前面放的筷子最多。朱殿荣当选为总厨师长。

国宴特供处办公室里有四张办公桌，把本来就不大的屋子挤得满满当当。为保证国宴食品安全，特供处担负重任，每个环节都不敢掉以轻心。徐志扬坐在椅子上，耐心等待国宴特供处处长审阅自己提交的材料。特供处处长阅读得非常仔细，有的地方还不止看一遍。

看完国宴科的材料，特供处处长看着坐在对面的徐志扬，问：“国宴用的材料清单就是这些了？”“是，目前就是这些了。”徐志扬回答。特供处处长指着清单上列出的汾酒，有点疑问：“听说国宴酒不是要用茅台吗，怎么改成汾酒了？”“开始是想用茅台，”徐志扬解释，“多数人都是这个意见。当年红军长征四渡赤水，用乡亲们慰问送的茅台酒给伤员疗伤，茅台酒起了大作用，很多参加长征的人对茅台酒有特殊感情。”特供处处长有点不解：“既然如此，为什么改成汾酒了？”“根据周副主席意见调整的。”徐志扬把为什么调整细说了一遍，赢得特供处处长赞成：“还是周副主席想得周到啊！”他拿出一支红铅笔，在“汾酒”两个字上画了一个圈。在国宴所用材料中，汾酒的运输距离最长，要提前做准备。

邮递员骑自行车来到和利牙科诊所门前，手里拿着一封信，高声喊：“曹大夫在不？”没人回答。邮递员抬高声音又喊：“曹飞翔在不在？有你的挂号信！”

听到邮递员的喊声，曹飞翔穿着白大褂急匆匆从屋里出来：“我在啊！”“挂号信，签个字。”邮递员把挂号信递给曹飞翔，让他在回执上签字。曹飞翔拿过挂号信，先看看封口是不是完好，一切正常，随后接过邮递员递来的圆珠笔在挂号信回执上签名。邮递员收好签字的回执，骑上自行车走了。

没有回屋，曹飞翔站在门口把挂号信打开，从里面取出一张寄存收据，寄存地点是北平西直门火车站。他知道，需要的东西到了。

来到西直门火车站寄存处，曹飞翔拿出物品寄存单递给服务员。几分钟后，服务员拿了一只小木箱出来：“请检查一下。没问题的话，请在这里签字。”服务员递来一张寄存单存根，曹飞翔签完字，拿起小木箱走出了寄存处。

回到牙科诊所，曹飞翔打开小木箱，看到里面有一只铁盒，四周塞满木头碎末防止铁盒滑动。打开铁盒，里面放了两只黑色小瓶，上面贴着骷髅头标志。一瓶毒药是液体，一瓶毒药是粉末。曹飞翔把瓶盖拧开，隔着瓶口20厘米的距离，用手往自己鼻子边扇了扇，没有闻到任何味道。他拿不准这是什么毒药，方建义告诉他这是美国最新发明的，威力肯定不小。到底有多大威力实验后才知道。美国人提供两种剧毒毒药，真下功夫了。曹飞翔从药品柜子里拿出一个微型吸引器，把引流管伸进装毒药的瓶子里，稍稍捏了捏后面的橡胶小圆球，毒药液被吸进引流管一点。一滴毒药液有多大效力，曹飞翔很想看到效果。

走进厨房，曹飞翔找了一小块猪肉，把毒药液滴到猪肉上，猪肉的颜色没有任何变化。无色无味还不引起化学反应，这种毒药绝对是高水平。“美国人真下功夫，他们对共产党也是恨之入骨啊！”曹飞翔拿着猪肉往后院走，心里这么想。

后院墙根下趴着一条大黑狗，看到曹飞翔，大黑狗站起来摇摇尾巴。曹飞翔把手里的猪肉扔到地上，大黑狗跑过来“汪汪”叫了两声，叼起猪肉跑到墙根，一口把猪肉吞进嘴里。猪肉刚咽进肚子，大黑狗“扑通”倒下，没有挣扎四条腿就伸直了。毒药的威力令曹飞翔吃惊，如果这瓶毒药放进一锅汤里，使上百人中毒毙命简直就是轻而易举，真是太可怕了……

包春阳请假说治疗牙齿，离开了北京饭店，他打算先回家看看。推开院门走进院子，包慧妮正在晾衣竿上晾衣服，旁边放了一个洗衣盆。包春阳一愣，张嘴问：“下午不是上课吗，这么早就回来了？”包慧妮用手把衣服扯平，骂了一句：“狗特务！”

这句话让包春阳吓了一跳，心脏狂跳，以为女儿是骂自己，怔怔地看着包慧妮：“你，你骂谁啊？”包慧妮看看神色不自然的包春阳，非常气愤：“狗特务搞破坏，放火烧了电车厂。我们本来是要到电车厂和工人师傅联合排练节目的，电车厂害怕出问题，也为了学生安全，让我们回来了。”

“啊，这么回事啊！”包春阳放心了，抬手擦擦头上的汗，他是真害怕女儿知道自己的身份。用保密局对所属人员的考核标准来看，包慧妮是百分之百被“赤化”了，她和自己就是两条路上的人。包春阳尴尬地笑了笑："回来好，一定要注意安全。"包慧妮有些兴奋："爸，您知道吗，天安门广场上的垃圾全都清理完了，现在可干净了。"清理天安门广场垃圾的事包春阳根本不看好，那么多垃圾往哪里运啊，城里找不到合适的地方，运到城外得多少运力呀！他断定，短时间内根本解决不了天安门广场的垃圾问题。

没想到，清理垃圾共产党也能打"人民战争"：北平市政府号召出城的市民都到天安门广场捎带一点垃圾出城，结果本来不出城的老百姓也都自愿来了，男女老少齐上阵，赶车的、挑担的、拎筐背篓的，都主动去天安门广场带些垃圾往城外捎。原本计划要一个星期才能清理完的垃圾，提前一天清理完了。这条新闻登上了《人民日报》头版，很多外国新闻通讯社纷纷转载，赞扬共产党了不起。包春阳心里感叹，老百姓这样齐心协力响应共产党的号召，这个国家能不好吗？

包慧妮从洗衣盆里捞出一件洗好的衣服，招呼包春阳："爸，您扯住一头，帮我把衣服拧干。"包春阳伸手握住衣服，和包慧妮拧湿衣服的水。包慧妮一边拧湿衣服一边说："爸，您说狗特务为什么这么坏呢？他们就是不想让老百姓过好日子是吧？""这个啊，"包春阳顿时语塞，不知怎么回答才好，吭哧半天才说，"嗯……这不是一句两句话能说清楚的，以后你就知道了。"看到他支支吾吾的样子，包慧妮觉得有点奇怪，不知道因为什么。她把手里的湿衣服抖开，晾到晒衣竿上。包春阳小心翼翼地问："慧妮，要是你认识的人里面有特务怎么办？"

弯腰从洗衣盆里捞出湿漉漉的衣服，包慧妮晃晃脑袋："我怎么会认识狗特务呢？"包春阳不自然地说："打个比方嘛，打比方。"包慧妮狠狠地说："我认识的人里绝对不会有狗特务！"包春阳还是想听到女儿的心里话："比方说，我是狗特务，你怎么办？"包慧妮上下打量包春阳，脑袋摇晃得像只拨浪鼓："爸，您不能往自己头上扣屎盆子啊，您怎么可能是特务呢？""比方说，我是特务。"包春阳很较真，惹得包慧妮愤愤地说："您要是狗特务，我第一个把您抓起来！狗特务都是败类，与人民为敌绝不会有好下场！不管是谁，只要是狗特务，我六亲不认！"

看到女儿坚定的表情，包春阳打心里不寒而栗。他从包慧妮的态度里感觉到，一旦女儿知道自己的身份，肯定会和自己决裂！唉，能说女儿做得不对吗？看看共产党为老百姓做的这些好事，谁不拥护呢？女儿的选择无可指责，错的是自己。即使知道自己错了，也没有回头路可走，身不由己啊！包春阳觉得后脊梁冒冷汗，不敢抬头直视女儿的目光……

18

第十八章

和利诊所坐落在三岔路口的东边，从西、南、北三个方向都能看到诊所的动静。当初选这里做诊所，就是为了方便从不同角度进行观察，方便出现问题及时撤退。每次到诊所来，包春阳先到西面路边的一个小茶馆里喝茶，从窗户里观察诊所四周有没有异常，确定安全才会去诊所。今天他照例来到小茶馆，刚落座，店伙计走过来："先生，喝什么茶啊？""来壶龙井吧。"包春阳的眼睛没有离开和利诊所四周，诊所看上去没有异常，感觉是安全的。

茶馆伙计拎一只大铜水壶走来，把龙井茶叶放进桌子上的茶壶里，又将手里的大铜水壶高高地拎起来，壶嘴对准桌子上的茶壶口，手往下一倾，大铜水壶里滚烫的热水像长了眼睛似的冲进茶壶里。不少茶客进茶馆一是喝茶，二是看伙计冲热水，看着像耍杂技一般，过瘾。

过了半个小时，喝了半壶茶水后，包春阳把茶水钱放到桌子上，招呼茶馆伙计收钱，起身走出茶馆，朝和利诊所走去。

一个患者看完病，拿着药走出门，与包春阳擦肩而过。曹飞翔看到包春阳进来，点头打招呼，让他坐到诊椅上，曹飞翔准备给包春阳补牙齿。"准备好了吗？"曹飞翔问。包春阳说："菜谱研究好几次才通过。""不就是一个菜谱吗，"曹飞翔撇撇嘴，"有这么难吗？""头几次的菜谱说不符合勤俭节约的原则，都没通过，最后减到八个菜才算行了。"曹飞翔不以为然："共党就是能算计，开国第一宴还节约什么啊，没劲！"包春阳没说话，心里想：这就是共产党和国民党的不同啊，难怪人家能夺取江山。和这样的政权作对，我们真能赢吗？牙钻在口腔里发出的声音让包春阳觉得心惊肉跳，他不习惯听这种声音，心脏不好的人确实受不了。

"共产党把好钢用在刀刃上，还是有值得学习的地方。"包春阳把口里的水吐到痰盂里。他这么说，让曹飞翔很不高兴，包春阳把"共党"说成"共产党"，称呼的变化说明他的思想发生了变化。还有他说话的口气，好像有赞成共产党的意思。曹飞翔觉得自己有提醒包春阳的必要："要小心被共党赤化啊！是不是筹备国宴吃了共党的饭，脑袋也往共党那里转啊？”“不，不，不，”包春阳连声说，“我就是随便说说而已。”包春阳养成了谨小慎微的习惯，察觉到曹飞翔的不快，急忙为自己辩解。曹飞翔做出关心的样子：“这些话在我这里说说就算了，千万不要在方副站长面前说啊！”包春阳不说话了，心想，还是要少说话。

“张大嘴，牙齿的洞还要扩张一下！”曹飞翔拿起牙钻，机器发出刺耳的响声。包春阳的心不由得紧张起来。曹飞翔先用牙钻扩张了包春阳的坏牙牙洞，然后把填充物小心翼翼地放进牙洞里。一颗是里面的实牙，放上填充物补好，另外镶的一颗牙是活的，可以摘下来。曹飞翔说，这回处理完了之后，牙疼的问题就解决了，不会再疼了。包春阳感觉他说话的时候，语调有点怪，不知道为什么。

“我那天看到你女儿了，慧妮真是越来越漂亮了。”曹飞翔在脸盆架上的脸盆里洗手，一边回头说。“你在哪里看见慧妮的？”说到女儿，包春阳显得兴致勃勃。“在天安门广场上看到你女儿的，和同学们在一起清理天安门广场的垃圾。”曹飞翔拿起一条毛巾擦手上的水。包春阳禁不住说：“要说共产党是真能耐，天安门广场的垃圾像小山一样，共产党几天时间全民动员就清理完了。唉，看到这些，我就知道国民党回不来了。”包春阳有感而发，忍不住说出了心里话。

曹飞翔从心里讨厌有人说共产党好话，尤其是自己人夸奖共产党更让他受不了：“哎，你不是真叫共党洗脑了吧？咱俩手上可都沾着共党的血呢，别犯迷糊啊！”曹飞翔觉得必须再次提醒包春阳，让他知道屁股应该坐在哪一边。包春阳这种想法很危险，对执行特别任务非常不利。听出曹飞翔的意思，包春阳也很识趣，马上给自己打圆场：“哪能叫共产党洗脑呢！我现在只有一条路，跟党国走，为党国卖命！”“这就对了嘛。不只是给党国卖命，也是为了自己的前途嘛！”曹飞翔从口袋里取出一只小瓶子，摇晃着给包春阳看。

“这是什么啊？”

“毒药，只要一点，就能要几十人的命！”

“这么厉害啊？”

“新型毒药，美国人真下功夫啊！”

“开国宴会的检查一定很严格的，我怎么把它带进去？”

“你是不是害怕了？”

“没有啊！”

“毒药是油质的，抹在头发上带进去，共党做梦都想不到的。”

“这个主意绝了！”

“你有把握吧？”

“国宴厨师最后才确定人选，不敢肯定能不能入选。”

“一定要想办法！”

“我说的不算啊！要没入选，任务完不成不是我的责任……”

“别说丧气话，一定要完成任务！只有完成任务才能回台湾。”

“我也是这么想的，为了我女儿……”

包春阳不止一次说到自己女儿，曹飞翔有一种不好的预感。包春阳对自己女儿的关心胜过一切，这对身负使命的特务来说不是好现象。在军统过往历史中，有人曾经因为亲情羁绊没有完成军统交给的任务，教训十分惨痛。希望这次包春阳不要重蹈覆辙。

“给我找个东西装。”包春阳拿着小瓶子说。曹飞翔递给包春阳一只铁烟盒，包春阳接过铁烟盒，小心翼翼地把装毒药的小瓶子放进铁烟盒里。曹飞翔得意地说：“你把毒药抹在头上，有谁会想到啊？进到厨房，薅几根头发放到菜里就大功告成了！”包春阳心头一颤，小心翼翼地把铁烟盒放进口袋里，自己的命运就和这个铁烟盒紧紧地连在一起了。

一辆送菜的篷布货车开进了北京饭店后院，送菜员打开车门，从副驾驶座位跳下来，手里拿着一张清单回执。朱殿荣手里拿着一个本子走过来，他身后跟着两个厨工。

“送菜来了，朱大厨验收一下吧！”送菜员笑着，把手里的清单回执递给朱殿荣。接过清单回执，朱殿荣让两个厨工把蔬菜卸下来。篷布车厢里站着两名持枪战士，是按规定配备的，每次送菜都有警卫护送，以防出现问题。

两个厨工把货车上的菜筐卸下来放到地上，朱殿荣认真检查每筐蔬菜质量。他拿起一条黄瓜看了看，有点蔫了，他又把手伸进菜筐里，从底下掏出一根黄瓜，见黄瓜头上的花已经脱落。“这筐黄瓜不能收，带回去吧。”朱殿荣一边说一边在本子上做了记录。送菜员把菜筐搬回货车：“朱大厨，您在回执上给做个说明。”朱殿荣在回执单上写明退货理由，签下了自己的名字。送菜员打开车门爬进驾驶室，招呼司机开车。“下次早点来，有情况好早点做反应！”朱殿荣大声和送菜员说。篷布货车开走了。

路公剑走来和朱殿荣打招呼：“朱大厨，忙啊！”朱殿荣的目光从手里的本子上移开：“刚收一批蔬菜。路科长，有事啊？”“有事请你帮忙。”路公剑说。朱殿荣问：“什么事啊？”路公剑说：“是人员政审的事。包春阳的履历表显示，他在玉华台工作期间的证明人是你。”“啊，”朱殿荣点头，“我们都在玉华台当厨师。”路公剑从口袋里拿出一个笔记本打开：“你们一起工作是从哪年到哪年啊？”朱殿荣想了一下：“从1945年到现在。”路公剑合上笔记本：“那就对了，他这段历史就清楚了。”朱殿荣看周围没人，小声说：“路科长，有个情况想和你反映一下。”

“什么情况啊？”

“去年秋天，北平地下党组织准备策反傅作义手下杨军长起义，在玉华台出事了……”

“我听说过。”

“杨军长是扬州人，他喜欢淮扬菜。和地下党代表约定在玉华台见面，出了意外……”

“当时是怎么回事呢？”

朱殿荣把当时的情况向路公剑详详细细说了一遍。

为保证杨军长安全，北平地下党组织向朱殿荣布置任务，让他配合保卫工作。地下党派人假扮顾客在饭庄布防，朱殿荣盯在厨房。他平时很少带枪，那天为防意外特意带了一把手枪掖在腰里。饭菜原料都秘密检查过，没问题，约见时间也特意安排在晚上，一旦发生意外情况趁夜色好脱身。

傍晚，朱殿荣进入厨房，与他一起上灶的有包春阳和其他几个厨师。他和包春阳为八号雅间——就是地下党代表约见杨军长的那个房间——准备饭菜。朱殿荣和包春阳并排在灶台忙活，谁干什么看得一清二楚，做菜时没什么异常。杨军长点了一个淮扬菜软兜长鱼，包春阳做好软兜长鱼叫伙计端上去。就是这个菜出了问题，杨军长刚吃几口就中毒了，没等送到医院就没气了……

保卫措施做得这么缜密，按理是不该出差错啊！“朱大厨，你判断是哪个环节出问题了呢？”路公剑问。朱殿荣叹口气：“我在暗中查了，一直没查出头绪。我怀疑是从厨房到雅间这段路上出的问题，因为包春阳在厨房做软兜长鱼的时候，我一直在旁边，不会出错。软兜长鱼装盘，伙计送去雅间，只有这段时间是空白没人监督，也是我们粗心大意的地方。投毒就是在这段时间发生的……”朱殿荣为此受到地下党组织处分，自己也非常内疚，因此一直想把这件事情查清楚。

调查到的线索是，出事那天，定好给杨军长雅间服务的伙计不知道什么原因没来，田掌柜让新招来的伙计顶班。杨军长被毒死后，这个新伙计消失得无影无踪，地下党组织认定投毒是他干的。这个伙计是在杨军长去玉华台前几天来应聘的，怎么会这么巧？朱殿荣怀疑敌人有内应。新招的三个伙计中，有两个是玉华台账房先生介绍的，找了玉华台好几个人给担保，其中有包春阳。账房先生在杨军长被害后第二天辞职不来了，显然早有预谋。包春阳却照常上班，他的解释是，三个新伙计到玉华台饭庄上班，账房先生找了好几个厨子当保人，他不好意思拒绝才答应的。有人给包春阳作证，他的说法合情合理。

定好给杨军长雅间服务的伙计那天为什么突然不来了呢？调查结果是，他上班路上被一辆黄包车给撞了，所以来不了了。一切太巧合了，朱殿荣觉得其中有蹊跷……

这次包春阳到国宴厨师组工作，朱殿荣仔细观察他的行为，看会不会有什么蛛丝马迹，但包春阳表现得很正常。朱殿荣虽然对包春阳有怀疑，可没确凿证据不能随便冤枉人。路公剑也很谨慎：“你反映的情况很重要，如果包春阳真有问题，这次当国宴厨师一定会有动作，这个机会千载难逢，我们要提高警惕。”朱殿荣也这么想，如果包春阳是特务，如此难得的机会必定会想方设法搞破坏。汲取杨军长被害的教训，朱殿荣密切注意包春阳的一举一动。包春阳若是特务，这次肯定会露出狐狸尾巴。

路公剑分析：能得到地下党代表和杨军长约见的情报，直接参加投毒行动的一定是保密局骨干特务，这次不但要防止他们破坏，还要看准时机将他们一网打尽。

门外停了一辆马车，车把式扯着嗓子喊：“店里有人吗，送菜来了！”老六开门走出来，从马车上卸下两筐菜。搬起一筐菜走进饭庄大门，柜台上电话响了。老六放下菜筐，拿起电话听筒：“喂。”对方问：“海客饭庄吗？”“是，请问有事情吗？”对方说：“请于掌柜说话。”“稍等。”老六仰着脸朝楼上喊，“于掌柜，你的电话！”听到于连奇在楼上回应：“来了，来了！”

一阵“噔噔”下楼梯的脚步声，于连奇从楼上下来。

老六把手里话筒递给于连奇。

“喂。”于连奇对着话筒说。对方问：“于掌柜吗？”“是啊，请问您是哪位啊？”于连奇问对方。话筒里传出对方的声音：“我是从海安老家来的，你三舅和你三姨给你带点土特产，明天送去，你在店里等着。”对方北方口音，却说是从江苏海安来的，一听就有猫腻。老六搬起菜筐往后院厨房走，心想，这个电话有点反常啊。以往有重要的事情，保密局都会通过电台联络，最近电台几乎处于休眠状态，于连奇的对外联络却频繁了许多，种种迹象表明，保密局在策划高级别的行动，想干什么呢？

放下电话，于连奇知道破坏国宴行动正紧锣密鼓地进行着。电话里说的“土特产”指的是高爆炸药，上次方建义已经告诉他了，还要他配合送炸药的特务完成制作。其他特务在国宴现场怎么引爆炸药，于连奇也不知道。

第二天下午，一辆轿车停在海客饭庄门前，胡运发拎一只小皮箱下了车。车后座上下来的是木器厂的谭木匠，拎着一个麻袋包，里面装着四条桌子腿，肩头背着木匠工具袋。谭木匠警惕性很高，腰里别着手枪，子弹已经上膛。

在海客饭庄二楼最里头的雅间，于连奇沏上了大红袍，还特意准备了一盘苹果。他和胡运发属于一个行动大队，胡运发还归他领导。论资历的话，胡运发比他早两年进军统，于连奇对他另眼相待，说话都很客气。谭木匠站在雅间门口，竖起耳朵听门外的动静。胡运发有点口渴，端茶杯"咕咚咕咚"喝了几口茶水，抹一下嘴巴，放下茶杯。他把带来的小皮箱打开，拿出一个小纸盒放到茶儿上："于掌柜，你收好了。货交给你，我任务完成了一半。"于连奇没明白他说的是什么意思："任务完成一半怎么说呢？"

尽管胡运发资格比自己老，可也是自己的下属。于连奇想，方建义为什么把高爆炸药先交给胡运发，然后再转给自己，这不是多此一举吗？

听于连奇这样发问，胡运发没解释。他弯腰从地上的麻袋包里拿起一条桌子腿，举起来给于连奇看："另一半任务就是把炸药放进桌腿里。""啊，"于连奇想到方建义上次来海客饭庄和自己特意交代过，要配合好，问道："有时间要求吗？"胡运发伸出三根手指头："三天。"于连奇打开小纸盒，纸盒里面是小油漆桶，装着炸药和引爆装置。

指了指门口的谭木匠，于连奇问："他是干什么的？"胡运发说："他是谭木匠，你们互相配合把炸药放进桌腿里。这个活儿你干不了，必须让真正的木匠做。"于连奇"吃吃"笑了："他就是方副站长说的特别行动小组的第五人吧？"胡运发没承认也没否认，有些事情不宜透露。他唯一的盼望是回台湾，在北平天天提心吊胆的，熬不起啊！

老六拎着暖水瓶准备去楼上送热水，刚上楼梯，看到于连奇和胡运发下楼，他赶紧贴楼梯一侧让开路。看着两个人的背影，老六心里有点奇怪，刚才进来两个人，留下一个干什么呢？他们鬼鬼祟祟的样子，肯定有事情。

走到雅间门口，老六敲敲门，谭木匠应声：“进！”老六推开门走进去：“送热水。”一边说一边走到茶几旁，打开茶壶盖儿往里倒热水。他瞥了一眼放在地上的麻袋包，里面放着桌子腿。联想到前几天收到的密电，桌子腿就是所谓的“货”吗？用来干什么呢？老六若无其事地把茶壶盖好：“请喝水！”说完，拎着暖水瓶往外走。老六感到谭木匠身上带股杀气，只有经过特殊训练的人才有这种气质，他是干什么的呢？从雅间出来，老六下楼，听到于连奇在楼下嘱咐一个伙计：“把后院西屋收拾出来，有人住。”

19

第十九章

10月1日越来越近，国民党潜伏特务的破坏行动也越来越猖狂。北平棉纺厂因为保卫工作疏忽被特务纵火。北平市军管会和北平市公安局召开现场会，部署反特反破坏工作。原北平市市长、军管会主任叶剑英调任中共中央工作，他的职务由聂荣臻担任，此外，聂荣臻还有另一个重要职务——开国大典筹委会副主任。

新中国成立的日子快到了，人民群众欢欣鼓舞，敌人却丧心病狂地进行破坏活动。聂荣臻出席现场会，亲自做讲话动员。聂荣臻强调，面对敌人的疯狂破坏，各单位、各级保卫部门万万不可放松警惕。越是临近新中国成立，越要提防敌人的疯狂破坏。要认真汲取经验教训，确保开国大典前的环境安全，为新中国成立做贡献。

会议结束后，聂荣臻请余心清就新中国开国大典相关工作做汇报。聂荣臻详细询问了开国大典、开国宴会等工作的每个步骤，需要北平市政府配合做哪些工作。聂荣臻特别关心在天安门广场举行的阅兵活动，询问部队怎么集合，阅兵怎么行进；群众游行怎么保证平安有序，怎么保证不出问题；阅兵和游行时，怎么安排新闻记者拍照；开国大典结束后，代表们怎么去参加开国宴会……余心清一一回答，说出具体方案。他思路清晰、工作细致，聂荣臻感到很满意。临结束，余心清说："开国大典举行前，要在天安门城楼上悬挂毛主席画像，请聂市长抽时间审查一下。"

在天安门城楼上悬挂毛主席画像，聂荣臻没出任北平市军管会主任、北平市市长时就知道，但具体细节不很清楚，他让余心清把具体过程讲一下。

在天安门城楼上挂毛主席画像是中共中央决定的，开国大典筹备处把绘制毛主席画像的任务交给中央美术学院。经过研究，学院领导把任务交给实用美术系青年讲师周令钊，他是有名的"快手"——构思快、动手快，绘画技艺好，多次出色完成紧急任务。

下达绘画任务时距离开国大典只有二十几天的时间。接到任务后，周令钊第二天便带助手和学生一共二十几个人在天安门城楼大殿外东墙下搭起脚手架露天工作。周令钊对助手说："绘制画像，要把握两点，一个是形，一个是神，二者要兼顾。毛主席有他的特殊表情，比如嘴角、眼神，在这些地方我们要细致地体会，才能画出形神兼备的毛主席画像。”周令钊也是第一次画高6米、宽4.6米这么大的画，不管有多难，他一定会全力以赴完成。

中共中央决定，这幅画像根据毛主席在延安时拍摄的一幅戴八角帽的照片来画，并在毛主席衣服下沿写上“为人民服务”五个字。画像绘制在什么样的材料上呢？绘制小组讨论时，有人提出用画布，周令钊没同意，据他了解，在北平找不到这么大的画布。另外，他还有一个否定的理由：画像绘制在画布上，挂到天安门城楼上遇到刮大风怎么办？画像被风吹肯定会晃动，在开国大典出现这种情况是很不严肃的。经过讨论，用画布的想法没有被采纳。

大家集思广益，不断提出新的绘制材料，最后统一意见：把毛主席画像绘制在薄铁板上。先在薄铁板上打白色油底子，然后进行绘画。画像绘制完毕后装木框悬挂在天安门城楼上。薄铁板加上木框的重量增强了画像的稳定性，这样画像在大风中也不会有明显晃动。

时间很紧张，每天天刚蒙蒙亮，他们就把铁板靠在大殿上，一画就是一天，直到天黑看不见为止。还要爬上爬下，观察画得像不像。为了节省时间，他们都带着馒头和咸菜在现场吃饭。吃饭时馒头都是凉的，想喝点热水都不容易……

这天傍晚，周令钊、助手和学生拿着凉馒头就着咸菜正在吃饭，不知谁说了一句：“聂市长和余局长来了！”大家赶紧放下手里的馒头和咸菜，站起身来鼓掌欢迎。聂荣臻笑容满面，和大家打招呼：“哎呀，来得不是时候，耽误大家吃饭了。”“没关系，欢迎聂市长，欢迎余局长！”周令钊很兴奋，忘记了疲劳。

看到放在椅子上的馒头和咸菜，聂荣臻拿起馒头咬了一口，这个动作让现场的人都没想到，周令钊愣住了。“这么凉的馒头，吃了容易生病啊！”聂荣臻转头对身边的余心清说，“能不能帮助解决一下他们的吃饭问题？总吃凉的不行啊！”“能，能解决！”余心清马上说，心里责备自己怎么没有发现呢。聂荣臻说："画家们的工作很辛苦，一定要保证他们吃上热乎饭。国宴筹备组在北京饭店，离这里不远，请厨师辛苦一下。"周令钊眼睛禁不住湿润了……

周令钊陪聂荣臻和余心清走到完成大半的毛主席画像前，画像上的毛主席头戴八角帽、身穿粗呢制服，脸上洋溢着慈祥的笑容，画像很好地展现了毛主席的气质和特有的风度。

站在毛主席画像前，聂荣臻仔细观看了半天，发现画像上毛主席的领口是敞开的，他说："毛主席像画得很像，神情也好，毛主席衣服的风纪扣还是扣上好。领子上的风纪扣扣起来与开国大典这一庄重时刻更相宜，你们说是不是？"聂荣臻征求周围人的意见，大家觉得他说得有道理。周令钊表示，立即动手修改。

回来后，余心清马上给徐志扬打电话，安排给毛主席画像绘制小组的人送餐。"一定要保证绘制小组的同志们吃上热乎饭，喝上热水，要做专门安排。这件事对我触动很大，之前我也去过绘画现场，就没发现吃饭的问题。关于开国大典的工作要像过筛子一样进行过滤，发现问题及时进行整改。"余心清嘱咐徐志扬不要粗心大意，每个细节都要做好落实。

一天晚上，在北京饭店小会议室召开国宴筹备组干部会议。通知七点半开会，不到七点钟大家就到了。每个人表面平静，心里都很紧张。毕竟是新中国成立的第一次国宴，关系到新中国的声誉。大家生怕出什么纰漏，小心翼翼，如履薄冰。

徐志扬主持会议，余心清听取各部门汇报。

吕泽海汇报餐桌准备情况：他去过两次木器厂，预计能按时交货。余心清嘱咐不能只听木器厂说，要派人盯上。路公剑汇报保卫工作情况：国宴食材提前三天进干货，检验后放指定仓库，保卫人员24小时值守；鲜菜提前一天进货，有专门保卫人员配合，保证万无一失。

宴会科工作是重中之重。开国第一宴既是重大的政治任务，也是一门宴会艺术，就像一部交响乐，从菜谱确定、原料采购、质量鉴定、食材准备、烹调制作，直到上菜到餐桌，哪个环节都不能出问题。开国大典10月1日下午3时开始，宴会在晚上7时开始，代表有600多人。准备工作小到一个酒杯、一双筷子，大到一张餐桌、一块台布都马虎不得。徐志扬汇报国宴准备工作：特供处统一进食材原料，都是定点供货，严格按标准执行；北京饭店厨房以前是按西餐设计，现在做中餐，炉灶不够，要对炉灶进行改造。余心清指示，炉灶要马上改，能提前做的工作要提前做好。又问到上菜的问题，顺序是怎么考虑的。徐志扬答，国宴厨师提前做好凉菜，代表们入座后上凉菜。热菜材料提前做好准备，代表们进入宴会厅，厨师就开始上灶做热菜，时间衔接没问题。

怎么才能保证国宴开始后，及时把热菜做出来，及时端上餐桌，不能有的餐桌已经上热菜了，有的餐桌还等着，上热菜的时间必须同步。这个问题之前国宴厨师认真研究了，当时以为有二十个厨师一起上灶，不会有什么问题。最后确定只有九位厨师上灶，同时上热菜会有困难。

散会之后，国宴科召集厨师开会，研究同步上热菜问题。

大家发言都很积极，各说各的建议，大部分人趋向于炒大锅菜，这样可以保证在同一时间出锅同一种热菜。姚琪山对炒大锅菜表示异议，大锅炒菜炒不出小锅的味道。淮扬菜对炒菜火候要求比较高，使用大锅很难掌握火候，想炒出地道的淮扬菜难度太大了。可是如果不用大锅炒菜，又解决不了600人同时上热菜的问题。一番讨论后，多数厨师还是倾向用大锅炒菜。

大锅菜在民间又叫熬菜，是中国北方地区色香味俱全的常见菜品之一，在东北很流行。炒大锅菜首先要有大锅灶，北京饭店厨房里的都是小灶，只适合用小锅和马勺，用大锅不行，需要进行改造。

第二天，国宴科工作人员找来五个泥瓦匠，把小锅灶改成大锅灶。

改造灶台的水泥、沙子、砖头等材料头天晚上都准备好了，泥瓦匠来了马上进行改造。先把小灶台拆掉，平整场地，盘砌炉灶，安装大锅。忙活到下午，改造了九个灶台。

民间炒大锅菜，锅里倒上油，灶下烧柴火，火旺起来，油烧热后，放入花椒，再舀酱放入油中，用大铁铲翻炒，在“滋啦啦”的响声中，浓郁的酱香飘满厨房。酱炒出香味后，放葱、姜、蒜、肉片下锅翻炒，然后添水，放豆腐、素丸子，大火直至把水烧开。再把白菜、冬瓜、土豆和事先炒熟的五花肉块放进大锅里，水烧开后改小火慢炖。最后把粉条放进去炖到软熟停火，稍等片刻出锅食用。大锅菜热腾腾香喷喷，端上桌子，让人馋涎欲滴。每人盛上一大碗，就着新蒸的大馒头，一口菜一口馒头，那滋味儿，美呀！

淮扬菜从来没这样做过大锅菜，能不能达到小锅炒菜效果，谁心里也没底。炒大锅菜最难的是炒含水量高的绿叶类蔬菜，如菠菜、空心菜、韭菜、鲜菜心等。火候掌握不好，不是半生不熟就是炒过头，菜叶全蔫，原来蔬菜的味道没了不说，还黏黏糊糊的。用大锅炒菜对于习惯用马勺炒菜的厨师来说，是道难题。

用哪道菜做试验呢？朱殿荣提出用菜心鲜蘑。

菜心和鲜蘑不属于同类，不了解大锅菜的人以为炒菜心鲜蘑比较简单，其实不容易。炒绿叶类蔬菜不能盖上锅盖，不然炒出来的菜叶是褐黄色，看着就没胃口。淮扬菜用大锅炒，真的很难。

大家的目光不约而同地集中到总厨师长朱殿荣身上。此时此刻，这项艰巨的任务只能由他来承担。

厨工端来两个大盆，一个大盆里放油菜菜心，一个大盆里放鲜蘑菇。小锅炒菜心，用油菜心一斤，菜心头部劈十字刀口，加香油、精盐、味精、白糖、料酒、水淀粉、鸡汤等作料。炒菜时在小锅里放油，烧至七成热时放入菜心，至菜心软熟，捞出控净油。把原锅重新放火上，加入鸡汤和作料，再放进菜心翻炒片刻，将菜心取出锅。大锅炒油菜菜心，从一斤增加到几十斤，难度可想而知。

朱殿荣拿起装花生油的瓶子把油倒进灶台上的一只白瓷盆里，厨师炒菜时一般不用油瓶，一是耽误时间，二是看不准用量。油放在盆里，厨师用勺子舀多少一目了然。炒菜使用作料也是这样，灶台上十几个大大小小不同的盆放不同作料，也是为了炒菜方便。

大饭店都有专门的烧火工，烧火看起来是个简单活儿，想干好不容易。

好厨师要与烧火工配合才行，不然有时会功亏一篑。为什么看中厨师颠马勺的功夫，外行人看热闹，以为是厨师在玩“花活”，其实这是掌握火候的一种技能。

菜心先码放在盘子里，菜心头朝外，菜叶朝里，摆出形状后再放鲜蘑。做到色、香、味、形齐全，一个厨师没有几年的工夫练不出来。其他厨师虽然没有上灶，心情同样紧张。朱殿荣站在大锅前全神贯注，手里的大锅铲是为炒大锅菜特制的。他紧盯着大锅里的菜，心里合计出锅的最佳时间。

高耀君和姚琪山站在大锅旁边，眼睛盯着大锅里炒菜颜色的变化，通过颜色判断出锅时间。

大锅铲碰着大铁锅发出“咣咣咣”的响声，朱殿荣抓住时机投放作料。

“起锅吧！”姚琪山站在旁边提醒。

几乎同时，朱殿荣喊：“起锅——”

厨工忙拿来一个大盆，朱殿荣把大锅里炒好的菜心迅速盛到大盆里。接着，厨工把大盆里的炒菜快速分进多只盘子里。

出现了第一个问题——菜心叶子发蔫。这不是主要的，关键是炒菜味道到底怎么样。厨师们拿起筷子品尝菜心鲜蘑的味道，他们的嘴巴对味道是非常敏感的，炒菜过不过关只要吃一口就能得出结论。

看到厨师们拿起筷子品尝刚出锅的菜心鲜蘑，朱殿荣心里很紧张，不知这道题自己有没有完成好。

孙宝强把菜放进嘴里，细细品味，直来直去说：“味道差不少！”包春阳放下筷子，表示了一样的看法：“淮扬菜还是不能用大锅。”朱殿荣没说话，拿筷子夹了一口菜放进嘴里细品，他需找出炒菜的问题在哪里，该怎么改进。

徐志扬请姚琪山和高耀君做评断，两人品尝后吐掉，漱口，再品第二口。通过他们的表情，朱殿荣知道大锅炒菜失败了。

放下手里的筷子，姚琪山说：“大锅能炒出这样的味道已经很不错了，但确实要改进。”“代表们不是美食家，味道差一点也吃不出来。”

一个厨师说。朱殿荣摇摇头："必须改进，这样肯定不行啊！"高耀君又吃了一口菜，放下筷子慢声细语地说："姚大厨，开国宴会的菜必须高要求。如果说这个菜是普通宴会用，味道说得过去。上国宴不行！这个菜的颜色差太多，咱们得帮朱大厨想办法。"朱殿荣同意大家的意见，必须将材料、制作、火候、作料等因素一项一项比对，找出原因并进行改进。

厨师们围着装炒菜的大盆议论，积极想办法、出主意，大家的心愿是一样的——要进一步提高大锅炒菜的质量。这不是普通的大锅菜，每个厨师都有责任和义务把它做得更好，这是给新中国国宴炒的菜啊！

大锅炒淮扬菜遇到难题，徐志扬和厨师们研究到很晚。他让大家不要太急躁，凭大家的厨艺，一定能解决这个问题。

很晚，回到办公室，没等坐下，办公桌上的电话响起来。徐志扬急忙把电话听筒拿起来："喂。""是徐志扬同志吗？"电话里传来梁少博的声音。徐志扬忙说："是我啊，您是梁教授？""是我啊，给你打了好几次电话，你都不在啊！""啊，开会研究些事情，没在办公室，您有事情吗？""有件事和你说啊。"梁少博说话不紧不慢，带着老师腔。徐志扬问："什么事啊，您说。""我和西恩想到华新竹木厂去看看他们做的筷子，竹木厂的金老板收藏了很多筷子，你有没有兴趣一起去看看？"徐志扬利用业余时间看了西恩写的论文《中国筷子史话》，感觉真不错。一个外国人对中国筷子研究得这么透彻有点出乎他的预料，同时他也为中国餐饮文化感到自豪。

开国宴会用的筷子正准备定制，徐志扬想趁这个机会去华新竹木厂进行考察。

华新竹木厂规模不大，以生产锅盖、笼屉、筷子之类的厨房用具和餐具为主。梁少博告诉徐志扬，因为厂长金老板收藏了不少筷子，说不定会给西恩的论文提供有力的实证，让他的研究基础更扎实。

年近半百的金老板很健谈，十分高兴地陪徐志扬、梁少博和西恩走进生产车间。空气里弥漫着一股竹木的气味，工人们正在生产厨房用具和餐具，不时传来削刮竹木材料的"呲呲"声。金老板弯腰拿起一片木板，递给徐志扬：“这是加工筷子的坯料，要求无虫眼、无开裂、无斜纹、不弯曲。制作木筷短的二十一厘米，长的二十九厘米、三十三厘米……”“二十九，三十三。”徐志扬用手比量了一下：“是不是太长了啊？”“二十九是饭店用的，三十三是专门捞面用的，北平市很多饭店都用三十三的长筷子捞面。”金老板一边解释，一边引导他们到生产线看工人生产筷子。

选坯、冲坯、漂白、烘干、磨尖、磨光、切平、过光、刷漆、包装……生产井然有序，有条不紊。包装好的筷子被工人整齐地码放在竹条编制的方形笼子里，贴上了华新竹木厂的商标。

“你看看我们的生产过程就放心了，我们的筷子质量在北平市绝对是数一数二的，大酒楼、饭庄都使用我们的筷子！”金老板禁不住夸耀，显得很自豪。徐志扬想起在仿膳楼吃饭时用的雕花筷子，问：“仿膳楼筷子也是你们做的吗？”“那当然了，仿膳楼他们是老主顾了。”徐志扬想到开国宴会的筷子，又问：“仿膳楼的筷子是雕花的，做起来复杂吗？”金老板拿起三根雕花筷子分别递给徐志扬、梁少博和西恩，自己也拿起一根雕花筷子：“做这种筷子是在烘干工序之后进行坯料雕花，多一道工序。”“价格怎么样呢？”徐志扬很关心雕花筷子的价钱，开国宴会得省钱才行。

金老板直言不讳地告诉大家，雕花筷子不仅是多一道工序的问题，还要看雕花图案是不是复杂，图案越复杂价格越贵。徐志扬插一句：“如果给开国宴会生产雕花筷子，能不能便宜点？”“哎，开国宴会是国家大事，还在乎这点钱了？一定是讲究雕花好不好、质量好不好，肯定不在乎价钱。”徐志扬忙说：“金老板，您这就说错了，质量要好，价钱也得便宜才行。”金老板有点不信：“不可能吧？国宴那是多大的事啊，能舍不得花钱吗？”西恩也觉得不可思议：“开国宴会在乎这点钱，共产党也太抠门了。”

外国人不理解，徐志扬知道那是因为他们还不了解共产党，如果他们接触过毛主席、周恩来、朱德这样的领袖，一定会有深深的体会，就能了解中国人民为什么拥护中国共产党，拥护人民解放军。梁少博对此感触很深，他和徐志扬持一样的观点，对西恩说："希望你这次能多走走，多看看，多在北平市的老百姓中走访走访。你不仅可以通过研究筷子研究中国，更能通过实地考察真切感受了解现在的中国，了解中国共产党为什么会在短短二十几年内就取得全国胜利，带领人民建设新中国，为什么会受到人民的欢迎。"

西恩确实感到奇怪，在北平市这几天他感受到了人们蓬勃向上的精神风貌，尽管还很贫穷，但他们对未来满怀希望，充满了热烈的美好的憧憬。他不理解，建立新国家是开天辟地改朝换代的重大政治事件，开国宴会的筷子还用斤斤计较吗？共产党真有点"抠门"。"你再考虑考虑，我们再联系。"徐志扬给金老板一张字条，上面写着自己办公室的电话号码。

从车间出来，金老板把徐志扬一行人引到自己办公室旁边的一间屋子。推开房门，里面放了很多架子，上面摆满了金老板收藏的筷子。徐志扬第一次见这么多的筷子，梁少博研究传统餐饮文化，一些奇形怪状的筷子也是头一次见到。

西恩更感觉新鲜，拿起筷子问个不停，真是大开眼界。他知道世界上每五个人中就有一人用筷子进餐。大约七世纪以来筷子在亚洲地区的广泛使用促成了一种独特饮食习惯的产生。依照取食方式特点，亚洲存在一个以中国为中心的"筷子文化圈"。但看到这么多实物筷子，西恩确实有些意外，这次到中国对筷子刨根问底，来对了。

一只精致的木盒里的一双铜筷子引起了西恩的注意：铜筷子是圆的，不是常见的一头圆一头方。梁少博说，一头圆一头方的筷子是宋朝时才出现的，圆形筷子不能雕刻图案，方形筷子不好使用，因为餐桌文化的变化，筷子的形状发生了改变。中国古代有用筷子占卜的传统，拿筷子的方式、举起筷子、掉落筷子、折断筷子都有一定的预兆和含义。不同质地的筷子寓意也不一样：象牙筷子是奢华的代表；金筷子在历史上由皇帝使用或用来奖赏大臣；银筷子常用来试毒；玉筷子精致易碎，常用来作为事业成功和生活富贵的象征；竹木筷子则是朴素生活的代表。筷子是生活中最常见的物品，人们以筷子的长度作为其他物品的标尺，用筷子笔直的形状比喻人品。

金老板因为生产筷子才喜欢收藏筷子，没想到筷子里有这么大的学问。他心想，商人要想有文化品位，还得和梁少博、西恩这样的知识分子交往。今天幸亏接待了他们，才有意想不到的收获。

临走，金老板悄悄问："徐同志，给国宴做筷子，大概什么样的价格能接受？""不能超过普通筷子一成。"徐志扬伸出一根手指。金老板灰心了，这个价格做雕花筷子不挣钱，这笔生意做不做没多大意思。

徐志扬几个人前脚刚走，玉华台饭庄田掌柜后脚来了。

金老板知道田掌柜无事不登三宝殿，肯定有生意做，赶紧沏上刚买的龙井茶，热情招待。田掌柜从公文包里拿出一张图纸，上面画着筷子图案："我是来定制雕花筷子的，务必在开国大典前给我做出来。""让我看看啊。"金老板拿起图纸看上面画的雕花图案：一个图案是"玉华台"行书，和饭庄匾牌上的字是一样的；一个图案是楷书"国庆——1949"；另外一个图案是祥云卷，要求对称雕刻在筷子方头的两个立面。

"金老板，四百双雕花筷子九月二十六日能做出来吧？"田掌柜问。金老板的目光从图纸上移开："听说从玉华台一下调走九个厨师，不影响您的生意吗？耽误挣钱了，您怎么还对开国大典这么热心啊？"田掌柜刚想端茶杯喝茶，听到这句话把手里茶杯放下："别说抽调九个人啊，就是连锅端我也愿意啊！您也知道日本人和国民党在的时候，咱们过的是什么日子。共产党来了不一样啊！表面看，抽调九个厨师对玉华台影响很大，可客流不但没减少还增加了许多。"金老板有点不明白了，抽调走的都是名厨啊，他们不上灶怎么不影响玉华台的生意呢？田掌柜是不是言过其实，故意说给我听啊？

田掌柜一席话打消了金老板的疑虑："玉华台的生意为什么反倒好了呢，您不明白吧？很多客人听说玉华台的厨师去做开国宴席，纷纷前来品尝我们的饭菜，说一定是做得好才去做开国宴席啊，那么店里留下的厨师也不会差了。您看看，这么大的宣传力度，靠玉华台自己办得到吗？”金老板没想到这些，看来自己目光短浅了。田掌柜接着往下说：“撇开生意不说，就说这份荣誉吧，不是哪个饭庄都能得到的。以后说起新中国的开国宴会，我们玉华台厨师参与了，在新中国餐饮史上得写下一笔吧，多大的荣耀啊，多少钱都买不来啊！您说，是不是啊？”金老板受到田掌柜的感染，佩服他有远见。田掌柜兴奋的心情溢于言表：“我必须得做四百双筷子当作纪念，开国大典那天凡是来玉华台吃饭的，赠送雕花筷子，多有意义啊！可能四百双筷子都不够，您说，是不是？”

看着满脸笑容的田掌柜，金老板不由得竖起大拇指：“您是真有眼光，怪不得玉华台誉满京城。我得好好向您学习啊！”“别别别，”田掌柜急忙摆手，“咱们都得好好地向共产党学习才行。”“这话是怎么说的？”金老板没明白。田掌柜给他解释：“玉华台的孙宝强大名鼎鼎，在国宴筹备组就因为私自做个开水白菜受到严厉批评，您想不到不是？大厨给自己做个菜吃，放在饭店里不算事，对不对？人家那是真严格，不是耍嘴皮子，真的勤俭节约艰苦奋斗。餐饮联合会几个理事听说这件事，都竖起大拇指，佩服！咱们跟着共产党走，肯定没错！别光我一个人说啊，四百双雕花筷子到时候能不能做出来啊？”“能！一定能！”金老板拍拍胸脯，打包票。

把田掌柜送走，金老板给自己倒了杯茶水，一边喝一边看桌上的雕花筷子图案。刚才玉华台田掌柜的讲述让他内心很震撼，没想到徐志扬说的都是真的，共产党勤俭节约办国宴不是图形式、摆花架子，是来真格的。他不由得想到田掌柜刚才说的：“以后说起新中国的开国宴会，我们玉华台厨师参与了，在新中国餐饮史上得写下一笔吧，多大的荣耀啊，多少钱都买不来啊！”

荣誉是花多少钱都买不来的，自己还在计较给国宴制作筷子挣不挣钱，太小家子气了。得赶紧和徐志扬联系这笔生意，不能叫别人抢先。拿起电话，刚想拨号，金老板的手又缩回来：做什么样的筷子呢？我也得提出点建议不是？看着田掌柜拿来的图纸，他有了主意：设计两种图案分别雕刻在筷子方头的四个立面。一个图案是万里长城，是中国的象征，长城的形状像条龙，寓意新中国腾飞九霄；一个图案是楷书“国宴——1949”，表明筷子是开国宴会用的，是新中国的开国第一宴。

这个设计提供给徐志扬参考，也许人家有更好的图案呢。金老板拿起电话拨号，他想告诉徐志扬，用做普通筷子的价格制作国宴雕花筷子，这不仅仅是一笔生意更是一种荣耀……

20

第二十章

外面淅淅沥沥地下着小雨，从下午开始就没停过。阴雨天使人郁闷烦躁，吕泽海就是如此。他觉得下午的政治学习内容是对着自己来的，这叫他有些不安。

政治学习是典礼局召开的，主要内容是传达上级指示精神，加强作风建设。余心清在会上讲话，特别强调了毛主席说的话：“可能有这样一些共产党人，他们是不曾被拿枪的敌人征服过的，他们在这些敌人面前不愧英雄的称号；但是经不起人们用糖衣裹着的炮弹的攻击，他们在糖弹面前要打败仗。我们必须预防这种情况。”中国人民解放军接管北平城后，在少数领导干部之中出现腐化苗头，个别人很严重。有的与不法商人勾结；有的接受贿赂，贪图享乐；有的腐化堕落做了资本家的俘虏；有的经不住诱惑，生活糜烂……

接着，传达通报，三个领导干部受到通报处分：有贪污公款的，有生活腐化堕落的，有被特务拉下水的……这些活生生的案例让参加会议的人感到震惊，也在思想上给他们敲响了警钟：必须加强思想作风建设，才能保证在“糖衣炮弹”面前保持清醒的头脑不被击中。听到通报，吕泽海心里有些慌乱，通报好像就是针对自己的。

参加革命工作以来，他和妻子聚少离多，每次见面都是来去匆匆。他和妻子说，等革命胜利就好了，就能结束分居生活在一起了。革命胜利了，他进了北平城，工作安顿了，有条件把妻子从老家接到北平一起生活，组织上也同意，他却打了退堂鼓，因为唐娜的缘故。

那天早上，当他发现自己赤身裸体躺在唐娜床上的时候，惊恐和羞愧让他不知所措。他不知道自己怎么会躺在这里，可能是喝酒喝多出丑了。但是，即使喝醉了，也不至于把衣服脱个精光啊……

唐娜扑到他的怀里，说自己实在是太崇拜他了，他就是自己心目中的英雄。为了爱他，她可以牺牲自己的一切，都是自愿的。吕泽海很紧张，他知道这是组织纪律不允许的，何况自己还有老婆。唐娜紧紧地搂住他，和他亲嘴，那种倏地一下过电似的感觉征服了他，他失去了反抗能力。唐娜还说，爱的是他这个人，不在乎他结婚没有，也不想破坏他的家庭，自己愿意躲在幕后默默地为他付出一切。吕泽海被感动了，这样如花似玉的女人肯为自己做这样的牺牲，怎么好辜负人家啊！原本考虑接妻子来北平，等等再说吧……

开完政治学习会，吕泽海回到办公室，还是有点心惊肉跳。他非常害怕自己和唐娜的事情暴露，成为作风败坏的典型。看看挂在墙上的月份牌，想到和唐娜前天就约定好了，今晚去她家。去还是不去呢，吕泽海有点犹豫。政治学习传达的通报对他有触动，自己今晚若去了无疑是顶风作案，万一被发现，后果不堪设想。他心里不免有点胆怯。可一想到唐娜温柔的嘴唇，白皙的身体，还有软绵绵甜蜜蜜的情话，吕泽海心里痒痒的。只要多加小心，不会被人发现的……

听到外面有人敲门，唐娜知道吕泽海来了。她看看手表，比约定的时间晚了半个小时。打开门，吕泽海拎着雨伞走了进来。唐娜接过雨伞放到门边，转身扑进吕泽海怀里，一边撒娇一边嗔怪："怎么才来啊，人家都等急了。""啊，下午开会到很晚。"吕泽海找个理由为自己开脱。"开什么会啊？"唐娜问。吕泽海脱掉外衣："政治学习。""共产党就是会多，"坐到吕泽海大腿上，唐娜问，"都学什么啊？"吕泽海不自然地笑："整顿工作作风和生活作风。"唐娜"扑哧"笑出来："那你还来找我啊，这就是生活作风有问题。""我都鬼迷心窍了。"吕泽海毫不掩饰自己的想法。唐娜又问："没研究国宴的事啊？""没有。都研究完了。"

说到这里，吕泽海想到什么："北京饭店为国宴服务的工作人员里，你怎么没在名单上啊？""唉，"唐娜不耐烦了，"别提了，政审没过。"吕泽海直愣愣地看着她："怎么会没过啊？""就是我和你说的，在苏北男朋友家养伤那段时间找不到证明人。"唐娜有点委屈。吕泽海宽慰道："政审确实很严，不少人没过关。没过就没过吧，我代表你也算给开国第一宴做贡献了。"唐娜搂住吕泽海的脖子，嘴巴凑近他的耳朵："今天晚上叫你好好销魂。"吕泽海咧开嘴巴笑，伸手去摸唐娜的乳房。

"先来点小情调。"唐娜打开墙角柜，拿出一瓶葡萄酒和两只酒杯。

她把葡萄酒倒进两只杯子，把酒杯递给吕泽海："喝点酒，床上也要有情调嘛，别那么老土。"吕泽海接过酒杯，和唐娜手里的酒杯碰一下，发出清脆的响声。他觉得自己正在变成绅士，变成唐娜眼里的"文化人"。喝了口葡萄酒，吕泽海说："尽管进了北平城，我们还是土得掉渣，改不了土包子习气。""这话是怎么说的，你可不是土八路了，已经变成文化人了！"唐娜恭维吕泽海，叫他有点飘飘然。"就说喝酒吧，葡萄酒多高雅多时尚啊，国宴就应该喝这样的酒才对啊，他们偏不。"吕泽海有些不服气。唐娜很感兴趣："国宴不喝葡萄酒啊？用茅台酒吗？""不是茅台酒！"吕泽海肯定地说，"是山西汾酒。"

放到嘴边的酒杯被唐娜挪开："怎么不用茅台酒呢？""贵州还在打仗，地面不太平，害怕运输出问题。"吕泽海解释，"山西离北平近，汾酒产量大，名声也不差。"为显示自己有文化，吕泽海还背诵了一首古诗，是才学的："清明时节雨纷纷，路上行人欲断魂。借问酒家何处有？牧童遥指杏花村。"唐娜放下酒杯鼓掌，狠狠地亲吕泽海的脸："进步真是太大了，别在国宴筹备组干了，去文化部门谋个一官半职，会比文化人干得还好！"得到唐娜的夸奖，吕泽海乐不可支。

两个人在床上翻云覆雨后，吕泽海像摊泥似的昏昏入睡，发出香甜的鼾声。唐娜坐起来，点上一支香烟狠吸一口，吸进去的烟又从鼻孔里冒出来。她从睡在身边的这个男人口里得到的情报太重要了……

海客饭庄的后院有三间西厢房，谭木匠住在里面那间。他平时不出屋子，吃饭时海客饭庄伙计叫他，吃完饭又回屋。谭木匠出来吃饭时会锁门，神神秘秘的。老六知道谭木匠在鼓捣四条桌子腿，于连奇进屋子会半天不出来，不知和谭木匠在干什么，肯定是做一件非常机密的事。于连奇和谭木匠做的事情一定与爆炸有关。站在院里能听到屋里传来"乒乒乓乓"的声音，好像是屋子里的人在干木工活。谭木匠专门跑到海客饭庄干木工活，他们做的事情肯定不一般。

他们到底在干什么呢？

老六好几次想找借口进到西屋去看看，都没有成功。这天近中午的时候，于连奇走进西屋。过了一会儿，一个伙计拎着暖水瓶，拿着一盒茶叶往后院走，老六忙问："干什么去啊？"伙计回答："于掌柜让给西屋送盒茶叶。""你把客人送去三号雅间，我去送吧。"老六让伙计招呼刚刚进来的三位客人，自己从伙计手里接过暖水瓶和茶叶盒往后院走去。

轻手轻脚来到西屋门前，老六没敲门，停下脚步竖起耳朵，隐隐听到屋子里于连奇和谭木匠在说话，"给开国宴会准备……"下面说的什么听不清。"茶叶怎么还没送来？"是于连奇在说话。老六赶忙举手敲门，于连奇打开门，看到老六，一怔："是你啊。""伙计送客人去雅间，我把茶叶送来。"说着，老六迈步想进屋，被于连奇伸手拦住了："你忙去吧！"他把老六手里的暖水瓶和茶叶盒接过去，示意老六离开。

跟随于连奇好几年了，凭两个人的关系，一般的事情于连奇是不会对老六隐瞒的。现在于连奇如此神秘，说明做的事情一定是高度保密的。想想刚才听到的"给开国宴会准备……"，老六断定他们所做之事一定与开国宴会相关，应该是对国宴的破坏行动……

一辆马车停在瓦缸市路边，那里有一个菜摊。老六从车上跳下来，走到菜摊跟前。"先生，买菜啊？"摊主热情地打招呼，眼睛往四下看看。老六弯腰挑选蔬菜，用很隐蔽的动作把折叠的纸片塞到一捆菠菜里，低声和摊主说："我需要一个打火机形的微型窃听器，镀金最好，快点给我！""这些菜是新来的，价钱还便宜，你多买点吧！"摊主热情地说。"我到别处再看看！"老六跳上马车走了。

摊主拿起那捆菠菜，把老六刚才放进去的纸片握在手里……

北平市公安局反特处黄处长带领经验丰富的侦查员仔细研究"啄木鸟"传来的情报：潜伏特务正在执行与开国大典有关的破坏计划……

经过紧张工作，于连奇终于把高爆炸药分别装到了四条掏空的桌子腿里。起爆装置处于休眠状态，爆炸时需要用启动器激活。他头一回接触这样的炸药起爆装置，美国情报局为破坏新中国成立真下了血本。

第三天上午，老六准备出去采购，进饭庄一楼大厅，于连奇从后门进来打招呼："老六！""于掌柜，"老六走过去，"有事啊？"于连奇指了指后院："谭木匠要走，给他叫辆黄包车。""好啊，"老六似乎漫不经心地问，"去哪啊？""京西木……"于连奇顺着老六的问话随口答，感觉失言了便赶紧转移话题，"管这么多干什么，快去叫黄包车！"

后院西厢房屋子里，谭木匠最后审视着自己加工的四条桌子腿。高爆炸药已经装到桌子腿里，桌子腿从外表看没什么异常。装在桌子腿里的高爆炸药一旦引爆，方圆三十米都将遭到灭顶之灾。他仿佛看到了血肉横飞的场景，想想就够可怕的。谭木匠嘴角露出一丝冷酷的笑，他有一种莫名其妙的快感。土改后，自己家的土地被分给了农民，父亲被斗争清算，他咬牙切齿：一定要报复共产党！

"谭木匠，黄包车来了！"听到外面的于连奇叫自己，谭木匠答应一声，十分小心地把麻袋包拎起来。为了把烈性炸药安全地装到桌子腿里，着实费了不少劲儿，麻袋包里面的四条桌子腿不能出半点闪失。若任务顺利完成，谭木匠会得到保密局奖赏，他最迫切的愿望是回台湾。

跟随于连奇走到门口，谭木匠看到路边有辆黄包车，他与于连奇告别，拎着装桌子腿的麻袋包上了黄包车。

看到谭木匠坐上黄包车走远，于连奇不由得长出一口气。安装炸药的任务完成了，怎么把高爆炸药送进国宴宴会厅呢？自己接下来还要执行什么任务呢？会有多大风险呢？他心里没底。

转身想回饭庄，于连奇忽然看到一辆轿车从远处开过来。轿车到他跟前停下了，后车门打开，方建义从轿车里出来，拎着一只皮包。于连奇一愣，方建义怎么忽然来了？

没容他多想，方建义径直往饭庄走去，于连奇跑到前面给方建义开门。于连奇想，方建义突然过来一定有重要事情。他忽然想到装在桌子腿里的高爆炸药，心里一哆嗦，不会是安排我去引爆炸药吧？那不是死路一条吗？于连奇的脸色变得煞白，十分难看。

"我是临时决定来的，"方建义似乎看出于连奇的心思，"就是过来看看准备工作进行得怎么样了。”于连奇请方建义上楼，一边上楼一边报告：一切都很顺利，高爆炸药已装好了。

来到二楼的雅间，于连奇先沏茶水，然后问，安装好的高爆炸药没有定时装置，什么时间起爆？方建义从皮包里拿出一个定时引爆装置递给于连奇。火柴盒大小的引爆装置拿到手里，于连奇用手比画：“不一样啊，桌子腿里的比这个小。”他是爆炸专家，见过很多引爆装置和引爆器，这种是第一次见。他忍不住问：“这种起爆装置怎么在指定时间引爆呢？”方建义只是笑，没答话，好像故意卖关子。于连奇更急了：“方副站长，您得告诉我到底怎么引爆，难不成我要到现场吗？”“痴人说梦，你能到现场吗？”方建义怼了一句。于连奇心里有点不痛快，但面部表情一点反应也没有，这是经过特殊训练的结果。

“怎么引爆你不用管，到时候就知道了。”方建义一边喝茶一边说。于连奇还是不甘心：“到时候我是不是得出马啊？”看到于连奇急迫的样子，方建义放下茶杯：“这些你无须知道，听命令就是！”于连奇再不敢深问，心里祈祷，别让自己像包春阳那样到现场就好，引爆炸药不是好玩的。方建义说：“不用害怕，你的任务到此完成了。”“啊！”于连奇差点说“谢谢”，他知道越往后执行任务越危险，早点脱离这次特别行动是最大的幸运了。

可是方建义忽然来了，只是为了落实安装高爆炸药的事吗？于连奇满腹狐疑地看着方建义，欲言又止。方建义嘱咐于连奇：“把引爆装置收好。”难道还有什么任务？于连奇的心又一次悬起来。方建义安慰他：“这个只是放在你这里，现在用不着。有新任务的时候我会通知你的，放心吧。”于连奇松了口气，看到引爆装置上有密码键盘：“这个用密码引爆啊？”“是，输入密码之后才能用，等到执行任务时我告诉你密码。”方建义好像漫不经心。于连奇心里不舒服：我一直鞍前马后跟着你，还得不到你的信任，不够意思。

作为无线电技术人员，老六从军统局第三十四期特训班毕业。军统局特务培训班有三种形式：一种是短训班，一般半年结业，培训普通特务；

一种是长训班，培训的是骨干特务；还有一种特训班，主要培养有技术专长的特务。老六参加的特训班主要培训内容是无线电技术。他基础好，能下苦功夫，毕业考试所有科目全部优秀，受到军统局通报表扬。先后在军统局上海站、广州站、南京站等主要工作站工作。1946年戴笠乘飞机失事身亡后，军统局改名为保密局，局长毛人凤对保密局进行改组，老六被调到北平站秘密电台工作。当时保密局北平站还是公开的，秘密电台任务不是很多。

进入1948年，全国形势发生巨大变化。随着国民党军队在全国各地节节败退，北平形势骤然紧张，国民党军队上层惶惶不可终日。平日里很少露面的方建义亲自到海客饭庄检查秘密电台，保密局在北平工作的特务开始转至地下。保密局北平站征求老六个人意愿，想留北平还是撤离去台湾。这是保密局给骨干特务的特殊待遇，不像普通特务被直接命令就地潜伏。老六请示地下党组织，得到回复：继续留在北平执行卧底任务。

绝大多数特务都想撤回台湾，愿意留在大陆的太少了。老六在这个时候自愿留下，被认为是对党国忠心的表现。保密局北平站需要他这样的技术人才，即使他不主动申请留下，撤回台湾的可能性也很小，所谓的征求个人意见就是走走过场。北平和平解放，保密局北平站进入地下状态，秘密电台的重要性显露出来。保密局成立特别行动小组执行“项链”计划，老六从蛛丝马迹中察觉这次行动非同小可，想方设法了解内情提供给组织……

谭木匠住进海客饭庄叫老六有些意外：一个木匠跑到饭店做木器活，很是反常。老六想到于连奇无意间说走嘴的“京西木”，很可能是京西木器厂，又想到谭木匠带来的桌子腿——他们干的事情和桌子有关。

京西木器厂门口西面有家五金杂货铺，里面装有一部公用电话。外面有人打进电话找人，杂货铺伙计负责跑腿，每次收跑腿钱。

吃过午饭，五金杂货铺的伙计到木器厂喊王领班，有他的电话。

王领班匆匆忙忙来到五金杂货铺接电话。“喂。”王领班对话筒开口。对方说：“我是老周。”“是你啊！”王领班很高兴。老周是支部书记，和他一个地下党支部。北平地下党员可以公开身份后，王领班才知道木器厂有四个地下党员，按规定可成立党小组。老周曾和他商议过成立党小组的事情，准备让他当党小组组长。王领班接到老周电话，以为他要说成立党小组的事。成立党小组后，就可以公开自己的党员身份了。“你不要公开党员身份！”老周急匆匆地说。王领班愣住了：“为什么啊？不是可以公开了吗？”“现在不行，有个紧急任务……”

胡运发回到办公室，在门口看到拎麻袋包的谭木匠。“胡厂长。”谭木匠打招呼。胡运发推开办公室的门：“来吧。”谭木匠跟在他身后走进办公室，关好门。谭木匠把麻袋包放到办公桌上：“都弄好了。”随后打开麻袋包，抽出一条桌子腿给胡运发看。桌子腿做得非常精细，看不出动过手脚。胡运发把其他三条桌子腿拿出来一一过目，看不出有什么异常的。胡运发把四条桌子腿重新放到麻袋包里：“你去通知车间，今晚加班。”谭木匠转身走出办公室，胡运发摸摸桌子腿，发出一阵冷笑。

晚上，车间里的工人们加班制作餐桌。有木工抱怨，离交货还有三天，时间来得及，加班没必要。王领班和木工们说，别抱怨了，因为又来了新订单，胡老板才要求赶工的。

正说着，胡运发走进车间，满脸堆笑和大家打招呼：“真对不住各位师傅，辛苦了！”大家纳闷：太阳从西边出来啊，以前加班，老板从来没这样客气过。胡运发从口袋里摸出钞票塞到王领班手里：“干完活领大家吃顿夜宵。”有夜宵吃，木工们高兴了。

三张餐桌做好后，王领班叫木工把东西整理好，便带着木工们去吃夜宵。木工们走出木器厂院子，木器厂大门被看门老头关上了。

谭木匠拎着装桌子腿的麻袋包跟在胡运发后面，急匆匆走进车间。三张刚做好的餐桌放在角落里。谭木匠走到餐桌前，放下手里的麻袋包。“麻利点。”胡运发催促。谭木匠从麻袋包里拿出桌子腿：“放心吧。”他从餐桌上拆卸桌子腿，然后把自己带来的桌子腿换上。“我到门口看着点。”胡运发朝车间门口走去……

木器厂大门口，看门老头听到有人敲门，开口问：“谁啊？”“我，老王。”听到王领班说话，看门老头想，你不是刚走吗，怎么又回来了？他把大门打开一条缝：“有事啊？”王领班没说话，拿出一包香烟给看门老头：“我落下点东西，回来取，别说我回来过啊！”看门老头知道，木器厂的工人有时往外偷东西，只要别太过分，自己睁一只眼闭一只眼也就过去了。看门老头打开大门放王领班进来，随后悄悄关好院子大门。

王领班靠墙根往车间溜过去。如果胡运发真要在车间里做什么，一定会有人望风。他早想好了怎么行动：从墙根溜到后院，那里有一架梯子，是电工昨天整修电线时搭在那里的，把梯子架到车间后墙，悄无声息地爬上梯子，通过车间后面的小窗就能看到里面的情形……

谭木匠紧张地更换桌子腿，尽管格外谨慎还是不小心发出了动静。胡运发转回来，低声说：“小点声！”“就好了！”谭木匠擦了擦头上的汗，继续低头忙活。

王领班通过木工车间后墙的小窗，看到谭木匠在更换餐桌最后一条桌子腿。胡运发从口袋里摸出一个粉笔头，在餐桌桌板下面画了一个“×”。他和谭木匠把这张餐桌放到了原来位置。明天这三张餐桌会被送到油漆房刷漆……

六味书店对面有一个茶馆，下午两点钟，方建义走了进来。茶馆里喝茶的人不是很多，方建义找了个靠窗的位子坐下，这里能看到马路对面的书店。透过书店高大的窗户，能看到里面有几个顾客在书架前翻看图书。按约定，方建义两点一刻在书店与唐娜见面。但他临时改变了主意，决定不出面。现在是关键时期，必须谨慎小心，免得一步走错遗恨终生。

书店门前来了一辆黄包车，唐娜从黄包车上下来，走进书店。

看看手表，时间是两点十分，唐娜很守时。方建义起身走到柜台前，拿起电话话筒拨通了书店的号码。电话响了几声，书店伙计接起电话：“喂。”“我想找一位姓唐的小姐接电话，麻烦你招呼一声。”方建义眼睛盯着书店说。接电话的伙计说：“好的，请稍等。”接着，方建义听到书店伙计喊：“请唐小姐接电话，唐小姐的电话！”很快，话筒里传来唐娜的声音：“喂。”方建义放低声音：“是我，有什么事，你说吧。”唐娜向方建义报告了国宴酒的情报，方建义觉得很有价值……

用大锅炒菜试验了几次，总是不理想，厨师们有些心灰意冷。孙宝强说：“咱们别怕麻烦了，用小锅多炒几次还不行？”可经过测算，用小锅炒菜做不到在同一时间里为六百多人一起上菜，所以必须解决大锅炒菜的问题。

徐志扬和厨师们一起研究怎么办，他在部队做过大锅菜，有经验。他传授自己炒大锅菜的经验给厨师们参考：青笋、南瓜、土豆、四季豆、蒜薹等，根据原料特性进行不同的初步处理。土豆切丝冲净淀粉后，先入沸水锅中汆，再下锅炒；四季豆要在沸水锅中焯至断生后再下锅炒；南瓜切丝后先用少量的盐搓揉去水分后下锅。他还有一个炒菜心得——切下的菜段要整齐，长短一致，同时注意菜的粗细，比如切芹菜的时候，要把直径差不多的放在一起切。这样炒菜时火候就好把握，一定时间内，炒的菜因质量一致，受热程度一致，不会出现有的菜生、有的菜熟的现象……

大锅炒叶类菜确实不易。经过三番五次试验，厨师们不断总结，互相启发，总结了炒菜心鲜蘑的办法：炒菜时火力要旺，油温要高；原料下锅后要快速翻动，使之受热均匀且快速炒熟；原料炒至断生后再放盐，以免过早放盐致使原料吐水，从而将“炒菜”变成“煮菜”。要掌握三个窍门：大火、热锅、热油。大火迅速将锅底烧热，锅炽热时倒油，油温升至六七成热，倒入菜心快速翻炒，短时间内将菜心炒熟，增加香味……

朱殿荣再次走上大锅灶，开始用新方法炒大锅菜。每个步骤都事先设定好：锅灶用大火，大锅炽热开始放油，菜心下锅，快速翻炒，把握时机放作料……

菜心起锅后放在大盆里迅速分装到盘子里，防止炒好的菜心装入大盆被余热进一步“沤熟”，影响菜心口感和味道。鲜蘑的炒制也做了改进，翻炒时间缩短，炒制的鲜蘑口感好，外形几乎没受破坏。不断试验，不断总结改进，大锅炒的菜心鲜蘑与小锅炒制的渐渐没有了差别。菜心鲜蘑能用大锅炒，其他淮扬菜用大锅炒的难度就大大降低。大锅炒菜不断改进，厨师的经验也越来越多，大锅炒菜的口味越来越好。

这天下午，徐志扬接到典礼局通知：周恩来副主席晚上在北京饭店宴请民主人士，让他们按照开国第一宴的菜谱准备这次宴请，检验国宴准备工作还有什么需要改进的地方。这回是真枪真刀操练了，厨师们立刻着手准备。

徐志扬和朱殿荣商量后，决定用大锅制作红烧鸡块、菜心鲜蘑、蟹粉狮子头，其余几个菜还是用小锅做。准备上灶的厨师个个摩拳擦掌，要把自己的看家本事拿出来。没有做菜任务的厨师都没闲着，到现场来了解流程，感受气氛，体会国宴各个环节的有序衔接。

宴请晚上七点钟开始，六点钟上灶厨师进入厨房开始准备。朱殿荣、孙宝强和另外四个厨师上灶，其余厨师观战学习。厨房现场的保卫工作也同时进行，模拟十月一日晚上的情形。

六点半钟，开始进入第一道菜制作。徐志扬看着手表计算时间，他要把每一道菜的制作时间都做好记录，十月一日那天才能做到心中有数，不出纰漏。

第一道菜是红烧鸡块。这道菜朱殿荣做过无数次，但当他用大锅做红烧鸡块时，还是谨慎了许多。之前几次炒大锅菜，他将每道工序都牢记心中，所以这次制作过程有条不紊，进行顺利。国宴红烧鸡块需要把鸡肉分割，剔除骨头，这与平时红烧鸡块的用料有所差别，需要在制作中摸索最佳方法，是对上灶厨师一个不大不小的考验。

另外一个炉灶上，孙宝强正在制作蟹粉狮子头。蟹粉狮子头是地道的淮扬菜，最早的名字是“葵花斩肉”，它是怎么演变成蟹粉狮子头的呢？

传说有一年春天，隋炀帝经运河坐船到扬州，在大臣们的陪同下到扬州最出名的四个风景地——万松山、金钱墩、象牙林、葵花岗游玩。回到行宫，御前太监请示隋炀帝晚上想吃什么。隋炀帝说，白天看了扬州四景，叫御厨以此为题做四个菜。

如果做不出隋炀帝想吃的菜，肯定没好下场，于是御厨头儿把扬州知府的厨子商五请来，帮助做菜。商五与其他御厨总算做好了前三个菜，但被葵花岗这道菜难住了。商五绞尽脑汁想出一个办法：把肥肉和瘦肉合在一起做成大肉丸子放在锅里蒸，肥肉化了，瘦肉支棱起来像葵花，这道菜叫“葵花斩肉”，算是合了葵花岗这个地名。

晚上吃饭，隋炀帝对其他三个菜都不满意，唯独欣赏葵花斩肉，觉得这个菜比较符合自己的心意。从此，葵花斩肉在扬州流传开。因为葵花斩肉的外形像雄性狮子的脑袋，扬州人形象地称之为“狮子头”。“扬州四景菜”中的其他三个菜已经失传，只有“狮子头”流传了下来。扬州厨子对狮子头制作方法不断改进，研究出许多烹制方法，有清炖，有水汆，有清蒸，也有先油煎后红烧，做成红烧狮子头，也很有名。

蟹粉狮子头的主要原料是蟹肉和猪肉。做蟹粉狮子头，孙宝强有自己的独门绝技——采用清蒸烹制，这样可一次出锅，保证六十多桌同时上菜。为六百多位代表烹制蟹粉狮子头不是简单的事，下料、剁馅、调料、成形、烹制……每个环节都要掌握好，这对厨师是不小的考验。清蒸蟹粉狮子头做好后，要放到大碗里浇汤才算完成。制作蟹粉狮子头汤对厨艺要求很高，孙宝强从小学厨艺，师傅是烹制蟹粉狮子头的高手，这才让他学到了真本事。油亮鲜香的蟹粉狮子头装到青花瓷大碗里，孙宝强打开大锅的锅盖，用舀子把里面的汤舀出来，往大青花瓷碗里浇汤，顿时香味扑鼻。

“狮子头——”孙宝强高声喊，声音里充满兴奋与喜悦。

四个女服务员把装蟹粉狮子头的大青花瓷碗放在托盘里端走了。

包春阳推着一辆独轮小车走进厨房，小车上装着大块煤。姚琪山说：“包师傅，你怎么当起运煤工了？”包春阳笑了：“今晚北京饭店客人多，厨工人手少，我又不上灶，帮着干点活儿。”孙宝强说：“包师傅辛苦了。”“应该的，应该的！”包春阳一边说一边往炉灶里添煤。

“鸡汁干丝，出锅！”几个厨师把盘子一字排开，帮着把炒好的鸡汁干丝装到盘子里。姚琪山拿起筷子夹了一口鸡汁干丝放到嘴里品尝，味道不错，颜色也不错。几个服务员走来，依次端起盘子离开厨房。

包春阳在往锅灶里添煤，炉膛里炉火熊熊。旁边的厨师说："好像太旺了，是不是减减啊？""没事，"包春阳说，"火不旺炒不出好菜。"

最后一个炒大锅菜是菜心鲜蘑，朱殿荣很有信心，按照程序，烧油、放菜心、放作料……他拿着大锅铲在大锅里翻炒，心里计算时间。忽然，传来一阵煳味，孙宝强叫起来："快起锅！"朱殿荣急忙铲起菜心，但因为大锅里的菜太多，一时间不能全部出锅，煳味蹿了上来。

徐志扬看着烧煳的菜心，有点不相信："头几个菜做得好好的，这个菜不难做怎么会煳呢？"朱殿荣脑门冒汗，他也很奇怪，大锅炒过好几次了，没问题啊，按道理不应炒煳啊！

几个厨师围上来，纷纷议论。徐志扬没有让这个意外打乱节奏："各就各位，把剩下的菜做好。"上灶厨师稳住情绪，开始有条不紊地工作。徐志扬走到朱殿荣身边："朱师傅，还有一个甜点要你来做的……""安排别的师傅吧，我得静一静。"朱殿荣知道自己情绪不好了，他害怕会出差错。

旁边的包春阳幸灾乐祸，这是他最想看到的。本来以为会安排自己上灶的，不知为什么朱殿荣没有安排。包春阳很郁闷，只有上灶才有机会投毒。虽然只是一次演练，但没安排他上灶依旧令他非常沮丧，于是他想办法叫朱殿荣出丑。

一时找不出菜心炒煳的原因，只能等到宴请结束再分析是为什么。余心清走进厨房，问："还有一个菜怎么没上呢？"朱殿荣满脸通红，有些惭愧："余局长，对不起，菜心炒煳了！"余心清了解朱殿荣炒大锅菜是成功的，怎么会炒煳呢？他看看朱殿荣，又看看徐志扬："之前做得不是很好了吗？""我做检讨，关键时刻不该出这样的问题。"徐志扬把责任揽到自己身上。余心清说："我和周副主席说明一下，你们换个菜。"说完，余心清走出厨房。

朱殿荣非常懊恼，眼泪都要出来了："徐科长，我这个总厨师长不能当了，我给国宴厨师丢脸了，对不起！"朱殿荣给大家鞠躬，现场的气氛立时紧张起来。包春阳看到朱殿荣给大家道歉，很得意，趁机说："朱师傅就是有担当，这种负责的态度应该大力支持，我们应该尊重他的意见。”高耀君觉得朱殿荣关键时刻把菜烧煳了确实不应该，赞成包春阳的主张：“既然朱大厨自己提出来不当总厨师长了，是不是可以考虑……”徐志扬忙说：“现在不讨论这个。”稳定军心非常重要，这和打仗一样，不能自乱阵脚。

这时，余心清急匆匆进来，和大家说：“周副主席说，菜烧煳了不要紧，端上去他尝尝！”徐志扬愣住了：“怎么能给周副主席吃烧煳的菜啊！”朱殿荣更急了：“余局长，这不行啊！”余心清看看装菜的盘子，让一个女服务员端起盘子跟他走：“咱们听周副主席的。”服务员端着菜盘子跟在余心清身后走了。

朱殿荣懊恼地蹲在地上，厨师们纷纷安慰朱殿荣，当厨师谁都有这样的经历，没烧煳菜的厨师天底下没有。“总厨师长烧煳了菜说出去是笑话，我确实不能干了！”朱殿荣还是不能原谅自己。包春阳添油加醋，借机发泄自己的不满：“朱师傅这是对国宴负责，有担当精神嘛，我们就不要辜负他的一片诚意了！”姚琪山把朱殿荣拉起来，劝他没有找到原因前别太责怪自己。

按理说，经过多次上灶演练，凭朱殿荣的厨艺是不该出现问题的。这次失误出乎大家的意料，必须查出原因。

余心清又一次走进厨房，徐志扬以为他是来批评自己的。不等余心清开口，徐志扬先开口检讨：“余局长，这事我做检讨，说明我们的工作还有要改进的地方。”余心清向大家招招手：“我不是来批评大家的，我是想把刚才发生在餐厅的事情说给大家听一听。”

刚才，周恩来送走客人，返回餐厅，看到餐桌上放着烧煳的菜心，盘子里还有半个馒头，他拿起半个馒头准备就着菜吃。服务员赶紧过来要给他拿新馒头，周恩来说：“这半个馒头不能浪费了，我把它吃了。”余心清说：“菜炒煳了，换一盘别的。”周恩来笑起来：“烧煳了也要尝尝啊，如果能吃就不要浪费了！”周恩来把半个馒头就着烧煳的菜吃了，他让余心清告诉大家，烧煳一个菜没什么了不起，好好查找一下原因，汲取教训。错误和挫折教训了我们，让我们变得聪明起来了。相信厨师们会举一反三，不会再出现这样的差错。

说到这里，余心清提高了声音：“你们都是名厨，一定会找出原因解决这个问题的，我对大家充满信心！”厨师们同样很激动，表示一定要把工作做得更好。

厨师们散去，只有朱殿荣还呆呆地坐在板凳上。他弄不明白，一切都是按照设定好的步骤进行，菜心怎么会炒煳呢？

听到脚步声，朱殿荣抬头看到姚琪山拿着两块煤走到跟前。“别垂头丧气的，当厨师哪个没烧煳过菜啊？”姚琪山劝朱殿荣，“不是什么了不得的事情，不要太责备自己了。”朱殿荣叹气摇头：“姚大厨，这次烧煳菜不比平常啊！周副主席请客人吃饭，出了这种事不应该啊……”尽管没人责怪朱殿荣，可他不能原谅自己。姚琪山说：“烧菜的大锅薄厚不一样，会不会影响烧菜呢？”朱殿荣说：“这个不至于，我想应该是不会有什么影响的。菜心原料没问题，作料没问题，炒菜程序没问题，问题出在什么地方呢？”

“当当”，姚琪山敲击手里的两块煤：“这是两种不同的煤，表面看不出有什么区别，其实它们的热值不一样，燃烧温度也会不一样。如果有人故意使用不同的煤，你还按以前的经验烧菜，能不煳吗？”朱殿荣忽然想到，北京饭店前几天从门头沟新进了几吨煤，是特意为国宴准备的，难道有人故意做手脚吗？厨师都会注意炉灶里的火候，自己怎么偏偏疏忽了呢？姚琪山的提醒太及时了。

今晚虽然没见到周恩来，姚琪山依然很是激动。共产党的领袖确实以身作则，给大家做出了榜样。周恩来不让浪费半个馒头，不让浪费烧煳的菜。毛主席不让开国第一宴上他喜欢吃的红烧肉，却想着代表们喜欢吃什么。人民领袖心里时刻装着老百姓，全心全意为人民服务，那不是装出来的！这样的领袖带领人民建设新中国，新中国一定前程似锦啊！

拿起炒大锅菜的铲子，姚琪山拍拍朱殿荣肩膀：“烧煳菜不算什么，我今天要把当御厨学到的本事教给你，教你炒出味道更好的淮扬菜！”

在这之前，姚琪山从来没有把自己的厨艺绝技教给别人。他经历过清朝的腐败，知道什么是奢侈误国。

想到这里，姚琪山真是感慨万千，新旧社会两重天啊！开国第一宴做了最好的证明——勤俭节约从共产党自己开始，从共产党的领袖开始，还有什么比这更能得民心、顺民意的呢？“这是我见过的最伟大的党，为了共产党我干什么都行！”姚琪山准备去找徐志扬，谈一谈自己传授绝门厨艺的想法……

21

第二十一章

餐桌上摆着丰盛的菜肴，这是特意为方建义准备的，有他特别喜欢吃的松鼠鳜鱼，还有平常难见到的海螺。为了这顿饭于连奇没少下功夫，他从心里害怕方建义再给自己分配新任务，一心祈祷顺利完成任务后全身而退。于连奇嘱咐老六给方建义准备几盒美国骆驼香烟，投其所好。没想到，老六拿出一只镀金打火机，跟于连奇说，把这只高级打火机送给方建义，一定会让他高兴。于连奇连连夸奖老六会办事，自己会在方建义面前为老六多多美言。

桌上丰盛的菜肴没有引起方建义多大兴趣，他的注意力都放到了老六送的那只镀金打火机上。方建义拿起打火机点着一支香烟叼在嘴上："嘿，美国烟，你们从哪弄的？""都是老六的功劳，为了站长能抽口好烟，找黑市朋友帮的忙。"于连奇大献殷勤，拿起筷子给方建义夹菜。看到于连奇这么劳心费神地侍候自己，方建义很满意，用有点遗憾的口气说："这是在海客饭庄吃的最后一顿饭了，以后你就不用劳神费力了。"于连奇咂巴一下嘴："方副站长，您要走啊？"方建义抽口烟，咧开嘴巴："你也做好撤离准备，好日子快到了。"于连奇心花怒放喜笑颜开："就盼着这一天呢，我们一起回台湾啊？"方建义很高兴地说："特派员传达毛局长指示，说完成这次任务，我们劳苦功高，奖赏就是回台湾升官发财。"于连奇感激涕零，他做梦都想着回台湾。

拿起酒壶，于连奇给方建义的酒杯一边倒酒一边说："方副站长，这次能成功吧？"方建义有点不高兴了："你有疑问吗？特别行动小组是吃干饭的吗？我们双管齐下就是为了保证成功啊！"于连奇心里还是没底，害怕需要执行新任务，问："爆炸行动派谁去啊？"方建义瞪他一眼，有点不耐烦的样子："和你没关系的不要打听好不好？""对不起，我多嘴了。"于连奇赶紧道歉，又说，"老六跟我好几年了，他对党国忠心耿耿，这次回台湾能不能把他一起带走？"方建义把手里的烟头扔到烟灰缸里："这里需要他，他回台湾的可能性很小。潜伏北平不是他主动要求的吗，怎么又想回台湾了？"于连奇为老六说情："他回台湾发展肯定比在北平好。他是您这条线上的，回台湾也是壮大您的实力，一个好汉还要三个帮嘛！”

这几句话说到方建义心里去了，他何尝不想多带几个自己的心腹回台湾？干什么事情都要手下有人才行。“让我想想怎么办好啊，老六想回台湾得先经过特派员，她要是能在毛局长面前大力举荐就好办了。人家在毛局长面前是红人，不然这次行动也不会安排她督导。”方建义一边说一边把餐桌上的镀金打火机拿起来握在手里把玩。“老六送的这个打火机不错啊！”方建义随口说。于连奇连忙说：“是啊，从这样的小事上就能看出来，老六对您是忠心耿耿啊！”方建义把镀金打火机揣到口袋里想，像老六这样的下属不借这次机会跟自己回台湾真的太可惜了，还是要在三姨面前好好说说老六的事。方建义看看手表：“我不会再来了，你做好撤离准备吧。”方建义站起来，于连奇打开雅间门，送他下楼。

看方建义走出海客饭庄大门，老六从躲避的房间里出来，和身边的一个伙计说：“我出去办点事，有事你帮我招呼一下。”伙计点头答应，老六急匆匆地出去了。藏在打火机里的微型录音机已经开始录音了，必须跟踪方建义，想办法把打火机拿回来。

大西洋西餐厅的霓虹灯招牌在夜晚格外耀眼，不停地闪烁变幻着各种色彩。车夫拉着一辆黄包车过来，在门前停下。方建义从黄包车上下来，习惯性地向四周看了看，然后走进西餐厅大门。“请问先生，有预订吗？”站在门口的门童彬彬有礼地问。“没预订。”方建义边说边往里走。“请。”门童挥手做个请的手势。

走进西餐厅，方建义眼睛往角落里扫去，按照他和唐娜的约定，桌子位置应该在角落里。果然，在西北角的一张桌子旁，唐娜在喝咖啡。方建义扫了一眼周围，朝唐娜走去。

“方副站长。”唐娜压低声音说。方建义微微点头坐到对面座位上。“再要份西餐吧？”唐娜问。方建义摆手表示不用了，他不想多耽搁时间，直奔主题：“毛局长决定起用你执行特别行动。”唐娜一脸杀气，显得很凶恶，完全没有了平日里大家闺秀的模样：“杀谁？”唐娜多次执行暗杀任务，对自己的能力很有信心。

“不是暗杀。”方建义小心翼翼往四周看了看。唐娜有些不解：“不暗杀啊，那起用我干什么呢？”方建义给她解释：“也可以说是暗杀，不过不用动刀动枪的，你想办法把一张餐桌放到国宴餐厅的主要位置上。”唐娜虽然不直接参加国宴服务工作，可从吕泽海嘴里，把该知道的情况还是套了出来。“餐桌总共有六十四张，我不知道你说的是哪一张。”她用手指头在桌子上写下“64”。方建义顺势摸着唐娜的手：“这张餐桌下面画了一个叉。”“如果接近不了这张餐桌，怎么办？”唐娜看着方建义直截了当地问。方建义说：“那也不要紧，这张餐桌肯定会被摆进国宴餐厅，我只不过是想让它发挥最大的威力罢了。你必须完成的任务是混进国宴餐厅，把这个对着那张餐桌按下去。”方建义诡异地笑着。唐娜不理解：“什么意思啊？”方建义打开公文包，拿出一支管状口红，他告诉唐娜，混进国宴餐厅后，在那张有记号的餐桌附近按下口红尾部的起爆开关，就会启动桌子腿里的爆炸装置，半小时之后装置会爆炸，这段时间足够离开现场脱身。

拿过口红，唐娜看到在口红管的尾部有个小米粒大小的开关。方建义看着唐娜，心里不免产生一丝怜悯：这是一个即时起爆开关，按下去会立即引爆桌子腿里的高爆炸药，唐娜将当场为党国殉职。保密局已经为她写好了追悼词，赞扬她为了党国不惜牺牲一切的大无畏精神，号召保密局所有人员向她学习，但唐娜自己还在做回台湾的美梦，太残酷了……

一阵悲哀涌上心头，方建义不由得紧紧握住唐娜的手。方建义的表情有点异样，唐娜想不出来为什么。她把口红放进自己的手提包，显得胸有成竹：“相信我。”方建义很做作地“嘻嘻”笑了：“不愧是军统特训班的高才生，毛局长没看错你啊！”唐娜有些得意，忽然想抽烟，看看自己的提包，忘带烟了。“可以抽你的烟吗？”唐娜伸出手。方建义拿出骆驼香烟放到唐娜手上。“现在还能抽上骆驼，小心点，太惹眼了！”唐娜抽出一支烟，方建义从口袋里拿出老六送的镀金打火机打着，给唐娜点烟。唐娜从方建义手里把镀金打火机拿到自己手上，她识货，有些爱不释手。

看到唐娜喜欢这只镀金打火机，方建义决定忍痛割爱："你喜欢就拿去吧！任务完成后，奖你一个纯金打火机，是当年戴老板奖励我的。"方建义禁不住夸耀自己，在军统局能得到戴笠的赏识是很荣耀的事。方建义很是怀念戴笠，如果戴笠在的话，说不定自己有更好的前程。

唐娜把镀金打火机放到桌子上，伸手拿餐刀的时候，不小心把咖啡杯碰倒了。"服务员，过来收拾一下！"方建义大声招呼。一个服务员走过来，把桌子收拾干净，摆上新餐具。唐娜拿起餐刀，突然问："凭你的智慧，不会只安排一套破坏方案吧？"方建义措手不及，顺嘴说："是啊……"说完他后悔了，高度机密是不能告诉别人的。

方建义说漏了嘴，唐娜打破砂锅问到底："我冒这么大风险，你不能把我当外人吧？再说，我和你也不是外人，对吧？"方建义低头不语，端起咖啡杯喝咖啡。"不说就算了，"唐娜酸溜溜地说，"我算什么啊，一颗棋子罢了。"方建义放下咖啡杯，想想唐娜不久就要粉身碎骨了，决定告诉她："另一个计划是给国宴投毒！""啊，"唐娜愣住了，"投毒？怎么投啊？毒药怎么带进去啊？""嘿嘿，我们已经打进去一个包……"方建义闭嘴不说了，这是绝对秘密。最后一张牌能不能用上还不知道，还没到全部摊牌的时候。

"等我们庆功的时候，叫他给你做地道的淮扬菜。"方建义满怀信心地说。他心里知道唐娜永远也吃不上了，不由得用怜悯的目光看着唐娜。"老这么看我干什么？"唐娜心里不安，她知道不能再问下去了，自己知道的已经够多了。

吃完西餐，唐娜把镀金打火机放进口袋。要分手了，方建义有点依依不舍。"上次给你提供的情报有用吗？"唐娜把骆驼香烟放进自己的皮包，问了一句。"当然有用。不仅要让共党吃不好，还要让他们喝不好。保密局已安排太原站行动，我们等着好消息吧！"唐娜看看他："上次你为什么不和我在书店见面，知道我多想你吗？"方建义抱歉地笑了笑："我有急事到不了现场，只好给你打电话了。""但愿你说的都是真的。"唐娜不相信他说的是真的，当特务的都是谎话连篇。方建义没有计较，站起来："我先走，注意安全啊，非常时期不能有一点闪失。"叮嘱完，方建义朝门口走，禁不住回头又看了一眼唐娜，感觉她有点可怜。唐娜向方建义抛了一个媚眼，还以为他是儿女情长呢。

他们交谈时没注意到坐在另一张桌子旁边的老六一直在观察他们，他戴着宽边礼帽和墨镜，嘴巴上还粘了小胡子，这个模样即使是熟人也很难辨认出来。方建义离开后，老六估计唐娜很快也会离开，现在是收回镀金打火机的时候了。

推开大西洋西餐厅的门，唐娜从里面往外走，这时，戴宽边礼帽的老六匆匆走来与她撞个满怀，唐娜的手提包被撞掉了。唐娜很气愤："喂，走路长眼睛没有？"老六正想弯腰捡起掉在地上的手提包，低头时自己的礼帽也掉了。他在礼帽的掩护下做了一个很难察觉的动作，然后把手提包递给唐娜："小姐，对不起，对不起！""瞎啊！"唐娜怒气难平，拿过手提包走了。

一个车夫拉着黄包车跑过来，唐娜坐上黄包车走了。

车夫拉着黄包车一路小跑，唐娜坐在车上有点犯困，想起方建义给的骆驼香烟和打火机，她打开提包摸出烟盒，再伸手摸打火机，没有。她心里有点急，那是镀金打火机啊，怎么会没了呢？又伸手仔细摸了摸，还是没有。明明是把打火机放进提包里了，哪儿去了呢？唐娜忽然想起刚才在西餐厅门口手提包被人碰掉了，那人还掉了礼帽，应该是用礼帽作掩护把提包里的镀金打火机偷走了。"扒手，该死！"唐娜恨得咬牙切齿，心疼那只镀金打火机，值不少钱啊！

9月23日深夜两点，三辆卡车停在汾酒厂的仓库门口。

卡车上的二十多个战士陆续跳下车，其中两个战士端着冲锋枪守住大门。汾酒厂厂长和仓库主任打开仓库门，一辆卡车开进来，护送队队长乔海带领战士们走进了仓库。仓库主任从来没见过军队荷枪实弹来买酒的，有点害怕："厂长，不就是买酒吗？用得着三更半夜带着家伙来吗？"厂长低声说："我们只管卖酒，少说话！"仓库主任感觉出这次卖酒不同寻常。

战士们打开卡车的车厢板，车上是码放整齐的柳条筐，大小和装汾酒的纸箱子差不多。仓库主任纳闷：这些柳条筐是干什么用的？乔海走过来，问："哪些是要运走的？"厂长指着码放好的酒箱子："这些！"乔海招呼战士们往卡车上装酒："把汾酒装到中间，外围用柳条筐圈起来，小心！"

装好汾酒蒙上苫布的卡车开出了汾酒厂，前面一辆卡车开路，后面跟着一辆卡车保卫，三辆卡车向太原开去。

刚刚打完仗不久，很多道路都来不及整修，人坐在车上像是在摇篮里左右摇晃，卡车行驶速度快不了，着急也没用。乔海老家在文水，离汾酒厂不远，参军后南征北战，十多年没回家看看。这次执行任务离老家只有百十里地，真想回家看看老人。但想到任务的特殊性，他打消了回家的念头，完成任务再说吧。

天大亮的时候，卡车开到了一座小镇。乔海安排稍事休息，护送队的战士分两拨吃早饭，始终有一个班的战士守护在装汾酒的卡车周围，不允许无关人员靠近。

小镇的老百姓难得见到汽车，他们站在远处观望，议论不停。乔海看看手表，催促战士们快点吃。吃饭慢的战士只好带上一张烙饼，匆匆忙忙跳上卡车。护送队的任务是把这批汾酒护送到太原火车站，首长一再嘱咐，务必保证安全……

傍晚，三辆卡车开到交城，打前站的战士已经安排好了住处，是在镇东头的一所小学。选在这里住宿一是不打扰老百姓，二是小学有围墙便于警卫。三辆卡车停在操场上，晚上战士轮流值班守卫。乔海不敢大意，隔两三个小时就要出来看看，嘱咐值班班长留意周围动静。

深夜三点多钟，正是人困马乏的时候，没睡踏实的乔海从校长办公室出来，刚推开房门就听见"轰"的一声响，是手榴弹爆炸。他一个箭步蹿出去，看到有几个战士爬上围墙向外面射击。操场上，一个年轻战士受伤倒在了地上……

乔海马上通过无线电发报机向上级首长汇报，首长让乔海做出判断：

袭击是预谋好的，还是临时起意？乔海判断，特务应该是有预谋，看到车队后，特意选在夜里进行袭击。因为护送队做了充分准备，特务才没有得手。上级决定从附近的部队临时调集一个排归属乔海领导，加强车队护卫；在没有接应前，要求乔海他们凭借有利地形守住车队不出问题。

一个多小时后，来接应的一个排的战士赶到了。清理战场后，在小学的围墙外面找到三具特务的尸体。车队继续前往太原执行原定计划，乔海对护卫工作进行了调整，生怕再发生意外。

经过这次意外袭击，乔海更加小心翼翼，虽然他不知道护送这批汾酒到太原是为了做什么，可从护送强度和上级首长的关心程度看，这批汾酒一定有大用场。

从汾阳到太原几百里路，乔海感觉犹如千里，神经绷得紧紧的。护送队的战士们百倍警惕，丝毫不敢大意。遇到路况不好的地段，战士们都下车在卡车两边步行，形成两道防护人墙。

第三天傍晚，护送队把一卡车汾酒平安护送到太原火车站。

驻车站军代表和从北平赶来的典礼局特供处代表一起接收了这批汾酒。特供处的代表在交接单上签字后，紧紧握住乔海的手：“新中国感谢你们！”

乔海听到“新中国感谢你们”，猜想汾酒一定是运往北平了，可是是干什么用呢？他想再问问，还是忍住了。

负责搬运的战士把一箱箱汾酒小心翼翼地装进闷罐车车厢里。

火车拉响汽笛，缓缓开出太原火车站……

几年之后，乔海才知道自己和战友们护送的那车汾酒是开国宴会用的。虽然时过境迁，他依然很激动。他和战友们没有参加开国大典，也没有在天安门广场接受检阅，但是，他们为开国国宴运送过汾酒，这个经历够他自豪一辈子……

22

第二十二章

1949年9月21日，中国人民政治协商会议第一届全体会议在北平隆重举行，宣告中国人民政治协商会议正式成立。中共中央委员会主席、新政治协商会议筹备会常务委员会主任毛泽东主持开幕式并致开幕词。参加会议的有46个单位的代表共662人。会议通过了《中国人民政治协商会议共同纲领》《中国人民政治协商会议组织法》《中华人民共和国中央人民政府组织法》三个为新中国奠基的历史性文件。会议还通过了关于国旗、国歌、国都、纪年等项决议，中华人民共和国定都在北平，北平正式改回原来的名字——北京。

中国人民政治协商会议第一届全体会议选举以毛泽东为主席，朱德、刘少奇、宋庆龄、李济深、张澜、高岗为副主席的63人组成的中央人民政府委员会。

会议选举了中国人民政治协商会议第一届全国委员会委员，中国人民政治协商会议在当时还不具备召开普选的全国人民代表大会的条件下，肩负起执行全国人民代表大会职权的重任，完成了建立新中国的历史使命，揭开了新中国历史的第一页。

毛泽东当选为中华人民共和国中央人民政府主席，周恩来被任命为中华人民共和国中央人民政府政务院（后改为国务院）总理。

9月27日，《人民日报》在头版公布了国旗、国徽和代国歌《义勇军进行曲》。报童手里高举着报纸一边卖报一边喊："特大新闻，新中国要成立了，10月1日举办开国大典啊！特大新闻啊——"识字的人赶紧掏钱买了一份报纸，周围围着一圈人，不识字的着急地催促："你快念啊！"

北京市的大街小巷，人们议论的话题只有一个——新中国要成立了！

10月1日，将在天安门广场举办开国大典！

中国人民扬眉吐气挺起脊梁了！

整个北京市洋溢着节日的气氛，大街小巷挂起了红灯笼。国旗图案在报纸上公布后，瑞蚨祥布庄赶制出了第一面国旗。一些工厂安排工人连夜加班制作国旗，第二天国旗就出现在百货商店。很多人家在门上悬挂国旗，大家奔走相告，新中国要成立了！

为防止敌人的破坏，相关保卫工作紧张忙碌，预防措施主要体现在两个方面：一是防止败退到台湾的国民党反扑，派出轰炸机轰炸开国大典，原定于上午10点开始的开国大典推迟到下午3点。此外，参加开国大典检阅的空军战机全部荷载实弹，这在世界军队检阅史上都没有过。二是加强反特反破坏，动员人民群众检举特务和国民党溃散的军队人员。制订奖励政策，鼓励居民积极参与反特反破坏。

前门一带永远是北京最热闹的地方。除非戒严限制市民晚上外出，不然这里的戏园子总是宾朋满座。唱戏的，捧角的，看热闹的，蹭戏的各取所需。大北戏园子有一百多年的历史，是江浙商人集资办起来的，为的是浙商来往方便，谈生意有个合适的场所。北京演越剧的戏园子很少，多数演京戏和落子（评剧），大北戏园子因常年演越剧在喜欢越剧的票友中很受欢迎。如果有越剧名角来演戏，大北戏园子必定爆满。戏园子平常也很热闹，不光是来看戏，来喝茶的茶客也多。

晚上八点多钟，包春阳来到大北戏园子，他和曹飞翔约好在这里见面。为什么不在牙科诊所见面，曹飞翔没说，他也不问。大北戏园子看戏座位分为两层，头三排是甲等座，有专门的桌子、椅子，有专人侍候，是给有头有脸的人物准备的。有钱人可以订座，但正中间的两张桌子宁可空着也不对外，害怕哪个头面人物突然来看戏却腾不出座位。乙等座在二楼，座位前都摆着桌子，上面摆放小点心、茶水、香烟、瓜子、花生等零食。这里不仅仅能看戏，更是个社交场合，是个摆谱争面子的地方。剩下三等座买票的，那才是真心实意来看戏的，真正懂戏看门道的，恰恰是这部分观众。

戏园子里只要不开场演戏，就是乱哄哄一片。包春阳走进戏园子，往二楼瞟了瞟，一眼就看到曹飞翔坐在靠近门边的一张桌子旁边，挨着门口近是方便有意外情况拔脚溜走。包春阳不着急上楼，先观察四周情况，一切正常，包春阳抬腿往二楼走。

看到包春阳走过来，曹飞翔让他坐在身边的椅子上，给他倒茶。“为什么不到你那里去？”包春阳问。曹飞翔把茶杯往前推了推：“我那条街前天出事了，党通局潜伏的人被共党给端了。”曹飞翔有些沮丧，“在诊所会面不合适。”

看到曹飞翔沮丧的样子，包春阳更加心惊胆战。刚才在来的路上，他忽然发现好像有人跟踪，心里立刻紧张起来。他沿着街道往前走，身边开过了一辆有轨电车，当电车即将关门的一刹那，他忽然跳上电车，车门随即关上开走了……

刚才的事，要不要和曹飞翔说呢，包春阳没太想好。难道自己暴露了吗？不像啊，如果暴露的话怎么不把自己逮起来？不逮自己，意味着共产党手里没有确凿的证据，自己就可以继续隐蔽。包春阳决定不和曹飞翔谈这件事，只要行动成功了，自己就能撤回台湾，这个时候他不想节外生枝……

舞台上锣鼓声响起来，马上开戏了，今天演的是《四郎探母》。曹飞翔往四下看看，他一直保持着高度警惕。共产党动员民众检举特务这招太厉害了，他感觉到处都有警惕的眼睛盯着自己。

“这是行动前最后一次见面了，”曹飞翔抓一把瓜子，“准备好了吗？”“好……好了。”曹飞翔转头看看包春阳，觉得他说话时信心不足。“给你镶的牙还好使吧？”曹飞翔忽然问起假牙的事。包春阳觉得怪怪的：“好使啊，你不相信自己的医术啊？”“摘下来我看看？”曹飞翔似乎漫不经心，又好像挺用心。包春阳把假牙摘下来：“有什么好看的啊？”曹飞翔没说话，接过假牙仔细看了看，还给包春阳：“没什么，前天我发现做假牙的材料有点小问题，你这个假牙没事，放心吧！”

包春阳重新戴上假牙，感觉曹飞翔好像在说谎。曹飞翔问：“执行任务有什么困难吗？”包春阳没说话。曹飞翔隐隐约约觉得他信心不足，追问：“到底有没有困难？这是方副站长的意思。”包春阳忽然冒出一句：“人家共产党的领袖还真是和老百姓同甘共苦。”“你怎么说这话，有啥想法？”曹飞翔盯着包春阳，觉得这句话他不是随便说的，肯定有什么事触动他了。包春阳把那天晚上周恩来吃半个馒头的事，还有毛主席不让国宴上红烧肉的事说了。曹飞翔不信："不可能吧，传说啊？""什么传说，都是我自己亲眼见，亲耳听的。"包春阳的话让曹飞翔十分不痛快，此时此刻特别行动组成员发生动摇太麻烦了，务必稳住包春阳，叫他死心塌地完成任务。

"这时候不要三心二意啊，头上三尺有神明！"曹飞翔用手指了指头上。包春阳告诉曹飞翔，自己特意用高热值的煤，想着朱殿荣出问题后，把孙宝强推上去当总厨师长。凭借他和孙宝强的关系，自己肯定能做国宴正选厨师。包春阳憋在心里没说的是，菜心鲜蘑烧煳后，周恩来的举动让他内心很震动，投毒暗杀这样的领导人，是不是作孽啊？

曹飞翔察觉到包春阳的情绪不稳定："临阵脱逃可是兵家大忌！我俩是老搭档了，希望我们能一起回台湾。任务完不成，一切都是零啊！""我们真能一起走吗？"包春阳显得信心不足。曹飞翔给他打气："我们不仅是战友更是朋友，共同进退。再说，你也得为女儿着想啊！完成任务后有人和你接头，帮助你撤退，接头暗号是'三舅来了，给你带了四斤麻椒、五斤大料'。"包春阳把接头暗号重复了一遍，说记住了。

"好好完成任务，带着女儿回台湾，以后就能享受荣华富贵了。"曹飞翔使出了撒手锏，这招果然奏效，包春阳低头不语，表情发呆。

舞台上，杨四郎无颜面对母亲，用长唱段抒发自己投敌变节的悔恨心情。观众们鼓掌非常热烈，有人叫"好"。"你怎么看杨四郎的行为……"包春阳抬头问曹飞翔，发现身边没人了，不知曹飞翔什么时候走的。"招呼也不打就走了，还真他妈的……"包春阳心里很不满，抓了两把瓜子放进口袋，起身走了。

曹飞翔悄悄离开大北戏园子，并没有走远。他找到一个公用电话亭，急忙给方建义打电话。电话铃"嘟嘟"响了七八声没人接，曹飞翔再次拨电话，他无论如何要和方建义通话。

电话铃声又响了四五声，终于电话那头"喂"了一声。听出方建义的声音，曹飞翔赶紧说："我是曹飞翔，有情况和方副站长汇报……"他汇报的主要内容就是对包春阳思想动摇的判断。曹飞翔认为，包春阳如果没有把柄攥在方建义手里，关键时刻说不定会改变主意，影响投毒计划执行。听完曹飞翔汇报，方建义感到问题严重，必须快刀斩乱麻断了包春阳的退路，逼他像过河卒子一样只能前进不能后退！方建义问曹飞翔有什么主意，曹飞翔说出了自己的想法……

晚上十点多钟，海客饭庄准备打烊。最近生意有了起色，来吃饭的客人渐渐多起来，说明人们生活在好转，口袋里有钱了。于连奇恨共产党，也佩服共产党，共产党确实有能耐，几个月就让北平走出困境，面貌发生变化。“先生，我们打烊了！”门口的伙计在阻拦客人。“我找于掌柜！”是曹飞翔的声音，于连奇急忙走到门口，让曹飞翔进来。看到曹飞翔的脑门还有细细的汗珠，于连奇知道他来找自己一定是因为有很紧急的事情。

两个人来到后院的西屋，于连奇打开电灯，想招呼伙计上茶水，被曹飞翔拦住了：“我先说事，很紧急。”“什么事啊，你说。”于连奇走到门口，掀开门帘往外看看，外面没人。

“包春阳有点靠不住！”曹飞翔冷不丁冒出这句话。于连奇吓一跳：“怎么会呢，都是军统老人了。”于连奇给包春阳开脱。曹飞翔说：“你最近没有和他接触不了解情况，这家伙真变了……”曹飞翔把自己的分析判断和于连奇说了。于连奇也感到有点不妙：“他，他不会出卖我们吧？”“现在看不至于，但是以后怎么样不好说。”曹飞翔无法判断包春阳的未来动向。“赶紧和方建义副站长汇报，拿出办法啊！”于连奇急切地说。“我到你这里来是方副站长指示的，批准我们干一件事情……”

曹飞翔开始详细讲述已经得到方建义批准的计划，计划的目的只有一个——断绝包春阳的一切私心杂念，逼迫他为党国尽忠……

再过两天就是10月1日了，北京饭店到处洋溢着节日气氛。饭店门前挂上了大红灯笼，里出外进的人们脸上喜气洋洋。老百姓真正当家做主了，中国历史上从来没有过的事情在中国共产党领导下实现了，大家能不高兴吗？

一辆运菜货车开进后院，停在了仓库门前。三名押车保卫人员从货车上跳了下来，驾驶室里还有一个保卫人员。他们戴着“保卫”红臂章，负责押运国宴用食材。搬运工从货车上卸下带有编号的菜筐，在保卫人员的监督下把菜筐搬进了仓库。

仓库里除了新搬进来的菜筐，还有贴着封条的专用箱子，里面是已消毒的盘子、碗、汤匙和筷子等餐具，西墙根摆放着二十张国宴餐桌。朱殿荣在保卫人员陪同下清点了菜筐数量，做好了记录。

他们走出仓库时，保卫人员把大门关好，上锁。从现在开始，这里是保卫重地，不经许可任何人不能靠近。仓库门前始终有两个警卫站岗。

北京饭店小会议室里，徐志扬召集厨师开会。他告诉大家，根据上级要求和厨房实际情况，最后决定10位厨师参加国宴上灶工作。点到名字的留下，没有点到名字的后备。不管正式参加国宴的还是后备的，从现在开始统一安排住宿，统一活动，不允许擅自活动。所有厨师使用特别通行证，凭证进厨房。

“留下的10位厨师是朱殿荣、包春阳、徐大雨、刘伟平……”徐志扬拿起名单点名。听到自己的名字，包春阳没有喜形于色，甚至有点不开心。最不开心的是孙宝强，徐志扬点名刚结束，他问：“为什么没我？我哪里不够格，哪里不符合标准？”徐志扬示意他安静：“一会儿你到我办公室，我和你谈。入选的师傅不要动，继续开会研究其他事情，其他人请离开。”没有入选的厨师站起来陆续离开。

孙宝强走到徐志扬面前，继续表达自己的不满：“徐科长，你得给我一个说法，我到底是什么地方不行？”“孙师傅，你不是不行，是另有安排。你先回去，开完会我找你。”徐志扬说。孙宝强反应有点激烈：“反正得给我一个说法，不然我不服！我回家这脸往哪里搁啊！”孙宝强一边说一边气呼呼地走了。

晚上，筹备组安排服务员往国宴餐厅里抬餐桌。一个服务员闹肚子，内务科需要临时找人代替。唐娜央求吕泽海帮忙，让自己为国宴做点贡献。吕泽海觉得就是摆放餐桌，还没到为国宴正式服务的时候，就没有向保卫科报备，擅自做主让唐娜参加餐厅布置工作。

“谢天谢地。”唐娜为自己庆幸。接下来就是要想办法找到画着“×”的餐桌，把它安排到主要位置上。唐娜和一个服务员抬着一张餐桌进了国宴餐厅，吕泽海手里拿着餐桌位置图指挥着：“往里面摆，往里。”唐娜抬着餐桌往里面走，把餐桌放下摆好，随后蹲下系鞋带，眼睛往餐桌桌板下面看，没有看到“×”记号。这是她观察的第六张餐桌。她掏出早就准备好的一块抹布，走到吕泽海面前：“吕科长，我把餐桌好好擦擦，有点脏啊！”吕泽海夸她想得周到、仔细，心里觉得，这么好的服务员不让参加国宴服务工作，有点小题大做。

不用偷偷摸摸了，趁着擦餐桌，唐娜有机会观察每张餐桌下面是不是画有“×”。擦过十一张餐桌后，还是没有发现，她有点心灰意冷。到第十五张餐桌，她蹲下抹桌子腿时，看到桌板下面画的“×”，差点叫出来。

一个服务员拿来蒙餐桌的台布，准备蒙餐桌。“那张桌子好像不太平，放主要位置不太合适吧？”唐娜手指着一张主餐桌。“换换呗！”服务员和唐娜抬起桌板下面画“×”的餐桌，摆放到了餐厅的主要位置。一切都很顺利，唐娜舒了一口气。

前几天，北平市公安局反特处收到了“啄木鸟”的镀金打火机，可因为部件损坏，一直无法读取窃听内容，无法摸清保密局北平站副站长方建义的破坏计划。时间很紧了，如果现在逮捕方建义这伙特务，怕有漏网的特务造成更大的破坏，反特处左右为难……

每次走进北京饭店厨房，包春阳都彷徨犹豫、摇摆不定。投毒还是不投毒，他有点拿不定主意。他心里总想着周恩来吃饭的那件事情，还有毛主席坚持的勤俭节约原则。人民爱戴的领袖这么严于律己，令人敬佩，自己却要对他们下毒手，大逆不道啊……

包春阳执行任务时从没动摇过，也没这样纠结过。这次他甚至想，这个节骨眼上有场大病就好了。

包慧妮不知道包春阳参加国宴工作，包春阳告诉女儿，自己是借调到北京饭店帮忙，过些日子还回玉华台饭庄。包慧妮只是觉得爸爸比平时忙，早出晚归的，问他怎么了，也不告诉自己。方建义指示包春阳把包慧妮安排到胡运发家里住，方便撤退时一起走。包春阳和女儿商量，让她到胡运发家里住，包慧妮不同意，理由是自己和胡运发不熟悉，住到陌生人家里别扭。包慧妮自理能力很强，与母亲早早离世有关系，她已经学会了自己照顾自己。不管包春阳怎么说，包慧妮坚持住在自己家。包春阳拗不过，只好把情况汇报给方建义，自己无法说服女儿。方建义不想节外生枝，装出很宽容大度的样子，答应包慧妮住在自己家。包春阳觉得方建义通情达理，心里感到挺温暖。

星期日，包春阳不休息，准备去北京饭店上班。临走，他嘱咐包慧妮不要到人多的地方凑热闹。包春阳心里明白，离10月1日越近，国民党特务的破坏活动越频繁越嚣张。为造成更大影响，特务的破坏行动一定会找人多的地方进行。

临近中午，包慧妮想烙葱油饼，便出门去买大葱。

出了胡同往前走一里路就是菜市场。包慧妮正走着，看到一辆灰色轿车停在自己跟前。曹飞翔打开轿车后门下来，热情地打招呼："慧妮，干什么去啊？"看到是曹飞翔，包慧妮一点戒备心都没有："曹叔叔啊，我去买大葱，做葱油饼。""我带你过去吧！"曹飞翔让包慧妮上车。包慧妮弯腰钻进轿车，曹飞翔坐到她身边，从口袋里掏出一条洒了麻醉剂的手帕。"你看，那是什么？"曹飞翔故意引开包慧妮视线，毫无戒备之心的包慧妮转头看车窗外的时候，曹飞翔冷不防用手帕捂住了她的嘴巴。包慧妮使劲挣扎，速效麻醉剂很快发挥作用，几秒钟后包慧妮就不动弹了。

开车的于连奇回头看了看，"嘿嘿"笑了："不愧是老军统啊，利索。"轿车转向一条便道，很快就消失得无影无踪。

23

第二十三章

刚开完会，厨师们三三两两从北京饭店小会议室出来。饭店传达室的值班员走来，找到包春阳，告诉他有电话。

有谁会在这个时候给自己打电话呢？很少人知道自己在这里啊。包春阳匆忙来到传达室，拿起电话，话筒里传来曹飞翔的声音：“我要回老家了。”曹飞翔把“老家”两个字说得很重。包春阳知道他说的是台湾，禁不住发蒙，不是说好任务完成后一起撤离吗，曹飞翔怎么会先走呢？没完成任务前，特别行动小组的人是不允许撤离的啊！“我不是自己走啊！”曹飞翔又说。包春阳忙问：“你和谁一起走啊？不是说好我们一起走吗？”“我和你女儿一起走！”曹飞翔轻描淡写的一句话好像晴天霹雳，这是要包春阳的命啊！

“我带她走，你别带……”包春阳几乎要哭了。

话筒里传出曹飞翔的奸笑：“嘿嘿嘿，这不是我说了算的啊，是方副站长的决定！”包春阳做梦都没想到方建义做事情会这么绝，这是逼自己只能成功不许失败啊！

女儿成了保密局的人质，完不成任务意味着什么不言自明。包春阳知道自己没退路了，眼泪“唰”地涌出眼眶，他真想大喊“混蛋”，可身边有人，他强忍着没喊出来。

“老朋友，好自为之吧，我等你啊！”曹飞翔用威胁的口气说。包春阳哀求：“让我和女儿说句话，求求你了！”“完成任务再和你女儿说话也不晚！”曹飞翔把电话挂断了。包春阳觉得头重脚轻，怎么走出传达室的都不知道了。

没有选择了，包春阳只能死心塌地完成投毒任务。

下午，筹备组安排厨师洗浴。包春阳走进淋浴间，把手里拿的洗漱用品放到台子上，打开水龙头洗头，然后打开装香皂的盒子。他掀开淋浴间的隔帘，向外看了看，外面没有人。他缩回头，用毛巾把头发擦干，掰开香皂，里面是空心的，放着小药瓶。他把小药瓶里的毒药水倒在手心里，抹在头发上，然后用手均匀地揉搓头发。只要有机会拔掉几根头发放进菜里，就大功告成了。想到被当作人质的女儿，包春阳心里一阵发痛。没有别的选择，即使是火坑也只能往里跳了。

包春阳把空药瓶扔进了下水道。

洗完澡的厨师陆续走出淋浴间，穿好衣服。

厨师们集合后，徐志扬走到厨师们面前：“各位师傅，从今天开始，我们要换新的厨师服，统一理发。”包春阳非常惊讶，眼神露出慌张，感觉事情不太好：“没这个必要吧，不是有厨师帽吗？戴帽子头发是掉不了的！”有几个厨师附和：“对啊，戴帽子就是了，用不着剃头啊。”“剃光头多难看啊，谁愿意剃谁剃，我不剃！”包春阳添油加醋。几个厨师也表示：“我也不剃。”徐志扬用严厉的口吻说：“这是规定，必须剃头！”包春阳抗议：“我们是名厨，凭什么这么对待我们？”这番煽风点火起到了作用，有几个厨师也表示不满。朱殿荣走到包春阳跟前：“包师傅，这是上级规定的。”“你愿意剃你剃，我不剃，像个和尚似的！”包春阳知道自己必须抗争，他大声喊起来。徐志扬很严肃地说：“不愿意理发也可以，不能参加后面的工作！”

这句话一出，没有人再反对理发了。包春阳一味坚持的话只会暴露自己，事情会更加糟糕，不如顺水推舟，以此当作完不成任务的理由，以保全女儿的性命。包春阳急忙道歉，说自己刚才是一时犯浑，愿意理发……

国宴筹备组公布参加国宴的服务人员名单，唐娜不在其中。她只能利用吕泽海这张牌了。

看到走进办公室的唐娜，吕泽海大惊：“你疯了吗？怎么到办公室找我啊！”唐娜搂住吕泽海的脖子直截了当地说：“帮我搞张特别通行证！”吕泽海脸色变得煞白：“开什么玩笑？”“不是开玩笑，是真的！”唐娜很严肃，看得出来真不是开玩笑。吕泽海心惊肉跳：“我帮不了！”唐娜摸着吕泽海的脸：“你不是有张特别通行证吗？”“你，你什么意思？”吕泽海说话都结巴了。唐娜没有了平时的温柔：“没什么意思，把你的特别通行证借我用用。”吕泽海眼里满是惊恐，急忙推开唐娜：“你是什么人？你想干什么？”唐娜扯住他的手，冷笑：“我是什么人不重要，借还是不借啊？”唐娜口气强硬。看着她逼人的目光，吕泽海打了个冷战，手禁不住发抖，他做梦也想不到这种事情会发生在自己身上。

“看看这个。”唐娜从口袋里摸出几张照片扔到桌子上，照片上是吕泽海和唐娜赤身裸体躺在床上。吕泽海瞪眼看着，十分恐慌：“你，你什么时候照的？你……”唐娜冷笑，从牙缝里蹦出两句话：“交到你上司手里，你就完蛋了！共产党对腐败分子从不手软！”吕泽海脑海里闪过“圈套”两个字，几乎崩溃了。唐娜轻描淡写地说：“我们做一笔交易吧？”

“什么意思？”

“把你的特别通行证借我。”

“你想干什么？”

“不耽误你用，会还给你。”

“真不能借啊，这事非同小可啊！”

“不借啊，那你就等着被查办吧！”

“放过我吧……”

吕泽海哀求着，眼泪都出来了，一副可怜相。唐娜没搭理他，拿起办公桌上的照片向门外走去。吕泽海终于坚持不住了，“扑通”跪在地上。唐娜回头走到他面前，在他脸上亲了一口……

拿到特别通行证，唐娜一刻不敢耽误，迅速来到北京饭店西面的一家餐馆，看到方建义在角落里的一张餐桌前用餐。唐娜走过去坐到方建义对面，把特别通行证夹在一张报纸里，自然地放到餐桌上。“复制完马上送回来！”唐娜瞟了方建义一眼。方建义不动声色地拿起报纸：“我们对执行任务的人留了一手，以防万一。你和他的接头暗号是‘三舅来了，给你带了四斤麻椒、五斤大料’……”

上次方建义说过破坏国宴的事，唐娜就想到了卧底是个厨师。行动计划如此缜密，共产党的开国第一宴这次是非完蛋不可了。唐娜心里暗暗佩服方建义不愧是老军统。

厨师们拿到特别通行证后非常高兴，包春阳把特别通行证放进上衣口袋，走进厕所。他想平静一下，想想下一步该怎么办，女儿还在人家手里呢！

从厕所里出来，包春阳在走廊遇到唐娜。“包师傅！”唐娜打招呼。包春阳一愣：“你是……”唐娜瞟了一下四周，说话很快：“三舅来了，给你带了四斤麻椒、五斤大料。”包春阳大惊失色，十分慌乱。“方副站长让我问候你！”唐娜冷静地说。包春阳赶紧说明情况：“任务完不成了。不是我不想完成，是毒药带不进来，所有厨师都要剃头，我没办法。不信你可以了解情况。”唐娜相信包春阳的话，这个时候他也不敢撒谎。“你说的是实话。”包春阳松了口气：“请方副站长把我女儿放了吧！完不成任务不能怪我啊！”包春阳几乎是哀求了。唐娜冷冰冰地说：“采用第二种方法投毒！”包春阳愣了：“毒药你带进来了？”“毒药还在你身上。”唐娜指了一下包春阳。“毒药抹头发上了，头发没了我怎么完成任务？”包春阳摸摸自己的光头，急赤白脸地解释。唐娜说：“还有一份毒药在你的假牙里，下面就不用我告诉你怎么做了吧？为你女儿想想！”包春阳马上想到曹飞翔看自己假牙的情形，原来这都是计划好的，自己却被蒙在鼓里。真够缺德的，保密局对自己人够狠！

朱殿荣往这边走过来。看到有人来了，唐娜转身急速离开。

包春阳头冒冷汗，双腿发软，无力地靠在墙上。朱殿荣见状快步走来，搀扶包春阳：“怎么了，没事吧？”包春阳的眼泪“吧嗒吧嗒”掉下来……

对包春阳的问题，国宴保卫科早做出了安排，只要出现反常要立即报告。

朱殿荣马上把刚才看到的情况向路公剑报告：“他是和一个女服务员接触后才这样的。”“那个人是谁？”路公剑问。朱殿荣遗憾地说：“只看见一个背影，没法确定。”路公剑紧锁眉头，有些焦虑：“市公安局还没消息，再等等。如果最后不能确定包春阳的身份，绝对不能让他进国宴厨房，必须保证百分之百安全！”

北京市公安局侦听技术人员终于修复了镀金打火机里损坏的窃听部件，微型窃听器里传出方建义和唐娜的对话。

“餐桌总共有六十四张，我不知道你说的是哪一张。”

“这张餐桌下面画了一个叉。”

…… ……

“另一个计划是给国宴投毒！”

“啊，投毒？怎么投啊？毒药怎么带进去啊？”

“嘿嘿，我们已经打进去一个包……”

…… ……

餐桌腿里安放的高爆炸药因为老六提供的情报已经解除危险，现在可以确定投毒特务是包春阳，北京市公安局反特处决定立即抓捕包春阳。反特处同时决定暂时不动唐娜，以免惊动方建义，另外，在特别行动组后面还有一条大鱼——保密局特派员——她一直没有暴露，需要耐心等待最好的抓捕机会……

这天，徐志扬正在给国宴厨师布置任务。

门突然被打开，路公剑带着三名保卫员进来，朝包春阳走去。

一刹那，包春阳脸色惨白，把手伸进嘴巴，想用假牙毒药自杀。

身边的朱殿荣眼疾手快，死死抱住包春阳让他不能动弹。包春阳拼命挣扎：“让我死吧，我女儿在他们手里啊……”保卫员冲过来给包春阳戴上了手铐。路公剑看着他：“好好交代吧！带走！”包春阳禁不住号啕大哭……

夜里九点多钟，秘书轻轻走进周恩来办公室，想提醒他早点休息。可这几天周恩来太忙了，连吃饭都是在办公室里。办公室工作人员看着心疼，又无法劝他多休息一会儿，要处理的公务实在太多了。

明天是开国大典，这是提醒他早点休息的最好理由，秘书想，一定要让他多休息一会儿，养养精神。看到秘书进来，周恩来先说：“马上安排车，我去天安门城楼看看主席的画像挂好了没有。”“典礼局说已经挂好了，您不用去了吧？”秘书试探着，想让周恩来多休息一会儿。“我还是亲自去看看，十分钟后出发。通知典礼局余心清局长，请他也来。”周恩来手里的文件还剩最后两页，估计十分钟能看完。

晚上十点多钟，周恩来到天安门审查挂在城楼上的毛主席画像，身边跟着余心清。周恩来站在金水桥南侧，抬头仔细观看毛主席画像下沿“为人民服务”五个字。周恩来往后退了几步，感觉“为人民服务”五个字小了，与整幅画像不协调。周恩来问余心清：“给绘画小组的照片上有这五个字吗？”余心清说：“做画像参考的那张照片没有‘为人民服务’这五个字，是中央决定在毛主席画像下面写上这五个字的。”周恩来“哦”了一声，又说：“整个画像没画完的时候，看不出整体效果是什么样。现全部画完了，把主席画像挂在城楼上，这五个字和画像整体显得不协调。广场这么大，五个字在画像下面显得很小，站在远处根本看不清是什么，也破坏了主席画像的完整性。通知画家马上修改！”“是。”余心清转身朝金水桥对面走过去，派人通知周令钊，马上来修改毛主席画像……

夜里十一点，一辆吉普车疾驰到天安门城楼下。不等吉普车停稳，周令钊就从车上跳下来，脑门上全是汗。毛主席画像挂上天安门城楼后，挂画像用的脚手架已经被拆除了，画像挂在中间门洞上面有十多米高，怎么才能让周令钊上去呢？搭建脚手架时间来不及了，几个工作人员围在一起研究怎么办。周令钊看到地上放着三架木头梯子，是拆脚手架时用的，还没来得及搬走，他顿时有了主意：“把这三架木梯子绑接起来做成一个长梯子，这个高度应该够得着毛主席画像。”

工作人员赶紧把三架木梯子绑接起来，合力抬起新做成的木梯倚靠在城楼墙壁，木梯子长度刚好够得着毛主席画像，可以站在木梯子上抹掉画像上的五个字。

周令钊拿着颜料盒和画笔爬上木梯子，把毛主席画像上的五个字抹去。木梯太高，站在上面有点摇晃，大家都为周令钊捏把汗。他一边小心翼翼用颜料把画像上的字抹掉，一边招呼站在下面的人观察画像新上的颜色与原来的颜色是不是协调，要做到不能看出修改痕迹……

深夜三点，周令钊把毛主席画像上最后一点字迹抹掉，完成了全部工作。他的衬衣湿透了，腿都有些僵硬了，只能一步一步小心挪动着走下木梯子。想想在最后时刻消除了毛主席画像上的缺陷，周令钊心里有说不出的高兴：隆重的开国大典，天安门城楼上挂的毛主席画像有自己的贡献，对画家来说多荣耀啊！

周令钊回家简单收拾了一下，赶到学校集合，他要跟随教师学生队伍到天安门广场参加开国大典。一路上人们无比兴奋，欢歌笑语不断，不时高呼口号。这种情形周令钊还是第一次遇到，他深深感受到了中国共产党在老百姓心中的地位。

游行队伍来到长安街东侧，周令钊远远望着天安门城楼上的毛主席画像，激动得无以言表。他心中洋溢着一种特别的情感，热泪禁不住涌出眼眶……

1949年10月1日下午3时，热烈隆重的中华人民共和国开国大典在北京天安门广场举行。来自全国各地的六百多位代表、民主人士，三十多万北京民众参加了开国大典，天安门广场一片沸腾。

毛主席健步登上雄伟的天安门城楼，用浓浓的湖南口音向全世界宣布："中华人民共和国中央人民政府今天成立了！"

新中国诞生了！

天安门前沸腾成一片欢乐的海洋，人群里不时爆发出阵阵呼声：

"毛主席万岁！"

"中华人民共和国万岁！"

山呼海啸，震耳欲聋。

毛泽东摘下帽子，不时挥舞着手臂，高呼："人民万岁！"

整齐的方阵开始通过天安门广场接受检阅。

天空中，刚刚组建的中国人民解放军空军部队的飞机朝天安门飞来……

北京饭店厨房里一片繁忙的景象，湖北厨师孙宝强如愿以偿进入国宴厨师队伍，和大家一起紧张地工作。徐志扬不时看着手表下达指示，厨师们正按照国宴菜谱准备凉菜，有条不紊地把凉菜装盘。一队服务员进来，把凉菜依次放到托盘里，按组先后进出，忙而不乱，第一批走出厨房，第二批开始进入。接着是上两个咸点，菜肉烧卖和春卷；两个甜点，豆沙包和千层油糕。

厨工把准备好的各种食材按热菜制作先后顺序排好。厨师们在灶台大锅前站好，同时开始炒菜。厨房一片热气腾腾，大锅铲翻动大锅里的“嚓嚓”声此起彼伏。

第一道菜菜心鲜蘑做好后，服务员上菜。第二道菜鸡汁干丝开始制作，接着是烧四宝和蟹粉狮子头。做过多次演练，每个厨师都按部就班，各司其职。

第六道菜是翡翠虾仁。朱殿荣把早就准备好的菠菜汁倒进大锅，然后把虾仁放进去染色，放作料。之后把做好的翡翠虾仁取出倒进大盆里，再分装到盘子里。负责上菜的服务员把装翡翠虾仁的盘子放到托盘里，排成一队走出厨房……

国宴大厅宾朋满座，服务员满脸微笑依次上菜，她们是第一次参加这样重要的国家大型宴会。过去她们在北京饭店服务的多是达官贵人、外国宾客，现在为开国大典代表服务，她们发自内心地感到自豪。人民当家做主，这是伟大的新中国啊!

北京饭店一楼走廊有四名保卫人员在入口处站岗。唐娜手捧一摞毛巾走来。保卫人员拦住：“请问，去哪里？”唐娜笑着回答：“给厨房送毛巾。”“有通行证吗?”保卫人员问。唐娜拿出特别通行证。保卫员看完刚要放行，后面有人喊：“唐娜！”路公剑带着三名保卫员冲过来，两个保卫员把她按在了地上。唐娜拼命挣扎，手里的毛巾掉到地上。路公剑从毛巾里搜出一支管状口红：“唐娜，还想引爆高爆炸药是不是？”看着唐娜失魂落魄的脸，路公剑说：“那张餐桌早被换掉了。这个引爆开关也不是延时的，只要按下去就会立刻引爆炸药，你自己先粉身碎骨，真为党国献身了。”

自己对党国忠心耿耿，没想到保密局这么对待自己！唐娜闭上眼说不出话来，眼泪禁不住落下……

10月2日上午，于连奇慌慌张张收拾东西，准备逃离。他知道，回台湾是不可能了，行动失败意味着特别行动小组的特务全部暴露，继续留在北京等于束手就擒坐以待毙，他决定逃去外地隐居，暂时避一下风头。以后怎么办想不了那么多了，只能顾眼前了。于连奇拎着箱子走到门口，听到客厅里电话响。他停住脚步，心里很矛盾，接还是不接呢？想了想，还是转身回去拿起电话，听筒里传出方建义的声音：

“于连奇，你干什么呢？”

“没，没干什么啊。”

“现在有新任务。”

“方副站长，我们的计划没成功，毛局长不会怪罪吧？”

“要怪罪也是怪罪我，没你们什么责任。你把上次我给的那个引爆装置拿出来，我告诉你怎么用，准备执行新任务。我们将功赎罪，不要再出差错了。”

悬着的心落地了，于连奇擦了擦脸上的汗。行动失败没有受到毛人凤责怪，还要他执行新任务，看来是真没什么事。于连奇放下箱子决定先不走，返回卧室去拿引爆装置。

他拿着引爆装置回到客厅，放在茶几上，又拿起电话听筒：“方副站长，我准备好了。”方建义吩咐：“先打开开关，然后按数字键，0、3、0。”于连奇没有多想，以他的经验，引爆装置没连接炸药应该是安全的，他手上一边动作嘴上一边问：“是不是还要和炸药装到一起啊？”说到这里，于连奇忽然意识到不好：“不要——”于连奇最后看到的数字是启动键盘上的“1”变成了“0”，爆炸了！

从电话听筒里听到于连奇的喊声和爆炸声，方建义把电话听筒放回电话挂架上，心里有点难过：“兄弟，对不起了！”

方建义从公用电话亭出来，没注意身后有辆黑色轿车停在路边。

轿车里坐着保密局特派员三姨，她负责督导这次国宴破坏行动。本以为制订的缜密计划会大功告成，没想到失败得这样惨。为防止更大损失，毛人凤下达了密杀令。三姨伸手拍拍司机肩膀，司机启动轿车朝方建义开去，猛然加速撞击……

听到身后有动静，方建义回头看时已经晚了。轿车飞驰而来，他在空中转了一圈，重重地摔到地上。一刹那，方建义想到自己当初在特派员三姨面前表示的决心，真应验了。

行人一片惊叫，轿车没减速一溜烟开走了。

曹飞翔急得团团转，犹如热锅上的蚂蚁。按计划10月1日晚上会收到方建义指令，告诉他撤退路线。为了等方建义的电话，他悄悄溜回了牙科诊所。一直没有等到方建义打来的电话，他打电话过去，无人接，心里感觉不妙。

10月2日，北京所有的报纸刊登的都是开国大典隆重热烈、举世瞩目的消息 。

开国宴会也是热烈祥和，报纸还发表了多幅国宴照片。

曹飞翔从内心感到一阵悲哀，“项链”行动计划彻底失败了。他手里还有一个烫手山芋——作为人质的包慧妮怎么办？他痛恨包春阳，投毒没成功包春阳脱不了干系。既然如此，不能对他女儿客气了！曹飞翔从药柜里找出一个小药瓶揣进了口袋。

和利牙科诊所路对面旅馆的二楼房间里，北京市公安局反特处的侦查员一直在监视曹飞翔的动静。昨天他潜回诊所的时候，侦查员和黄处长联系，要不要进行抓捕，黄处长指示按兵不动。包春阳交代自己的女儿被绑架，跟踪曹飞翔才能找到包慧妮被藏匿的地方。

走出牙科诊所，曹飞翔沿街道小心翼翼走了一段路，确定安全后，才叫了一辆黄包车。

曹飞翔拿着水杯走进了一间小屋。包慧妮被反绑双手捆在椅子上，嘴里堵着一块毛巾。“渴了吧，喝点水，我带你去见你爸爸。”曹飞翔把包慧妮嘴里的毛巾取出来，装出一副很关切的样子。包慧妮十分愤怒，瞪起眼睛怒斥：“你这个狗特务，不会有好下场！”“别骂了，把水喝了吧。”曹飞翔忍住气，把水杯送到包慧妮嘴边。包慧妮感觉他不怀好意，说什么也不喝。曹飞翔气急败坏，揪住她的头发，准备强行让她喝水。包慧妮咬紧牙关不张嘴，曹飞翔使劲掐住包慧妮的脖子让她张嘴……

“别动！”身后有人大喊。曹飞翔愣住了，转过身看到黑洞洞的枪口对着自己。曹飞翔的脑海里闪过“完了”两个字，他扬起脖子把水杯里的水喝了。

玻璃水杯掉在地上摔得粉碎……

三姨匆匆忙忙走进海客饭庄密室，让正在准备发报的老六大吃一惊。这个时间应该是方建义或者于连奇来告诉他电报内容，怎么会是个陌生人呢？能直接进入密室的人肯定不同寻常，一般人连特别行动组秘密电台设在哪里都不知道，更不要说进来了。老六事先没有得到任何指示说有人来，他又不认识三姨，不知道她是干什么的。

老六的手下意识地伸进抽屉去拿手枪。“薛玉平，你不要慌。”三姨竟然说出老六的真名。老六心头一震，自己的真实姓名在保密局北平站只有很少的几个头目才知道，果然来者不善，老六把手缩了回来。三姨说出接头暗号：“九十八。”老六回答：“加三。”两个数字相加是一百零一，这个接头暗号只有在紧急情况下才使用，是北平站使用的最高级别的接头暗号，三姨的身份不一般。三姨告诉老六自己是保密局特派员，在北平督导“项链”特别行动。

老六没想到特派员是女的，她就是公安部门想抓捕的大鱼。老六表面不动声色，心里想该怎么办。“特派员好，卑职随时听候调遣。”老六毕恭毕敬。三姨挺客气地说：“老六，你坐。”“有什么任务请特派员指示。”老六没坐下，还是恭恭敬敬的样子。他的表现让三姨感到满意。想想目前的处境，三姨说话的语调掩饰不住内心的沮丧：“快给毛局长发报，说我马上撤离。”老六有点意外，他以为三姨会继续潜伏在北京，督导保密局北平站下一步行动。

戴上无线电发报机耳机，老六不动声色地把密电发走了。他想到组织有计划安排自己去台湾继续做地下工作，一直没找到合适机会，这回是难得的机遇，一定要抓住。他起身给三姨倒了一杯茶水：“特派员，能不能让我也跟您撤回台湾？我愿意为特派员效犬马之劳。”三姨接过茶杯看着老六，关于老六的情况方建义向她汇报过，她知道他是个人才。这次“项链”行动计划失败，涉及的人员都暴露了，不及时撤走都有被抓捕的危险。带不带走老六呢？三姨有些矛盾，不同的想法在脑海里转。

这时，毛人凤回电了，只有两个字“同意”。三姨打定主意，带老六跟自己一起走。“我去准备一下。”老六想拖延点时间，和组织做简短汇报。“不要准备了，马上跟我走！”没想到三姨心急火燎，让老六立即跟自己撤离。老六只好说：“打个电话行不行？告诉家里一声，我和掌柜的出趟远门……”三姨点点头默许了。

一旦去了台湾，什么时候回来没有谁知道，在台湾待多长时间没有谁知道，要承担多大风险也没有谁知道。一切都要靠老六自己，靠他对党的忠诚。那将是另一场没有硝烟的战斗……

北京饭店来了一个报社的摄影记者，招呼参加开国第一宴工作的厨师照相。厨师们兴高采烈整理好服装，走出厨房，这是他们参加国宴工作以来第一次在记者面前拍照。

朱殿荣恋恋不舍地抚摸着厨房里灶台上的大锅，热泪盈眶。虽然国宴厨师在北京饭店工作时间不长，所经历的一切却令他们终生难忘。他们服务的是新中国的开国第一宴，能成为开国宴会的厨师，是他们这辈子最大的荣耀。

他们亲历了新中国开国宴会全过程，知道国宴遵循勤俭节约的原则，是国家宴会的典范。开国第一宴必定会对今后的国家大型宴会产生深远影响，在新中国餐饮史留下厚重的一页……

后　记

2014年，我创作的一部电影剧本在北京获奖，由此与北京电影家协会有了交往。不久，他们约我创作一部关于1949年开国第一宴的电影剧本，内容涉及两个方面：一是勤俭节约办国宴；二是粉碎国民党特务对国宴的破坏。之前我出版的两本书《中国名吃故事》《酒趣妙饮》，以及创作的电影剧本《大御厨》都是反映中国传统饮食文化的。这些创作让我对中国饮食文化有了一定了解，于是接受了创作任务。

收集资料，酝酿构思，动笔创作，两次修改，2015年我完成了电影剧本《开国第一宴》，剧本在济南市委宣传部、市文联举办的全国网络文学征文中，获得电影类一等奖。由电影剧本改编的话剧剧本在长春市文广新局举办的剧本征文中，获得大戏二等奖，并在《吉林戏剧》发表。之后，电影剧本《开国第一宴》在《中国作家》发表，此后剧本改名为《开国宴风云》正式开拍。2017年，山东省作家协会征集重大题材文学创作选题，我以根据电影剧本编写的长篇小说创作大纲应征，经专家评审，入选重大题材文学创作选题扶持项目。

电影剧本与长篇小说不仅是体裁不同，在写作手法、题材选择、章法结构、细节描写等方面都有很大差异。长篇小说要求更有深度和广度，对创作提出了更高要求。开始创作这部长篇小说时，为追求阅读效果，在写法上突出惊险、加强悬念，写作基本按照电影剧本的创作思路进行。初稿完成感觉效果不及预想，以电影剧本的创作思路构造长篇小说受到了一定局限。经慎重考虑，确立以勤俭节约办国宴为主线，以发扬党的优良传统作风为重点。此后，我将长篇小说更名为《国宴——1949》并申报了2020年中国作家协会重点作品扶持，入选“庆祝中国共产党成立100周年”主题专项重点作品扶持。

在创作过程中，这部长篇小说先后受到了长江文艺出版社、甘肃文化出版社、作家出版社的编辑老师的关注，他们的鼓励增强了我的创作信心。曾选编我创作的报告文学《点亮火神山》收入《战“疫”之歌》一书的作家出版社向萍老师，对这部长篇小说的创作给予了热情指导，非常感谢！湖南文艺出版社汤亚竹先生、张文爽女士对本书提出了建设性修改意见，使得本书更加丰满完善，对本书的出版给予了大力支持，非常感谢！

本书修改之际，适逢江苏省广电局、江苏省文联共同举办2020电视剧剧本创意大赛，据本长篇小说改编的长篇电视剧剧本参加比赛，获得“十佳创意作品奖”。希望这部长篇小说不但能出版，也能搬上荧屏，让更多观众了解七十多年前开国第一宴是如何发扬艰苦奋斗精神和延安精神，勤俭节约在老一辈革命家身上是怎么发扬光大的。党中央出台“八项规定”，大力反“四风”，与开国第一宴发扬艰苦奋斗精神、提倡勤俭节约是一脉相承的。一米一粥来之不易，一菜一汤厉行节约。从这个意义上说，让更多人了解开国第一宴的筹办过程是很有意义的。

习近平总书记对制止餐饮浪费行为多次作出重要指示。他指出，要加强立法，强化监管，采取有效措施，建立长效机制，坚决制止餐饮浪费行为。要进一步加强宣传教育，切实培养节约习惯，在全社会营造浪费可耻、节约为荣的氛围。习近平总书记的重要指示精神，为全社会深入开展制止餐饮浪费工作指明了方向。

制止餐饮浪费不是一朝一夕的事情，须有长效机制才能取得好的效果。《国宴——1949》在这方面提供了历史借鉴，为制止餐饮浪费鼓与呼。

建党100年的历史波澜壮阔，发生了许多惊天动地的大事件，这些大事件在许多作家的笔下都得到了反映，有许多优秀的文学作品问世。但反映制止餐饮浪费的文学作品还很少，希望这部长篇小说能抛砖引玉。我愿意继续深入挖掘这类题材，创作新的作品奉献给读者。

姜铁军

图书在版编目（CIP）数据

国宴 : 1949 / 姜铁军著. -- 长沙 : 湖南文艺出版社, 2021.9
ISBN 978-7-5726-0301-3

Ⅰ. ①国… Ⅱ. ①姜… Ⅲ. ①长篇小说-中国-当代 Ⅳ. ① I247.5

中国版本图书馆 CIP 数据核字（2021）第 151192 号

国宴—— 1949

GUOYAN——1949

姜铁军 / 著

出 版 人 曾赛丰
责任编辑 汤亚竹 张文爽
责任校对 赵超慧 胡伟英
书籍设计 肖睿子

出版发行 湖南文艺出版社
（长沙市雨花区东二环一段 508 号 邮编：410014）
网 址 http://www.hnwy.net
印 刷 湖南省众鑫印务有限公司
经 销 新华书店
开 本 710 mm×1000 mm 1/16
印 张 17
字 数 245 千字
版 次 2021 年 9 月第 1 版
印 次 2021 年 9 月第 1 次印刷
书 号 ISBN 978-7-5726-0301-3
定 价 42.00 元